# 千山暮雪

匪我思存

著

九州出版社
JIUZHOU PRESS

我和莫绍谦，或许只是一场注定了纠葛不清的孽缘。

我抬起眼睛来看他，而他只是看着海面。

我嫌你烦，嫌你吵，嫌你睡相不好，让你走开，却不能让你从我心底走开。你是我的鬼迷心窍，只有我自己知道。

# 千山暮雪

## 目录 CONTENTS

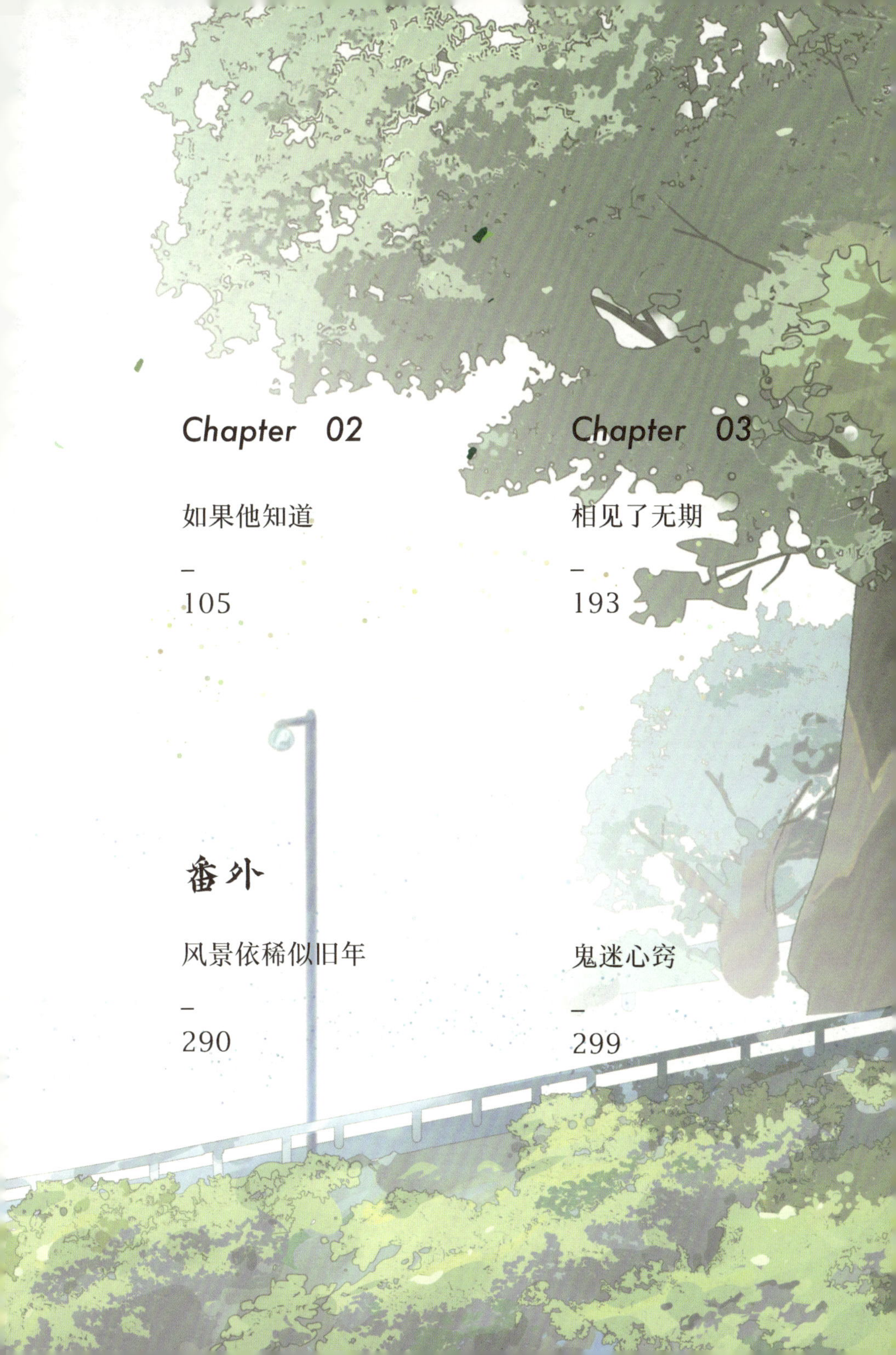

千山
暮雪

# Chapter 01
## 时光教会我

# 【一】

莫绍谦打来电话的时候，我和悦莹正在店里挑衣服。这城市的气温还没有降至20℃，当季的新衣却早已经上市。衣架上错落的长短新款，一眼望去许多茸茸的皮草，好似草原上秋膘滚滚的肥羊。

衣服不是肥羊，买衣服的才是肥羊。

那个Jack彬彬有礼地跟在我们后面，只有当悦莹拿不准主意的时候才趁机轻言细语："这款红色非常配您，搭上次那件烟灰色开司米，一定会很漂亮。"

Jack有一副动听的嗓子，仿佛上好的小提琴，每一次拉弦按下去都能响起迷人的颤音。说起中文来有一种外国人特有的咬字不准，平卷舌不分，更像透着磁性。悦莹被他灰绿色的眸子一瞟就像丢了三魂七魄，眉开眼笑地答应去试衣。

当Jack遇上Rose，就算是泰坦尼克也会被冰山撞沉了。刘悦莹的英文名字还真叫Rose，她十岁那会儿看了《泰坦尼克号》，就给自己取了这番名，立志有朝一日要在豪华邮轮上遇见自己的莱昂纳多，两人站在船头"比翼双飞"："I'm the king of the world!"

一眨眼十年就过去了，双十年华的Rose还真遇上了Jack。所以今天悦莹死活拖着我来这店里看衣服，主要是看帅哥店员Jack。说实在的，这Jack长得还真是不赖，洋鬼子我也见多了，这么帅的洋鬼子还是很少见。用悦莹自己的话说："一看到他那双灰绿色的眼睛，我的心就扑通扑通地跳。"

我白了她一眼："哪天你的心要是不扑通扑通地跳了，你就已经死了。"

悦莹就恨道："你怎么一点儿浪漫的细胞都没有！"

悦莹确实是个浪漫到细胞里的人，所有的言情小说她都看过。大一刚进校门那会儿，她和我去租书店，环顾四面书架，怆然涕下："还名牌大学呢，这些我全看过了啊，老板，有没有新鲜点的？"

后来悦莹压根就不去租书店了，天天泡在网上看原创。只要没课，成天就在床上用她那轻薄小巧的苹果MBA看连载，没几个月她又把MBA换成MBP，说看得眼睛太累，只好换个大点屏幕的。我曾经鼓动她自己写小说，读书破万卷，下笔如有神。她都看了不知道多少言情小说了，一出手还不得把什么悲情天后给挤对死。结果她根本不屑一顾："自己写多费劲啊，我充1000块VIP，看遍整个原创网，犯得着自己去写吗？"

差点忘了她是暴发户的女儿，"暴发户"这话可不是我说的，是她自己说的，提起她爸她就一口一个"我那暴发户的爹"。她爹是真有钱，真暴发。她20岁她爹送的生日礼物就是一架直升机，不是遥控玩具，是由专业飞行员驾驶的那种轻型直升机。她收到这礼物的时候还挺高兴，兴冲冲地拉着我去搭了一回，轰隆轰隆在天上飞了半天，差点没把我给吵死，两人想说句话都听不见。下了直升机她就叹气：

"我小时候最爱看小说里写贵族学校，男主角搭直升机上学，降落在校园草坪上，一迈腿下来——哗，一见钟情！"

她愁眉苦脸的样子一点也不像惺惺作态："谁知道直升机这么吵，能在上头谈情说爱吗？"

我都无语问苍天了，上次她还骂她爹"暴发"，说他买悍马跟买白菜似的，专挑帮子长的，一点品位都没有。还是用她的话，真是有其女必有其父。

刚陪悦莹走进试衣间，我的手机就响起来了。很独特的旋律，是《三大纪律八项注意》，革命歌曲铿锵有力地回荡在装潢奢豪的旗舰店里，简直有一种不伦不类的滑稽。我慌慌张张地在包里掏手机，越着急越掏不出来，那手机却越唱越大声。但名店就是名店，Jack和另一位帅哥店员屈膝半蹲，专心替悦莹扣好最后一颗扣子，仿佛对我包包里稀奇古怪的铃声充耳未闻。

终于找着手机了，我都出汗了："喂！"

莫绍谦大约刚从机场出来，一贯低沉的声音里难得有丝倦意："在哪儿？"

我老老实实告诉他："在外边跟朋友买衣服。"

"回家。"

电话"嗒"一声就挂断了，悦莹还转来转去顾盼着落地大玻璃镜中的自己，衣服颜色红得非常正，仿佛夏季烈日下的虞美人。她问我："好看吗？"

我点头，价格昂贵的华衣，能不好看吗？

悦莹说："这颜色你穿才好看，你皮肤白，穿这个肤若凝脂。"

刘悦莹言情小说看多了，一出口就是成串的形容词，一提到女的都是肤若凝脂，翦水双眸，楚楚动人；一提到男的就是星眸朗目，嘴角微勾，邪肆狷狂……

Jack转过身来对我绽开迷人的微笑："这个红色确实不错，您穿的号码我们还有紫色与黑色，款式上有略微的不同，也非常漂亮。要不要拿来让您试试？"

名牌就是这点好，一个颜色只有一款。号码不对就得另寻他爱，多好啊，穿出去永远撞不了衫。我在包包里找钱夹："不用了，把那两件都给我包起来吧。"

悦莹从大玻璃镜子里瞅我："怎么啦？"

我一边递给Jack信用卡，一边说："我有点急事，得回去了。"

悦莹很了解地问我："你那男朋友来了？丫怎么跟皇帝似的，把你这儿当行宫了，爱来就来，不来就两三个月都不搭理。你还真惯着他，要是我，一脚就把他给踹了。"

我要是能踹他，我也就出息了。

Jack已经拿了信用卡账单来，我大笔一挥就签上自己的名字"童雪"。Jack又绽开他那迷死人不偿命的微笑："谢谢童小姐。今天您消费的总额还差一点就可以达到我们VIP的额度，下次您再来时，我们就可以向总部替您申请VIP。"

什么VIP，就是方便下次再宰肥羊。我跟悦莹说了先走，另外还有店员在替她参谋新衣，Jack亲自送我出门，替我拎着纸袋一直送到车上。

不是不殷勤，对着衣食父母，谁敢不恭敬？

所以我以最快的速度赶回去，果然还比莫绍谦先到。听到大门处传来声响的时候，我早已经拿了莫绍谦的拖鞋，恭恭敬敬地欢迎他进门。

莫绍谦一边换鞋一边伸手摸了摸我的脸："长胖了。"

两个月没见，胖了没有我自己不知道，但他没有丝毫改变。刚从飞机上下来，发型仍旧一丝不乱，衣线更是笔挺如新。反正他不是人，从我认识他的那个时候起，他就仿佛永远活在玻璃罩子里，衣冠楚楚，倜傥风流。

脸上刚洗干净，白白的像新剥了壳的鸡蛋。今天因为陪悦莹去名店所以化过淡妆，而莫绍谦最讨厌摸到脂粉，所以我回来的第一件事就是卸妆。好在底子好，又还年轻，不施脂粉也能有盈润光泽。我微仰着头，这男人太高，虽然我赤足也有1米73，身高在女人中算不错的了，但仍只得仰视他。出乎意料，他竟然伸手扶住我的头，很随性地吻下来："唔，很干净。"

他是吻技高手，唇齿缠绵间我就意乱情迷，熟悉而霸道的气息侵占了全部的呼吸。他不耐的啃咬有细微的疼痛，我勾着他的脖子，有意回应他。两个月不见大概还真能"距离产生美"，所以他很快被我唬住，胳膊一弯就把我打横抱了上楼。

他今天有点不对劲，到了床上我才知道，狠得跟拿我当仇人似的。莫绍谦在其他场合都还是衣冠禽兽，只有在床上连禽兽都不如。

起初大半年我一看见床都怕，他一来我就恨不得躲在洗手间一辈子不出去。后来他慢慢哄我，自己也肯耐着点性子，才算好了点。谁知道今天他又凶性毕露，把我往死里整，我觉得自己就是块饼，被放在油锅里滋滋地煎，煎得我连五脏六腑都要碎了，到最后我连哭都哭不出来了，只好哀哀地求他。就这样他还根本不管我的死活，没完没了，等他终于筋疲力尽地倒下去，我连把胳膊从他身下抽出来的力气都没有了。

我迷糊睡了一小会儿，很快就醒过来，莫绍谦也难得睡着了，短短的额发抵在雪白的枕头里，脸庞宁静安详得如同小孩子。

呀呀个呸，丫就是有着一副欺骗人眼睛的好皮囊。

我终于还是挣扎着爬起来，回自己房间去睡觉。

倒不是我矫情，是莫绍谦浑蛋。他嫌弃我睡相不好，说我睡着了就满床打滚。而他睡眠时要保持绝对的安静，所以每次一完事，我就得滚回自己的房间去。

悦莹说得对，丫就是皇帝，我就是被召幸的妃子。我比那妃子还不如，人完事可以被太监抬回去，而我还得自己爬回去。

我实在是累惨了，倒在自己床上，头一挨着枕头就睡着了，连房门都忘了锁。

忘了锁的后果就是半夜又被禽兽弄醒，在黑暗里看到他的眼睛我都想哭："我累了。"

他灼热的唇吻在我的锁骨上，声音含含糊糊："待会儿再累。"

这样下去终有一天我会被他折腾死，我还有大把帅哥没有泡，大

把论文没有写，大把钱没有挣……要死在这事上头也太不值了。所以我很卖力地打起精神来，让他心满意足地吃干抹净。

太累了，后来我都睡着了，一觉睡到大天亮。醒过来的时候全身的骨头还在酸疼，头一歪又把自己吓了一跳，大清早突然近距离看到莫绍谦那张脸，谁不会被吓一大跳啊？没想到他昨天就在我床上睡着了，我的睡相也真不能恭维，一条腿还大大咧咧地搁在他肚子上呢。我连忙小心翼翼地把自己的腿抽回来，结果还是惊醒了他。他眼睛一睁开我就觉得屋子里气压骤降，但他睡眼惺忪的时候显得安全无害多了，浓浓的鼻音仿佛还带着睡意，难得显得和蔼："早！"

我连忙堆起笑脸："早。"

跟这种人在一起压力太大，迟早我会得心脏病。

跟莫绍谦在一起后我学会了骂粗口，每次我被他逼得退无可退的时候，就在心里"问候"他祖宗十八代。当然不能当着他的面骂，我要是敢当着莫绍谦的面骂粗口，估计我也真可以下海擒蛟上山捉虎了。

阳光灿烂的早晨，我们在全玻璃顶的花房里吃早餐，周围全是盛开的新鲜玫瑰，早起园丁刚浇过水，所以花瓣上还带着水珠。面包黄油，牛乳雪白。餐具是英国名贵骨瓷，光一套杯子就够我交全年的学费，这就是万恶的资本家生活。

我不是资本家，莫绍谦是资本家。

资本家吃早餐，我看报纸。我之所以在吃早餐的时候看报纸是跟电视学的，TVB里的老爷都是边吃早餐边看报纸的，不过人家看的肯定是英文财经，而我订的是八卦小报。

香秀牵着可爱来了，可爱是条萨摩耶，今年已经两岁，雪白的毛一尘不染，笑起来可比我高贵。香秀是专门负责它的菲佣，为人非常耐心踏实，一心一意地侍候可爱，对可爱跟对自己孩子似的，教会了可爱很多东西，比如握手啊，坐下啊……每次莫绍谦来了，香秀总要把可爱带出来让他看看。

我一点儿也不喜欢狗，可爱也不怎么喜欢我，我一次也没遛过它，香秀偶尔带着它进来，它还冲我汪汪乱叫，气得我几次想偷偷把这狗送人。但这事我压根没发言权，可爱是莫绍谦买的，香秀是莫绍谦请的，这房子是莫绍谦的，连我也是莫绍谦养的。

莫绍谦拍了拍可爱的头，可爱就乖乖蹲下来跟他握手，雪白的爪子肉乎乎的，搁在莫绍谦的掌心里。莫绍谦掌心的智慧线极长，几乎划过整条生命线，充分证明了丫就是个老奸巨猾的家伙。我愤愤地往嘴里塞了片面包，突然看到报纸上的醒目标题——"苏珊珊爆出神秘男友"。

苏珊珊去年才出道，本来名不见经传，竟然在国外著名电影节上大爆冷门拿回个影后。苏珊珊的名字顿时变得炙手可热，传说她又被某新锐导演看中，要拍一个大片。热炒了这么久，突然又爆出男友，身为资深八卦爱好者的我知道肯定是为了给新片造势。不过狗仔队们也真不敬业，偷拍到的照片没一张是正面的，最清晰的一张也只能看见那男人的背影与苏珊珊手牵着手，十指相扣的画面被画了个红圈，然后特别局部放大。咦！那男人的腕表怎么看上去很眼熟？这背影也有点眼熟。这块表造型非常独特，我盯着报纸看了

半天，终于确认它就是F.P.Journe大师手制的那块陀飞轮，目前全亚洲，哦不，全球也就这么一块。做一块得花人家大师好几年功夫，能批量产吗？

我瞥了一眼餐桌对面的资本家，他正在喝咖啡，袖口露出那块独一无二的腕表，晶莹的表面在阳光下熠熠生辉。一瞬间我脑子里转了很多念头：第一个念头是我终于熬出头，等到了脱离魔掌的这一天；第二个念头就是这男人品位也太差了，苏珊珊长得都还没他老婆好看；第三个念头是这男人品位一向做不得准，我也没他老婆漂亮；第四个念头是这事太诡异了，就算是泡苏珊珊不小心被狗仔队撞见，以资本家手下公关部跟媒体良好的关系，照片肯定也不会被登出来；第五个念头是苏珊珊炒作也没胆子拿他炒作，资本家的便宜不是一般人能占的……

没等我转到第六个念头，资本家已经发话了："看什么呢？脸都快埋到报纸里去了。"

我镇定自如地冲他笑了笑，放下报纸继续啃我的面包。忽然听到他说："拍成那样，难得你还能认出来。"

我差点没把嘴里的牛奶全喷出来。大爷，吓人也不带这样吓的。

我没敢说我不是认出他的人，而是认出他的表。

大概是我心虚得脸上红白不定，他索性问我："怎么？你不高兴了？"

怎么也轮不到我来不高兴啊！

我是什么？我是二奶，我是小三，我花他的钱，被他养。我跟有妇之夫莫绍谦非法同居，破坏他和原配的合法婚姻，搁天涯我就是被唾骂被鄙视被公愤被人肉的坏蛋。

我哪有资格不高兴，那是原配的戏，我不抢。

我说："苏珊珊演技挺好的，我挺喜欢看她的电影，下次有机会帮我要签名。"

莫绍谦哼了一声，我知道他不高兴，男人都希望女人们为了自己争得死去活来、出尽八宝，钩心斗角，自相残杀，只为盼得他偶一回顾的怜惜。我不配合，他就不高兴。最好他喜新厌旧又彻底嫌弃我的不知趣，摔出张支票来让我滚蛋。

这种梦没得做，莫绍谦很快转移话题："昨天买了什么衣服？"

我就知道他要问，所以我看都没看就拎了两件回来，真是有先见之明。于是兴高采烈地告诉他："米兰的当季新款，不过现在太热了，还不能穿给你看。"

金主很满意地点点头，花钱的是金主，穿新衣的是金丝雀。我的用处是满足他大男人的虚荣心，让他花钱有乐子。有时候我也忤逆他，但这种忤逆非常有分寸，就像小猫挠人的手，是撒娇的轻狂，而不会真挠出血迹来，省得惹毛了他吃不了兜着走。

再这么下去，我都可以写部当二奶的秘籍，名字就叫《我的情妇生涯》好了，放在网上一准轰动，就冲这名字也能飙点击率啊。

他问我："今天有课吗？"

"有。"我没撒谎，还全是大课，著名的千人斩教授，要是点名不在我就死定了。

"那晚上一起吃饭。"

看来他今天不打算走了，我去换衣服，找了半天才找了件有领的衬衣。没办法，脖子上全是青一块紫一块的，惨不忍睹，我在心里喃喃骂莫绍谦是禽兽。随便配了条牛仔裙，回头看到禽兽正靠在衣橱门口，颇有兴味地打量我："还真有学生的样子。"

我本来就是学生好不好？

幸好没堵车，赶到学校没迟到。刘悦莹已经帮我占了位置，我们两个照例坐第一排。为什么要抢第一排，因为我们爱学习。你别笑，我们两个是本校应用化学系那年招进来的高考前一、二名，我高考理综只丢了两分，是物理算错了一道题。刘悦莹比我还牛，她理综满分，调档的时候估计老师都没看她的资料，闭着眼睛就把她录取了。

要是早知道她爹是著名的民营企业家，估计学校也该琢磨找她爹捐个实验室什么的。不过我们学校牛人太多，校长也不在乎。倒是她爹一听说女儿考取了这所名牌大学，那个激动，连星星都恨不得摘下来给她。当初刘悦莹就跟我说："我那暴发户的爹成天忙应酬，从来没给我开过家长会，从来没关心过我考多少分。他还琢磨着掏钱把我给弄美国去念个野鸡大学呢，结果我考了个全省状元。"

所以她二十岁时，她爹一高兴就买了架直升机送宝贝女儿。

都大三了，很少上大课，难得跟其他兄弟班级凑一块儿，偌大的阶梯教室里热热闹闹。老师在上面讲得热闹，下面健笔如飞抄笔记、传纸条、听MP3、发短信、看小说……有人学习有人不学习，反正热闹。

跟刘悦莹隔一个空位坐着一位帅哥。不成文的规矩是，不认识的男女生坐的时候，中间总要隔一个空位，教授也对这样的资源浪费司空见惯。我一边记笔记一边欣赏帅哥。因为阶梯教室朝南，大玻璃窗里透进来的阳光正好映在前三排。帅哥乌黑的头发被阳光镀上了一层茸茸的金圈，他手里拿着支圆珠笔，一下子转过来，一下子转过去，非常娴熟。

　　我呆呆地看着那支笔，忽然就想起了萧山。我转笔还是萧山教我的，手把手，食指，中指，怎么使劲，怎么借巧，怎么控制旋转不让它从手指间飞出去……萧山的手指秀气修长，微带着凉意，触在我的手背上。我的脸烫得发烧，十六七岁的少年，轻轻地触一下手指都觉得可以幸福好久。

　　秋天来了，所谓悲秋还真是有的，在这个阳光明媚的初秋早晨，我忽然就想起了萧山。

　　每次想到萧山的时候，就是我最不快活的时候。我的不快活一直持续到中午，吃饭的时候我连最喜欢的四喜丸子都吃不下，悦莹瞥了我一眼："思春啦？你男朋友不是刚来吗？"

　　我无限唏嘘地告诉她实话："我想起我那初恋了。"

　　"有男朋友还想初恋，真没人性。"

　　"可是初恋隔得远嘛……人在天涯，当然会想念他……"

　　"有多远？太平洋？大西洋？印度洋？他现在在哪儿？不行你踹了现在的男朋友，追到国外去不就完了。"

　　我叹了口气："他在隔壁的那间大学。"

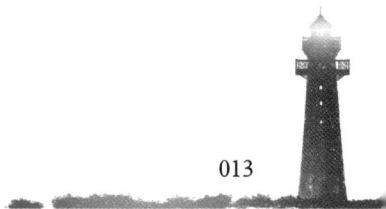

"靠！"悦莹怒了，连香喷喷的丸子都不吃了，形象也不顾了，拿着筷子戳我，"起步价都没有，你从西门出去进他们学校东门，不就完了！还好意思在这儿悲悲戚戚，你丫真当咫尺天涯了？"

悦莹没说错，还真是天涯咫尺。

打死我也不会去见萧山，打不死我就更不会了。

我宁可矫情地把过去的一切放在心里，永远。

# 【二】

高二上学期我才转学进的附中，本来附中一般不收转学生，尤其是外地的，是舅舅托了关系费了好大的劲，才把我弄进去的。我自己也努了点力，面试那天教导主任拿了套卷子来考我，我刚做完数学卷，他就把余下的化学、物理卷都收起来了，说："行了，不用考了，下午来上课吧。"

我是爱学习的孩子，因为除了学习，我没有别的专长。

父母去世之后我整整半年没有开口，舅舅回忆说，后来终于听到我说话，是我把自己关在阳台上，在背诵一篇英语课文。

转学之前我是班上的英语课代表，那天我在阳台上背的是哪篇课文我都忘了，不过进附中后的第一堂英语课我可是印象深刻。附中的英语老师清一色的外籍，教我们的是个英国老太太。她让我回答了一个问题后就开始批评我的发音，说我是典型的中国式发音，让我面红耳赤，在一帮初次见面的同学面前下不来台。

那时候我很脆弱，失去父母，失去家，失去我所有的幸福，寄住在舅舅家里，小心翼翼，把破碎的自己一点点藏起来。学着看舅妈的脸色行事，讨好表妹，给她讲奥赛题，帮她补习。十六岁以前我也是父母的掌上明珠，唯一的公主，老师最骄傲的得意门生，亲友称羡的好孩子，可是一切都没有了，我所倚仗的一切都没有了。成绩再好有什么用？爸爸妈妈永远都看不到了。

放学后我一个人躲在操场上哭，有人在塑胶跑道上跑步，脚步沙沙的，从我身后过去。我背对着跑道坐在草地上，把头深深地埋在双膝里，看着眼泪一滴一滴落在草丛中。我想起很多事，大部分是小时候的事，爸爸妈妈带着我去公园，划船、坐碰碰车、买气球。小时候有一种棉花糖，是用白糖做的，很大一团，蓬松松软绵绵，就像是云，我吃的时候总会糊在脸上。爸爸就爱拍我出糗的照片，那时候全是胶卷，一年下来，爸爸能替我拍好多卷。

我哭得很伤心，连有个男生走过来都不知道，直到我看到他的球鞋，雪白的鞋底上沾着一片叶子，他蹲下来用右手去拔掉那片叶子，左手却递给我一包纸巾。

我愣了好几秒钟都没去接那包纸巾，他把纸巾随手搁在草地上，然后就走了。

第二天我才发现这个男生就坐在我后面一排，他叫萧山。

萧山的父亲是外交官，他十二岁前都在国外，说一口流利标准的牛津腔，可以跟英国老太太在课堂上辩论词组的用法。数学更好，好到让我这种人都自愧不如。他偏不是勤奋的那种学生，好成绩纯粹是因为天分，下课十分钟都能见缝插针地跑到操场上打篮球。有次上数学课，刚打铃，他气喘吁吁地抱着球跑回来，站在门口喊"报告"。教数学的老奔最讨厌学生迟到，扭头看了他一眼，恍若未闻，他只好站在门口当门神。没过一会儿老奔开始发上次全市联考的试卷，老奔的习惯是按分数念名字，由高到低，念到一个分数、名字，学生自己上去拿。其实这样既不人道又伤学生自尊，可老奔不管，他就爱以分取人。

结果这天念的第一张卷子就是萧山，150的满分，老奔扭头看了门外的萧山一眼，不情不愿，没好气地说："还不进来？"

全班同学都埋头忍笑，萧山从老奔手里接过试卷，倒是大大方方地说："谢谢老师。"

附中优秀的学生很多，但像他这么优秀的也屈指可数。班上有许多女生暗恋萧山，豆蔻年华情窦初开，谁对这样出色的男孩子没点幻想？我没有是因为完全没那心思，父母的离去让我完全没有了对这个世界的应对能力。虽然他就坐在我后面一排，但我除了偶尔跟他借下英语课笔记，基本没有和他说过话。

真正跟萧山熟起来是在寒假，英国老太太给我们布置的寒假作业就是分组排一幕莎士比亚的剧。全班按座次被分成若干个小组，有的小组选了《罗密欧与朱丽叶》，有的小组选了《仲夏夜之梦》，有的小组选了《哈姆雷特》……我和萧山被分在一组,我们这组选了《威尼斯商人》。春节过了,每个小组都要在班上公演,然后分别评分。

我很喜欢寒假排戏的那段日子,因为可以不待在舅舅家里。越临近春节我越有种无家可归的凄惶,舅妈总念叨过年要置办的东西,表妹吵着要买台新的笔记本电脑。几年前笔记本还没像现在一样烂大街,表妹已经有台联想笔记本了,但说是班上有同学用索尼新款,舅舅于是许诺她考到全班前二十名就买给她。

表妹的成绩一直在三十多名,所以她不高兴地噘起了嘴,舅舅说:"噘嘴也不行,你看你姐姐,从来不乱要东西。我说给她买个手机她都不要。"

当时舅妈的脸色就显得有些不好看,我连忙说:"帅帅还小呢,再说电脑学习也用得着,她也不是乱要东西。"

表妹就拉着舅舅撒娇:"爸,你看表姐都说了。"

我只觉得心酸,去年春节的时候,我还拉着爸爸妈妈的手撒娇,可是现在不管我想要什么,都没有人买给我了。

那时候我对周遭的一切非常敏感,又非常脆弱,所以宁可躲出去,省得心里难过。

排练一般在萧山家里,萧山家很宽敞,又没有大人在家,只有他姥爷姥姥。我到现在还记得两位老人家和蔼的样子。我们关在暖气充足的书房里,旁若无人地大声念对白,姥姥在厨房里给我们做了点心,拿盘子端出来。有时候是糯米藕,有时候是桂花年糕,有时候是水晶烧卖……都非常好吃。萧山的姥姥是南方人,做的点心都是家乡

风味，姥姥又总是最关照我这个唯一的女生，让我常常吃到很撑。

那时候我还不适应北方的冬天，干燥得让我常常流鼻血。有天在萧山家里对台词，背着背着就有同学叫："哎呀童雪，你流鼻血了。"

我一低头鲜红的血点就滴在襟前的毛衣上，毛衣是白的，滴上去看着格外触目惊心，我晕血，一下子整个人都软在了那里。最后还是萧山架着我去洗手间，胡乱把我的头发撑起来，拼命用凉水拍我的后颈窝。姥姥在一旁帮忙，用毛巾擦着我脖子里淌下来的水，一边擦一边说："哎哟，这孩子，看着真受罪。"

萧山微凉的掌心把冷水拍在我的脖子上，他啪啦啪啦地拍着，血仍不停地往下滴，滴到面盆里。水龙头开得很大，哗哗的声音听得我更觉得眩晕，只看见一缕缕血丝很快被水冲走。隔一会儿他总要问我："怎么样？怎么还在流啊？"

姥姥嗔怪他沉不住气，然后又掐我手上的穴位，姥姥掐了一会儿，就让他掐："你劲大，用点力气掐住了，就不流了。"

他的手劲果然大，狠狠一掐，掐得我眼泪都涌出来了。看到我哭他又连忙撒了手，姥姥又怪他："你怎么这么蛮啊，女孩子的手，嫩着呢。"

我于是一边流鼻血一边流眼泪一边还要劝姥姥："您别怪他，他也是想快点把我掐住了。"

他竟然在一边笑出声来："掐住了……这说法怎么这么怪啊？"

姥姥在一旁拍他："臭小子，还笑！"

那天我都忘了我的鼻血到底是怎么止住的，只记得后来我鼻子里塞着药棉，然后吃姥姥做的枣泥锅饼。姥姥一边劝我吃，一边说："枣泥是补血的，多吃一点儿。"

我对排练的那段日子念念不忘，一多半是因为姥姥对我好，她对我真是太好了。

快到春节时我们已经把台词倒背如流，有一天排完之后时间还早，不知是谁提议去溜冰。我是南方人，根本就不会溜。但排练到如今，可以说我们小组几个人已经是铁板一块，那友情比铁还硬，比钢还强。几个同学死活要拉我一块儿去，萧山也说："有我们在，摔不着你。"

穿上冰刀后我连腿都不知道怎么迈了，两位同学一人牵着我的一只手，我小心翼翼迈着步子往前蹭，他们稍微快一点我就吓得大呼小叫。最后有位同学不耐烦了，转过头去叫萧山："你来带她吧！"又对我说，"萧山退着滑最棒。"

萧山教得非常耐心，他一边退着滑一边跟我讲解动作要领，就像他平常讲数学题那样。寒假小组熟悉起来之后，我偶尔问他题目，他总能讲得头头是道，思路清晰，而且给出的一定是最简单的解法。滑了几圈后我慢慢悟了一些，他看我溜得不错，就渐渐松开了手："你学这个还有点儿天分。"

我不好意思被他夸："不是，原来玩过轮滑鞋，所以知道一点平衡。"

我第一双轮滑鞋还是爸爸去美国出差买回来给我的，我还记得那双鞋是粉红色的。爸爸总喜欢给我买粉红色的东西，因为在他心里，

女孩子就应该是粉嫩嫩的。那双鞋买得稍大，我穿了好几年。后来国内也有类似的轮滑鞋卖了，可是样式要简陋得多。学着玩轮滑也是爸爸教我的，他拉着我的手，就在家门口的篮球场里，溜了好几个星期天我才学会。

我狠狠地摔了一跤，萧山一把把我拽起来，没好气地说："想什么呢？还没学会就一心二用，你怎么总这样啊？"

我没有作声，有时候我问他英语阅读理解，讲半天我还在发愣，他就这样不耐烦，觉得我笨，又不用心。从小没人说我笨，过去老师也总夸我接受能力强，可是在他面前我就是笨，因为他太聪明。

他怕我再摔着，一直没再撒手，拉着我的手带我慢慢滑。那天有一点点风，吹在脸上并不冷，我没有戴帽子，头上就用一条围巾随便绕了一下。我长这么大，从没跟男孩子手牵着手这么久，虽然都戴着手套。上次我和男孩子手牵着手，好像还是小学的时候，六一儿童节表演节目。想到这个我的心突然跳起来，跳得很快，微微让人觉得难受。萧山却是坦荡荡，他紧紧拉着我的手，就像拉着个妹妹，或者拉着位同学——我本来就只是他的同学而已，我不再扭头看他，只是努力让自己显得更自然。

溜完冰后我们去小店喝珍珠奶茶，热乎乎的珍珠奶茶捧在手心里，显得格外醇香。大家七嘴八舌地说过年去哪儿玩，还有人提议逛庙会。我一个人不作声，只是喝奶茶，正吸着珍珠呢，忽然听到萧山说："呀，你脸冻了！"

我摸了摸脸，有个硬硬的肿块，痒痒的，我从来没生过冻疮，没想到第一次生冻疮就在脸上。听人说生冻疮会破皮化脓，如果长在脸上，那岂不得破相了？我连奶茶都不喝了，使劲按着那个硬肿块，想把它给按没了。萧山说："别揉，越揉越糟，我家有亲戚给的蛇油，明天拿点给你吧，用蛇油擦两次就好了。"

第二天就是除夕，早就说好了这天到正月初五都暂停排练，毕竟要过年了。我原本以为他说说就算了，谁会在除夕从家里跑出来啊。谁知道我刚起床不久就听到电话铃声，表妹还没起来，舅妈怕吵醒了她，连忙把电话接了。她听了一句就叫我："找你的。"

我怕舅妈不高兴，很少把家里的电话告诉别人，所以不知道是谁会在除夕的早晨打电话给我。我忐忑中却听到萧山的声音，他说："你的电话可真难找啊，问了老班才知道。"

舅妈就在旁边的沙发上，有意无意地看着我，因为从来没有男同学打电话到家里来，我怕她误会什么，连忙问："今天不是不排练吗？"

"你忘了？昨天说拿蛇油给你，你出来拿吧。"

我还有点反应不过来："啊……"

他说："我就在复兴门地铁站门口等你。"

那是离舅舅家最近的一个地铁站，走过去只要十分钟，我飞快地拿了主意："好，那麻烦你等等我，我马上就来。"

搁下电话我告诉舅妈排练的稿子有改动，所以同学打电话通知我，我得去拿。我也不知道为什么要对舅妈撒谎，也许我认为告诉她一个男同学给我送蛇油，她会想歪了，也许我就是单纯地不想告诉她。

舅妈也没太在意，倒是舅舅问我："要去哪儿拿？"

"他们家住回龙观，有点远。"我脸不红心不跳地继续撒谎，其实萧山家住公主坟，而且他已经说了到地铁站等我，但我说谎说得挺顺溜，"要是堵车，我就不回来吃午饭了。"我想留点时间独自在外边逛逛，哪怕去超市发呆也好，因为今天我就想一个人待着。

舅妈说："还是早点回来，都要过年了。"

出门之前我在玄关换鞋，舅舅过来塞给我一百块钱，我不要，他说："拿着吧，那边老堵车，要是赶不回来吃午饭，就买个汉堡。"

一拉扯舅妈就看到了，笑着说："舅舅给你你就拿着嘛，又不是别人。"

她这么一说，我只好把钱收起来。

我揣着那一百块钱到地铁站去，果然远远就看到了萧山。他个子很高，长胳膊长腿，很醒目。我一溜儿跑到他面前，这么冷的天他连羽绒服都没穿，外套还敞着，露出里面的格子围巾。他见着我咧嘴一笑，露出一口洁白的牙："来得挺快的。"

我今天戴了帽子，却忘了围巾，一路跑过来，脸被风吹得生疼，尤其是长了冻疮的那个地方。我一边用手揉着脸，一边问："蛇油呢？"

结果他手插在兜里根本没动："我还没吃早饭，你请我吃早餐吧。"

我在心里直叫万幸，万幸兜里有舅舅给的一百块。我说："请你吃麦当劳吧。"

他倒也不挑："行！"

我没想到萧山竟然是个大胃王，一个人吃了两份套餐还意犹未尽，幸好他没要第三份，不然我那一百块说不定就不够了。他吃得快，可是喝得很慢，两杯热饮喝了半天还没喝掉一杯。我吃东西一向慢，就这样我吃完自己那份套餐，他还在慢条斯理地喝饮料。这样单独跟一个男生在一起，我也不知道跟他说什么好。只看着他眼睫毛垂下来，似乎专心致志地在那里吸吸管，长长的眼睫毛微微颤动，就像有隐形的精灵在上面跳着舞。我忽然不敢看他，于是拿了垫在盘子里的纸，随手叠来叠去。

我最后叠出了一只很胖的纸鹤，萧山忽然噗地一笑，放开吸管，说："这是什么，丑小鸭？"

我觉得很郁闷，虽然胖也是只纸鹤好不好？

他把纸鹤拿过去重新折："你叠错了。"

他重新折过的纸鹤果然很漂亮，他去洗手间的时候，我思想斗争了半天，最后还是偷偷拿起那只纸鹤藏到了大衣口袋里。刚一藏好萧山就回来了，招呼我："走吧。"

离开温暖的快餐店，站在寒风凛冽的街头，他拿出蛇油递给我，是个小玻璃旋盖瓶子装的，瓶子很别致，玲珑剔透。里面的蛇油看上去黄黄的，半凝固如同膏体。我说了声"谢谢"，他问我："你住得不远吧？"

我点点头。

他似乎停了几秒钟，最后说："那就这样吧，我搭地铁回去。"

"那我也走了。"

"再见！"

"再见！"

我转身一个人慢吞吞地朝前走，把双手都搁在大衣口袋里。一边是蛇油的瓶子，硬硬的；另一边口袋里则是那只纸鹤，软乎乎的。走了没几步忽然听到有人叫我的名字，我扭头一看，他不知道什么时候追了上来，还冲着我一笑，露出整齐雪白的牙："忘了跟你说，明天新年快乐。"

今天是除夕了，我于是也释然微笑："新年快乐。"

我站在那里看着他转身离开，汇入行色匆匆的人流。他步子迈得很大，走得很快，虽然天气阴沉沉的，但我总觉得云隙里有一束阳光是打在他身上的，让他熠熠生辉，在那样多的行人中间，能让我一眼看到他的背影。

那天我一个人在街上逛了很久，直到黄昏快要天黑的时候才回到舅舅家。舅妈在做饭，舅舅在厨房里给她帮忙，表妹歪在客厅沙发里看电视，这样和美的家庭气氛，越发让我显得格格不入。我到厨房跟舅舅舅妈打了个招呼，就悄悄回到房间去。

我把纸鹤从大衣口袋拿出来，它已经被揉得皱皱巴巴，我把它的翅膀重新将平，夹在日记本里。我不想写日记，所以只用笔在纸鹤上写下了今天的日期。

"生日快乐，童雪。"我在心里对自己说。

客厅里电视机的声音很大，卧室窗子正对着小区的车道，有车子正驶进来，模模糊糊的声音，周遭的一切都嘈杂而琐碎。这是我十六年来独自度过的第一个生日，没有蛋糕，没有礼物，没有父母的祝福与温暖的笑容。以后的生日，我都要自己一个人过了。

开学后我们的《威尼斯商人》以微弱票数输给了另一个小组的《罗密欧与朱丽叶》，演朱丽叶的是林姿娴。林姿娴人如其名，姿态娴雅，美丽大方，是我们班的英语课代表，曾经代表我们学校参加全市中学生英文演讲比赛。还有人说她就是校花，但我们学校漂亮的女生颇有几个，所以校花到底是谁，就一直没有定论。但她演的朱丽叶让全班都拍红了巴掌，实在是精彩，风头把演罗密欧的那位男同学完全压了下去。后来英国老太太强强合并，重新调整人员排了《罗密欧与朱丽叶》，萧山演罗密欧，林姿娴仍旧是朱丽叶。这出剧当年颇为轰动，演员都是俊男美女，口中是优雅标准的英文发音，一度两年间在本校的外宾来访、友好学校联谊时，成为表演的保留节目。

我脸上的冻疮已经好了，蛇油非常有效，虽然味道有点膻膻的，但涂了几次后就见了效果，没等那瓶蛇油用完，我的冻疮早就无影无踪。新学期开始之后调整了座位，萧山不再坐在我后面了。下课十分钟他仍然见缝插针地去打篮球，他课余的活动也很多，跟林姿娴排练《罗密欧与朱丽叶》，参加奥赛培优……我的全部心思也都在学习上，下半年就要高三了，偶尔我还是会向他借英语笔记，因为他写的笔记又工整又齐全，班上不少人找他借来抄。

我最喜欢数学课，因为教数学的老奔最喜欢的学生就是我，而老奔最没辙的学生就是萧山。因为萧山数学成绩好归好，但却是不听话的学生。老奔一讲例题，就把我和萧山叫上去在黑板上先做解答。同一道题目，我们总会用不同的方法解出来。我的解答方式总是最稳妥的，而萧山的解答方式总是最简单的，他为了偷懒经常会用让人觉得

异想天开的步骤，好比武侠里剑走偏锋的险招。而我循规蹈矩，出错的概率最小。老奔喜欢看我们两个同台竞技，如果我哪次比萧山解得好、解得快，他就会笑逐颜开地夸奖我。要是萧山解得快，他就会负手站在一边，看我奋笔疾书解答步骤，仿佛武侠小说里的老怪，唯恐得意弟子输给了旁人。其实我也喜欢和萧山一起做题，并肩站在黑板前听指端的粉笔吱呀吱呀，眼角的余光瞥见对方一行行的换算正飞快地冒出来，胸中萌生出一种齐头并进的快感。我总是一心想要赢过他，但大多数时候我们平分秋色，偶有胜负也是他赢我更多。

有次我们做完题后，各自回到座位。老奔非常得意地说："把他们两个配对，就是最完美的解法。"其实他是口误，但全班哄堂大笑，我面红耳赤，半天抬不起头来。这句话后来在班上流行了很久，连外班都知道老奔说过这句名言。不过很少有同学拿我和萧山开玩笑，大概是我们俩看起来太不搭，萧山外向聪明，而我则是太中规中矩的好学生。倒是有人经常拿萧山跟林姿娴开玩笑。女生们总拿林姿娴打趣："朱丽叶，你的罗密欧呢？"有时候萧山和一帮男生站在走廊里，看到林姿娴从楼下过，一帮男生也会起哄："哦！朱丽叶，罗密欧在这儿呢！"

林姿娴很大方，开这样的玩笑她从来不生气，顶多仰起脸来冲楼上的那堆男生嫣然一笑。她性格好，脾气又温和，朋友很多，不仅好多女生跟她关系好，不少男生也跟她是很好的朋友。

萧山生日的时候请全班同学吃必胜客，因为他拿到了奥赛奖金。班主任大喜，觉得他明年保送名校没有问题了，于是也网开一面，欣然前往。那是班上最热闹的一次聚会，比高考结束后吃散伙饭还热闹。因为还在高二，大家即将面临未来高三整年的煎熬，于是所有的人都兴冲冲地，从日复一日的学习中短暂地跳出来，难得的洒脱开怀。

吃完必胜客，班主任和几位老师就先走了，于是我们又悄悄转战烧烤店，倒不为吃，是为了喝酒。男生们偷偷摸摸喝啤酒，女生们喝可乐。那天吃了什么我都忘了，就记得一位绰号叫"猴子"的同学侯玉冬喝醉了，一个劲拉着萧山要再敬他一杯。萧山被他灌了好几杯了，哭笑不得不肯再喝，林姿娴替他解围："别让萧山喝啦，待会儿真喝醉了。"

侯玉冬一脸痛苦状捂住脸："O Romeo, Romeo! Wherefore art thou Romeo?"

所有的人都被猴子怪腔怪调的发音给逗乐了，猴子说："罗密欧不喝，朱丽叶喝吧，要不这杯酒你替他喝了。"男生们都有点酒劲了，不少人在起哄，林姿娴落落大方："喝就喝。"她刚接过杯子，就被萧山拿过去了："得了，还是我喝。"

萧山仰起脖子来，把那一大杯啤酒慢慢喝完，有女生在鼓掌，也有男生在吹口哨。他喝完后，猴子笑嘻嘻搭着他的肩："行啊，这才叫风度。"

我坐在角落里吃烤好的鸡翅膀，辣得喝了一杯又一杯水，渐渐觉得胃里难过起来。

那天大家散的时候挺晚了，三三两两结伴回家，我跟所有同学几乎都不顺路，匆忙想去赶最后一班地铁，谁知道萧山追上来，说：

"我跟你一块儿吧。"

我问："你不是住西边？"

他说："我爸妈回来了，我今天回自己家去。"又催我，"快走，不然赶不上地铁了！"

我们简直是以百米冲刺的速度赶到地铁站，还在下台阶就听见地铁进站的轰隆声，两个人都是拼命狂奔，脚尖刚落到站台上就听见车门嘀嘀响，眼看着车门就要关了，萧山一个箭步已经冲进车厢，回过身来抓着我的胳膊就把我拽了进去。我估计车门就是在我身后堪堪合上，差点没夹着我的头发。萧山还紧紧抓着我的手，因为惯性我向前一扑，他已经把我抱住了。

我的耳朵正贴在他的胸前，柔软的T恤下是他又快又急的心跳声，扑通扑通扑通……比我自己的心跳得还要快。刚才跑得太急，我们两个都还在拼命喘气，他身上还有淡淡的酒气，又比我高很多，呼吸仿佛就拂在我的头顶，一下一下，微微吹动我的额发，拂在脸上痒痒的。我几乎觉得从耳朵到脖子都是滚烫滚烫的，在那短短的几秒钟内，我几乎丧失了一切反应的能力，只本能地抬起头来。他也正看着我，他的眼珠那样黑，那样深，那样亮，就像是满天的星星都碎了，哗啦啦朝我铺天盖地地倾下来。我被这些"星星"砸得头晕眼花，连该怎么呼吸都不知道了。

也不知过了多久，萧山的手终于放开了，可是却滑落下来，顺势抓着了我的手。我根本就不敢抬头，挣了一挣，但他握得更紧了，对我说："那边有座位。"

我们两个并排坐下来，最后一班地铁，人并不多，车厢里空荡荡的。没有人注意到我们，但我想自己的脸一定还很红，只是觉得不安。他没有说话，但也没有放开我的手，我又尝试着把自己的手指往外抽，他终于问："怎么了？"

我嗫嚅："这样是不对的。"

"是啊。"他突然冲我一笑，对我说，"我们坐反方向了。"

我瞠目结舌，听到列车广播里报站名，果然是坐反方向了。我就顾着跟在他后头一路狂奔，匆匆忙忙拿月票往里面冲，哪知道他会坐反方向，连我也稀里糊涂地跟着他一块儿搭错车。

他似乎很开心，哈哈大笑起来。我不知道他到底为什么那样高兴，但我永远记得那天他笑的样子，眉目舒展，容颜灿烂。在车厢莹白的灯光下，他的脸庞就像是带着朦胧恍惚的光与影，这么多年来，一直出现在我的梦里。

# 【三】

下午的时候莫绍谦的司机给我打了一个电话，照例问要不要到学校来接我。这是莫绍谦的做派，他用的人永远像他一样，表面上总是维持着最大的礼貌与客气。我也客气地答不用了，我会自己回去。

莫绍谦虽然很少在这个城市停留，但身为资本家，哪怕十天半月也用不了一回，他仍旧有车有司机在这里，就好比他有房子有狗有我在这里……我的名字，排在可爱的后面。

傍晚时分我穿过人声嘈杂的校园，同学们行色匆匆，去食堂或者水房，抱着书拎着开水瓶奔忙在路上，常常一个寝室结伴同行说说笑笑，总是校园的一景。如果莫绍谦不来，我通常是住在宿舍里，这个时候也应该打水吃饭，耳朵里塞着MP3，写明天要交的实验报告。

在过马路的时候我差点被车撞了，因为站在街心的斑马线上，我好像看到了萧山。我说好像是因为我没有看真切，只是对面人行道上有个相似的背影，远远一晃就不见了。但我再也迈不开步子，隔着滔滔的车流，熙攘的长街，我不知道是眼睛在骗自己，还是理智在骗自己，只是失魂落魄。也许我今天就不应该想起他，不应该想起过去的那些事。两所大学挨得这样近，我从来没有看到过他，一次也没有。三年来他就像个水泡，成功地消失在一望无际的人海，然后我就安然地，自以为是地，觉得自己再也不会遇见他。

我朝着人影消失的方向追了过去，追出很远一段距离，明明知道他不会在那里，终究徒劳地停下来，即使是他又能怎么样呢？

在地铁车厢里，我靠在扶手柱子上，想起很多年前那个晚上，和萧山追赶最后一班地铁，那时候心跳的声音似乎还咚咚地响在耳畔。直到现在我才明白，原来命运曾如此清晰地预知，从一开始我和萧山就错了方向，从此再也去不了想去的地方。

回到别墅，莫绍谦让我换衣服出去吃饭，也好，今天我的情绪糟透了，如果单独跟他待在家里，真怕自己会露出什么破绽来。到了那家会所制的餐厅，才知道他为什么要带我来。因为今晚这顿饭简直是二奶展览会。一张桌子上统共才四个男人，倒是带着五个女伴，其中一位还带了两位如花似玉的姑娘。我跟着莫绍谦刚进包厢，就听到旁人打趣那人："王总今天好兴致，一炮双响啊。"

这位王总我认识，前天还在新闻里跟市长一块儿剪彩呢。

不能怨我大惊小怪，因为莫绍谦以前没带我出来见识过这种场面。正式的应酬当然没我的份，我又不是原配。像这类不正式的应酬，估计他也嫌我长得不够艳压群芳，又是学生，上不了台面拿不出手。所以我也是刘姥姥进大观园，头一回。

今天请客的就是王总，因为他坐在主人位，我那点礼仪培训知识没忘光，还知道哪是主位哪是客位。鲍参翅肚这帮人估计早吃腻了，所以点的菜都还挺清爽，做法也挺独到，口味自然没得说。这几个人似乎也没什么正事要谈，不外乎吃吃喝喝。我怕说错话让莫绍谦不高兴，所以多吃菜少吭声。没想到王总带来的那两个女孩子，不过和我差不多年纪，长得是美若天仙，喝起酒来那叫深不可测。左一杯右一杯，轮番替那位王总向诸人敬酒，尤其对莫绍谦是左右夹击舌灿莲花，也不知道王总上哪儿找来的这两个尤物，比所谓"红楼二尤"有过之而无不及。看了这酒席上诸人的阵势，我才后知后觉地明白今天主客是莫绍谦，其他人都是来作陪的。但那"二尤"八面玲珑处处周全，也没冷落了任何一位客人，几个男人都被她们哄得心花怒放，连带几位女伴都眉开眼笑，除了莫绍谦。那倒也不是她们没本事，而是

莫绍谦一贯这个德行。大概是莫绍谦那不冷不热的样子让"二尤"生了挫败感，不知怎么话锋一转，"二尤"就关心起我来。其中一个捧着杯子，细语腻声，十分亲热："这位妹妹以前没见过，今天初次相见，我就先干为敬好了。"

还没等我反应过来，她已经咕咚咕咚把一整杯酒都喝下去了，这下子我可不知道该怎么办才好。另一个却已经笑盈盈地说道："难得大家这么高兴，要不莫先生和童小姐喝个双杯吧，我们两个自然是陪一杯。"

这两个女人，怎么喝酒都跟喝水似的？

我进退两难，百忙中还记得偷瞥一眼莫绍谦的脸色，我不敢指望，但我知道只要他肯眉目间稍有暗示，这些人就不会为难我了。但他却还是那副不动声色的模样，那"二尤"已经左一句右一句地哄起我来，可怜我哪是她们的对手，稀里糊涂就已经被灌下去了好几杯。虽然是红酒，但双颊发烧，晕晕乎乎。再这么下去我真要醉了，我身子发软，胃里更难受，连手都开始发抖，终于借着酒劲，大着胆子在桌子底下轻轻拉了拉莫绍谦的衣角。

莫绍谦也没有看我，不知道是替我解围呢还是替我添乱，只闲闲地说："你们别灌她了，她不会喝酒。"

"哟，莫先生心疼了。"一个似嗔非嗔，另一个就更是眉目传情，眼似秋波："莫先生要是心疼，那这杯莫先生替童小姐喝了吧。"

莫绍谦却是似笑非笑："听听你们俩这口气，我哪还敢替她喝。"

席间的人都哄然大笑，好像他说得跟真的似的。

我酒劲往上冲，心里却不知道为什么发冷，手也不听使唤，拿过杯子就说："没事，我自己喝！"

　　这下可捅了马蜂窝，那两个尤物彻底针对我了，我喝了这杯后她们拍手叫好，马上让服务生又给我斟上一杯，走马灯似的轮流灌我，连别的人也来起哄，这个说那个敬，我不知道喝了多少，反正彻底高了，还敢跟"二尤"叫板，端着杯子去灌她们，最后意识模糊，什么也不知道了。

　　稍微清醒点时我已经在车上了，莫绍谦的迈巴赫，这车还是我让他买的呢。当年他在宾利和迈巴赫里拿不定主意，我说选宾利吧，其实我挺喜欢迈巴赫的，我就知道他瞧不上我的品位，所以我撺掇他买宾利。结果他还真买了迈巴赫，多好啊，多小言的车啊。悦莹一天跟我念叨三回，说小说里的男主都用这车，就她那暴发户的爹不懂得欣赏，不肯买。

　　这车贵就贵在几乎全是定制，光这座椅上的真皮据说就来头不小，是从小没挨过一鞭子的小牛，剥下皮来后手工硝制，挑出纹路与颜色最无差异的，然后再一针一线精心缝制。光这个座椅就用了好几头小牛——我真对不起这些牛，我吐在了座椅上。

　　莫绍谦让司机把车停下来，我蹲在路边吐啊吐啊，车也停在那里，四门大开着，司机拿着纸巾盒收拾了半天，又不知道喷了多少香水，最后我重新上车的时候，那车里全是Tiffany男用香水的味道。莫绍谦喜欢这个牌子，连车上都有一瓶，可是我闻到这个味道，只觉得又要作呕。

终于忍到家里，我跌跌撞撞爬上楼，摸到自己房间，居然还能挣扎着洗澡，而且还没有被淹死在浴缸里，我连头发都没有吹，出来看到床就倒了下去，像头猪一样沉沉睡去。

我睡得不好，做噩梦。梦到漆黑一片，要哭又哭不出来，全身都没了半分力气，身上像压着一块巨大的石头，又像是溺在水里，不停地往下沉，往下沉，却挣扎不了……所有的一切都离我而去，从此永远陷在绝望的黑暗里……我连哭都没力气，一动也动不了，四肢百骸都像不再是自己的，全身都像被抽了筋，剥了皮，就像是传说里的龙女被拔了鳞——可我心里明白，这不是天谴，只是命，是我的命，怎么都挣不开。最后终于奋力睁开了眼睛，黑暗里只能看见莫绍谦的眼睛，幽暗而专注，却并不像是在凝视我，仿佛是在端详什么陌生人。

我似乎还在哽咽，今天晚上我给他丢脸了，虽然他没有骂我，但我知道。我只觉得很害怕，我承担不起惹怒他的后果，却因为情绪而放纵自己失态。在这样安静的夜色里，他的眼睛让我感到悍恐。我伸出手搂住了他的脖子，我听到自己的声音，几近喃喃地说："不要离开我……"

他没有回答我，只狠狠用了一下力，疼得我差点要叫出声来。

这个禽兽！

没等他折腾完，我又睡着了。

这一觉睡到大天亮才醒，窗帘密闭四合，周围安静极了，只有落地窗帘底下才透进茸茸的一圈光，我翻了个身，缎子的被褥清凉，差点从我肩上滑下去。宿醉的疲倦与困乏让人懒洋洋的，不想动弹。

床上没有莫绍谦的任何气息，我旁边的枕头仍旧是蓬松无痕。我想昨晚的事大约是我做梦，要不就是喝太多的幻觉。我在床上躺了好一会儿，最后在床头柜上摸到手表来看，已经七点了。

爬起来洗漱，然后下楼去，楼下空荡荡的，只有家务助理在做清洁，见着我露出一个职业的微笑："小姐，早。"

"早。"我踮起脚往花房那边张望，家务助理猜到了我的心思，对我说："先生一早走啦，司机送他去的机场。"

莫绍谦走了，听到这句话，我整个人绷着的弦都松了，高高兴兴换衣服去学校。

上午只有两节课，下了课我本来想回寝室去补眠，但悦莹死活拉着我陪她："大好辰光睡什么觉啊？快跟我去篮球馆，大学生机器人大赛，今天在那儿有场选拔赛。"

"机器人有什么好看的？"

看悦莹两眼发光的样子，我就知道她又犯花痴了。果然她说："慕振飞！慕振飞要来啊！"她抓着我的手乱摇，"是慕振飞啊！听说他们学校由他带队，今天他会来！"

拜悦莹所赐，我对这位慕振飞的事迹知之甚详。丫简直是丰功伟绩数不胜数，从逼宫后勤集团到跟辅导员叫板到被校长钦点，屡屡传到我们这边来，可见名头有多响招牌有多亮fans有多狂……据说隔壁学校每年新生入学的时候，只要丫坐镇学生会，连迎新会都会显得格外热火朝天。对于隔壁那个以理性和刻板著称的理工大学而言，出现这样的狂热容易吗？

每次提到他，悦莹就长吁短叹："隔壁建校也有一百多年，出色的人也多了，可恨都生得太早，没等我看上一眼就都不在了。能和慕振飞处在同一时代，真是好幸福好幸福哦……"后头那个"哦"字还是标准的台湾腔，听得人一阵阵肉麻。

今天能见着慕振飞的真人，估计她会幸福得睡不着了。

看到慕振飞的刹那，我算是彻底意外。倒不是因为对面看台上一群美眉打着横幅舞着彩色的拉拉花的阵势，跟流川枫的亲卫队似的，只差没满场飞星星眼，然后万众齐呼"我爱你"，而是因为这位慕振飞同学长得真是太标致了。我知道悦莹一贯以貌取人，但我怎么也没想到传闻中那个飞扬跋扈的慕振飞竟然是一位唇红齿白的少年郎，笑起来还有酒窝，一张脸阳光灿烂。

真是人不可貌相，这年头连小白脸都不是等闲之辈。

不过等他往场地中心一站，那个目光，那个气势，还真是渊渟岳峙，用句武侠小说的话来形容，一代宗师气派啊。就跟张无忌似的，看着以为是个小道童，谁知一出招就横扫光明顶。只见他拍了拍巴掌，然后一队人马就凑到了一块儿，头碰头肩并肩，最后一一搭住手掌，发出激昂的狂吼："必胜！"

看台上不少本校女生连立场都歪了，情不自禁地发出赞叹似的欢呼。

不过赛况一点也不激烈，最后以我方代表队惨败而告终。虽然我们也是一流的综合类大学，名下好几个理工类学院在全国排名也不算太差，但是跟隔壁学校实力强大的控制科学与工程专业的高才生们比机器人……还是算了吧。

虽败犹荣，我方领队的师兄还挺幽默地开玩笑："下次我们不比用机器人码双子塔，我们比用机器人作诗好了。"

在全场的哄笑声中，双方队员握手，合影。啦啦队一拥而上，劲歌热舞，偌大的场地里顿时热闹起来。悦莹拖着我直奔场中去近距离观察帅哥，我差点没被挤出一身汗来，看悦莹那劲头，不挤到慕振飞身边去誓不罢休。就在这个时候，隔壁学校一帮热血的男生已经把慕振飞抬起来，高高向空中抛去。在众人的欢呼与轰然的笑声中，我往后退了几步，试图远观这花团锦簇的场景。悦莹已经挤到了人群包围的核心，回头不见了我，她急得大叫："童雪！童雪！"

她的声音很大，嘈杂的音乐声中我还是听到了。

"我在这儿呢！"为了让她看到我，我一边大声答，一边蹦了起来。

我大意了，我太高了，我平常就高，我跳起来就更高了，正好一个黑黑的不明物体嗖地一下朝我这边飞撞过来，就跟颗子弹似的。我还没反应过来，那个东西就已经直飞到面前，只听得啪的一声，突如其来挨了这么一下子，我顿时滑倒在地，狠狠摔了一跤。

那个疼啊，幸好我本能地闭了下眼，就这样那个不明物体还正巧砸在我眼皮上，疼得我两眼哗一下子热泪全涌出来了，模模糊糊什么也看不清。旁边已经有女生看我摔得狼狈跑过来搀我。我抹了一把眼泪，挣扎着还想自己站起来，就听见那个女生尖叫："哎呀，流血了！"

我左眼根本就睁不开了，右眼也不停地掉眼泪，隔着泪帘恍恍惚

惚看到手上有一抹鲜红。我跟这学校真是八字不对盘，真的，自打进这校门我就三灾八难不断，到今天还没完没了。我那些封建迷信的思想还没冒完，悦莹已经急匆匆扑过来直叫："童雪！童雪！"那反应就跟八点档电视剧似的，急得只知道摇我了。我被她摇得七荤八素，还没等我缓过劲儿来骂她，人已经全围拢过来，七手八脚地搀起我来，这时候有个男生的嗓音响起来："快送医院！我背她！帮忙扶她一把！"

其实我只是伤了眼睛又不是伤到腿，但几个同学已经七手八脚地把我扶上那男生的背。说实话我什么都看不见，两眼都有温热的液体正拼命地往外涌，滴滴答答落在那男生的脖子里，也不知道到底是眼泪还是血。我琢磨我是不是要瞎了，我要是真瞎了莫绍谦会不会终于要把我给甩了……

这当头我还有精神胡思乱想，大约是因为一路上泪眼花花，什么都看不清楚。但我知道已经出了篮球馆，路过逸夫楼、管院综合楼、友好樱园、金钱湖……一路上都是我最熟悉的校园，不用看我也知道。出了北二门就是我们学校医学院的附属第一医院了，背着我的那个男生步子非常快，但这一路全是上坡，我听到他已经在喘气了。

我大概被颠得昏了头，或者是晕血的毛病又犯了，虽然看不到血，但呼吸里全是血的腥气。我头耷拉下来，有气无力。这男生的肩膀很宽，但并不夸张，不是那种肌肉鼓鼓的，我又想起了萧山，每当我要死不活的时候，我总是能想起他来。从前他在篮球场打球，我路过的时候，一堆打球的男生里面，我总是一眼就可以看到他，大汗淋漓，把背心都汗湿透了，露出的肩头很平，很宽。其实萧山从来没有背过我，就是很久很久以前有次做梦，梦到他背我。梦里他背着我走在附中的那条林荫道上，天空全是碧绿的枝叶，叶底一蓬一蓬的马缨花，就像是淡粉色的丝绒，又像一小簇一小簇的焰火，开满在蓝天的底子上。

在梦里他背着我一直走，一直走，我搂着他的脖子，问他："你要把我背到什么地方去？"

他说："到我的心里去。"

梦醒来的时候我十分惆怅，如果真有过这么一回，该多好。

进了人声嘈杂的急诊部，我听到悦莹带着哭腔叫医生，然后我被放了下来，放到椅子上，医生来了，护士也来了。医生让我仰着头，有清凉的棉团，带着消毒药水的气息，轻轻拂拭过我的眼皮，一阵痛楚让我全身发抖。

医生问我："能睁开眼睛吗？"

我努力试了一下，视线还是模模糊糊的，左眼更是不敢用力。医生唰唰地写着字，说："你们是本校的学生吧？带医保卡没有？先去帮她挂号交钱，上楼去做检查，看看有没有伤到眼球。"

我努力睁大右眼，想要看清什么，可终归是徒劳，只要眼珠子稍稍一转，我的两只眼睛就同时流眼泪。悦莹是真的要哭了："我们没带卡……"

"我去交钱。"应该是背我来的那个男生，字正腔圆的普通话，说话的声音还有点微喘，大概是因为刚才跑得太快，"你在这儿陪她。"

医生用消毒纱布暂时盖住了我的伤眼，我跟瞎子似的被悦莹挽着上楼。很快检查结果出来了，外伤性角膜穿孔，医生建议紧急手术。悦莹"哇"的一声就哭了，我也很害怕，所有不好的念头一下子全涌进脑子里，只怕从手术室出来我就是瞎子了。幸好还有背我来的那个男生，他并没有劝悦莹，也没有劝我，而是握了握我的手："我们在外边等你！"

他的十指微凉，握着我的手的时候很用力，就像萧山每次握的时候那样，他总是攥得我都微微发疼。其实我心里害怕极了，连手腕子都在哆嗦，我握着他的手，可一句话也说不出来。护士来催我了，我左眼根本就不敢睁，右眼也只能模模糊糊看到一点儿朦胧的影子。我努力地看了一眼悦莹，她靠在墙那儿哭呢，还有那个男生。我想我要是瞎了，这可是我看到这个世界的最后一眼了。

手术没我想的那样漫长，也没我想的那样恐怖，最后整个左眼被包扎起来，我当时就想，这不成独眼龙了？悦莹后来也说，我从手术室出来后乍一看，真像海盗船长。

她跟我说这话的时候，我已经在住院部住了三天。这天早晨查过房后终于替我摘了纱布，医生说再观察两天，没有感染的话就可以出院了，至于视力会不会受影响，还要看后期的恢复。不过幸运的是，角膜伤到的位置比较偏，伤口也很小，目前看来还是很乐观。

我快郁闷死了，因为我最怕进医院，何况还是住在医院里，而且每天早上还得挂几瓶点滴，怕感染。摘了纱布后我左眼也好一阵子不敢睁，总觉得看东西模糊一片。

悦莹天天都来陪我，一连逃了三天的课，我十分感激她。我知道她不是因为慕振飞，那天背我来医院的竟然是慕振飞。怪不得后来说要手术，悦莹都吓哭了，他还能那么镇定，小白脸果然有过人之处，不愧是见过大场面的人。

慕振飞也天天来看我，悦莹说我这次要走桃花运了。我说："都成海盗船长了，还有什么桃花运？人家那是见义勇为，不是英雄救美！"

# 【四】

正当我和悦莹在病房说笑的时候，慕振飞又来了。

今天没了纱布，看他的时候我都觉得怪不自在的，前几天独眼龙看他，倒没觉得有什么，大概是悦莹刚跟我提到桃花运。但我又不是悦莹，我根本就不花痴，真的，我发誓。

慕振飞又带了水果来，悦莹拿了刀削苹果，再加上慕振飞那张阳光灿烂的小帅脸，我越发觉得不自在，对他说："谢谢。"

慕振飞应该比我高一届，我大一刚进校门就听到他的丰功伟绩了，那正是他风头最劲的时候，竟然有办法逼得他们学校动手改革冰冻三尺非一日之寒的后勤集团。一时之间本校的学生提到隔壁大学的慕振飞，那就跟提到姚明、刘翔似的，属于偶像级别的。我还记得校

内BBS上有义愤填膺的帖子，大声疾呼："自五四运动始，我校从未落后于人，奈何百年辉煌，而今竟无一人似慕振飞……"

这帖子后来面目全非，因为底下马上有人嗤之以鼻，慕振飞焉能和"五四"先贤相提并论？然后似乎是历史系与国际关系学院两派人马对掐起来，从五四运动的意义一直掐到中国近现代史教科书究竟该不该重新编纂。这两个专业的同学素来都是伶牙俐齿，引经据典没完没了，让那帖子一度成为年度热帖，每次进校内BBS那个丑得要死的首页，都能看到它红彤彤飘在上头。

其实慕振飞也没比别人多长一只眼睛或者一个鼻子，他就是一个看上去很标致的男生，而且还不怎么像工科男生，因为样子太阳光灿烂。

慕振飞看到我眼睛拆掉了纱布，于是问我："能看东西了吗？"

"还不行，医生说得恢复一段时间，应该没多大问题。"

"那天我就想告诉你，但你纱布一直没拆，医生叫我别影响你情绪，所以我忍着没说，现在我可得告诉你。"慕振飞的表情看上去很严肃，连小酒窝也没有了，他抿了抿嘴，说，"我向你道歉，那天砸着你眼睛的是我的手机，本来我握在手里，后来他们一使劲，我没拿好就飞出去了，没想到砸到你了。"

我说呢，原来不是见义勇为，而是肇事者！

怪不得把我送医院来，还天天来看我，原来是这样。还桃花运呢，简直是飞来横祸！

事后悦莹专门去事发现场找过，就没找着砸我的是什么东西。当时的人太多了，乱哄哄的，一出事她又只顾跟着跑来医院了，后来虽然问了几个在场的本校同学，但谁也没看清到底是什么东西砸着了我。不过算慕振飞有良心，虽然他是肇事者，但他事发后就当即将我送到医院来，事后又坦然自首，怎么也不能冤枉他是肇事逃逸啊。

我下意识想去摸那只还在隐隐发疼的左眼，结果他一下子挡住我的手："别摸！当心感染！"

我只好摸了摸鼻子："那你打算怎么赔我？"

"医药费、营养费我出。还有这几天耽搁的笔记，我已经借来替你抄了。明天后天的课我也拜托人了，等一下课我就拿去替你抄好。"

悦莹插话："那也不能算完啊，万一有后遗症呢？你得负责！"

后遗症……这词我都不好意思提，因为早上查房的时候医生刚说过，最糟的后遗症就怕视力会下降几百度，不过概率很小，顶多两成，我的运气不会那么坏吧？

慕振飞看着我："对不起，我真的觉得十分抱歉。有什么事，都可以提。只要我能办到，我一定努力。"

语气很诚恳，态度也很端正，果然不愧是风云人物，很有责任感。

我脑子转得飞快，琢磨着到底是叫他给我打一年开水呢，还是干脆让他当悦莹的男朋友。

我还没问呢，悦莹已经替我问了："你有女朋友没有？"

他怔了一下："没有……"

悦莹咄咄逼人："真没有？"

"真没有。"

悦莹笑得很开心："那好，你替童雪打一年的开水吧，风雨无

阻，直到你毕业。"

我还没说话呢，慕振飞已经点头答应了："行，没问题。"

等慕振飞一走，我就埋怨悦莹："你怎么能这么便宜他？"

"这还算便宜他？你不就讨厌打开水吗？你本来打算提什么条件？"

我叹了口气，幽幽地告诉她："我本来想逼他做你男朋友的。"

悦莹顿时花容失色："啊……你不早说……我竟然和慕振飞失之交臂……我不活了我……"

虽然我真的很想尝试一下厚颜无耻地讹诈慕振飞，让他当悦莹的男朋友，从此我就可以天天近水楼台地欺负他。但他这种人，岂会轻易受人摆布？张无忌到哪里都是张无忌，赵敏那样狠也得布下天罗地网才逼他答应三个条件。他对我不过是一时失手的愧疚，现在我一没瞎二没残，他愧疚也愧疚不到哪里去，我可没那本事逼他从此后乖乖替悦莹画眉。以前的教训告诉我，没把握的事情还是不要轻易尝试，因为容易自取其辱。

出院第一天回到寝室，门房里就有两瓶开水等着我，簇新的一对八磅开水瓶，据说是慕振飞亲自送来的，可惜我跟悦莹逛超市去了，没能目睹盛况。当时的情形轰动了整个宿舍楼，据说连隔壁九号楼的女生都跑来看热闹。用室友的话说："咱八舍终于风光了一把。"

我得意扬扬："回头毕业了咱在墙上题副对联，也好让后来的师妹们瞻仰瞻仰。"

悦莹问："什么对联？"

我十分臭屁地答："上联是——曾遭慕振飞打水。"

"那下联呢？"

"屡替何羽洋签名。"我厚颜无耻，"加上横批'比牛还牛'。"

悦莹可笑坏了，何羽洋和我们一个班，是本校赫赫有名的名人。虽然名头赶不上慕振飞，但风头有过之而无不及。因为何羽洋去年暑假参加了电视台的业余主持人大赛，竟然拿了个新秀奖。哗啦一下子，全国的观众都认识她了，从此应酬多得不得了，总是不得不去录节目啦拍广告啦，所以屡屡冒险逃课。她和悦莹是老乡，关系挺好，所以跟我关系也好。教我们超分子的教授基本不点名，但上课前全班要签到，据说偶尔兴致来了还会核对笔迹。何洋羽的签名我学得最像，每次都是我替她签，一次也没露馅。

我的眼睛渐渐好了起来，就是需要天天吃点维生素，医生给开的，据说益于视力恢复。不过慕振飞果然守信，每天都替我送两瓶开水到宿舍门口楼长阿姨那里。我早晨上课前把空开水瓶带下去搁那儿，晚上再拿就是满的了。起初这事很轰动，整栋宿舍楼都以为慕振飞在追我，因为我们是老牌大学，好些宿舍楼都不愧百年名校的底蕴。男生们住的好些还是筒子楼，女生宿舍学校安排得有所照顾，但也是二十年以上的历史建筑了。虽然每栋楼冬季都会供暖，可是四季都不供热水，为防止火灾，学校也不让私自用"热得快"之类的电器，查出来会被重罚，所以只能去水房打开水，特别不方便。于是一般我们学校的男生体贴女朋友的传统方式，就是天天替她打开水。这群小八婆眼见慕振飞如此，不免以己度人，换着法子来打听八卦。

这些乱七八糟的事统统由悦莹替我挡了回去："人家打个开水，

有什么可疑的？"

是没什么可疑，我和慕振飞都不碰面，跟地下党接头似的，就只两个开水瓶拎来拎去。

我喜欢住校，但我最讨厌打开水。现在我最讨厌的事情都解决了，我更喜欢住校了。

莫绍谦又有一个多月没来了，我觉得很高兴。第一，我的眼睛虽然好了，可左眼皮上留了个浅浅的疤，像是滴泪痣，虽然并不显眼，但他看到后会有什么反应我还拿不准。过去的教训告诉我，如果我敢在自己脸上玩什么花样，后果是很惨的。第二，其实我很期望他忘了我，最好他真和苏珊珊好上了，把我忘得一干二净，忘得越久越好。第三，我们要期中考试了，功课实验都很多，我不想分心。

悦莹新交了男朋友，灰绿眼睛的Jack和失之交臂的慕振飞都被她忘诸脑后。说起她交这位新男朋友，还是因为慕振飞呢。他天天按时将开水瓶放在一楼门口阿姨那儿，风雨无阻，我和悦莹都习惯了。那天正好下了一整天的冷雨，我们下午的课又在最远的八教，八教到我们住的八舍，几乎是横穿整个校园的纵轴线。所以我和悦莹理所当然地花了两块钱，搭了校内电瓶车回来，一块儿拎着伞哆嗦着跑进楼门，习惯性地去阿姨那儿提水，却发现地上空空如也。

楼长阿姨跟大家关系都挺好的，冲我们直笑："今天人家还没拎来。"

慕振飞做事真的可谓一丝不苟，一个多月以来，还是第一次出现这样的情况。我和悦莹正有点意外，忽然看到窗外有个高大的身影一晃，那速度跟百米冲刺似的，唰地一下就扑到了眼前，还没等我们反应过来，一对开水瓶已经被轻轻巧巧地放在地上，那男生微微有点喘息："阿姨，麻烦给302的童雪。"

这时我们才能看清楚这男生并不是慕振飞。他比慕振飞还要高，真是个大块头，细雨将他的头发淋湿了，身上的一件冲锋衣也已经半湿，但样子一点也不狼狈，他顺手抖了抖衣领上的水珠，那模样真像一头刚从丛林里钻出来的神气的豹子，机警而灵动。

悦莹一见帅哥就爱搭话，于是问："慕振飞呢？"

"他要出国半个月，这半个月他拜托我帮忙打水。"那男生眼神锐利，打量了一眼悦莹，神色间似乎有所悟，"你就是童雪？"

事后我才知道，原来拜慕振飞所赐，我的名字在隔壁学校也热门了一把。隔壁大学看慕振飞天天往我们学校跑，于是传说得绘声绘色，说是慕振飞领队来我们学校参加比赛，大胜之余被队友抛高，谁知道手机竟然飞出去砸到了我校校花，于是慕振飞慷慨地负起责任，每天都来给校花打开水。搞得隔壁学校一帮慕振飞的拥趸都十分郁闷，多次讨论童雪到底是何方神圣，竟然让临近毕业的慕振飞还"黄昏恋"了一把，言下之意，颇有点怀疑我们学校输了之后不服气，竟然用上美人计。

什么叫流言，这就叫流言；什么叫走样，这就叫走样。

我竟然被传来传去传成了校花，可见在大家眼里，只有校花才配得上慕振飞。太遗憾了我，下辈子我一定要长得比何羽洋还漂亮才行。

没等悦莹答话，那男生却说："我们今天考试，所以我来迟了，

真不好意思，要不我请你们俩吃饭吧。"

悦莹会拒绝一个眼睫毛上还挂着亮晶晶雨珠的男生邀请吃饭吗？

她不会，我当然也不会。

所以，在那个冷雨潇潇的秋日，天早已经黑透了，我们三个搭着电瓶车到西门，西门外有著名的吃喝玩乐一条街，我们大吃了一顿香喷喷的牛肉火锅。吃完这顿火锅，我们才知道这男生叫赵高兴，赵高兴也终于知道了原来我才是童雪，而悦莹真正的大名叫刘悦莹。

赵高兴比慕振飞低一届，正好跟我们同级。不过他是体育特长生，而且跟刘翔一样练的是跨栏，怪不得那天拎两个开水瓶还能健步如飞。我都不知道他是怎么追的悦莹，三年来栽倒在悦莹脚下的本校男生也颇有几个了，别看悦莹花痴，但她一点也不花心，对恋爱的态度还特别传统。这大概就是小言看多了，所以物极必反。起初我压根没想到悦莹会和赵高兴有什么关系，直到慕振飞回国，重新来替我打开水，赵高兴却也天天拎两个开水瓶在八舍楼下等悦莹，我才恍然大悟。

自从悦莹和赵高兴成了一对，我和慕振飞也就熟了。因为赵高兴是慕振飞最好的朋友，慕振飞交游甚广，朋友也多，经常大队人马呼朋唤友去吃饭，我就属于被动蹭饭的那一种，吃来吃去，就成了哥们。熟了之后就发现慕振飞这人非常表里不一，用悦莹的话概括就是："表面正太，内心腹黑。"赵高兴总结得更直白："他就是踩着一地玻璃心的碎碴，然后还特无辜地看着人家。"

那时我跟慕振飞的关系已经很铁了，因为我感激他天天替我打开水，他感激我视力下降了三百度没找他算账。所以我认为他是个讲义气的朋友，他认为我是个难得不腻歪的女生。后果就是我们的友谊蒸蒸日上，只差没有以身相许了。外人眼里我就是慕振飞的正牌女友，每次吃饭都有一堆人热情洋溢地叫我"大嫂"，搞得跟黑社会似的。我每次义正词严地否认也没人理我，别人都当我害羞。慕振飞也否认，越否认大家就越笃定。我甚至觉得慕振飞是有意让大家误会，我猜是因为有了我这个幌子，他踩到玻璃心碎碴的机会就少了很多，而我对他又没非分之想，所以他拿我来当挡箭牌。悦莹没有说错，丫就是一腹黑。

悦莹生日的时候很热闹，赵高兴邀请了一大堆朋友给她庆贺，因为既有悦莹的朋友，又有赵高兴的朋友，所以我和慕振飞分别站在KTV门口，替他俩招呼源源不断前来的客人。慕振飞的朋友都打趣我们像要举行婚宴的新郎新娘，一对新人站在酒店门口迎宾。

慕振飞说："要不我去给你买束花捧着吧，这样更像了！"

我哈哈大笑，随手拍了他一下："那去买啊！"

他也笑，露出他那骗死人不偿命的小酒窝。然后我抬起头来，忽然就看到了萧山。

其实我是想过的，从认识慕振飞开始，从赵高兴和悦莹开始交往的时候，我就想过。因为他们和萧山同校，虽然不同级，也都不同系。但我想过会不会有一天从慕振飞或者赵高兴的口里听到萧山的名字，甚至，会在某一次聚会中偶遇他？每次我这样想的时候，总觉得心里又苦又涩，有一种说不出的滋味。就好比饮鸩止渴，如果一颗心

都已经龟裂，那么，喝下去的是不是毒药，已经不再重要。

但是没有，一次也没有，慕振飞和赵高兴从来没有提过萧山的名字，我们的任何一次聚会中，萧山也从来不曾出现。所以，我愚蠢地认为，在偌大的校园里数万的学生中，慕振飞和赵高兴根本就不认识萧山。我错了，一次又一次没有并不代表永远没有，永远，这个词从来不曾存在。

三年来我从来没有见过萧山，除了在梦里，但即使在梦里，他的样子也是模糊的，不清晰的。我一度很害怕看到他，因为我怕梦境里的样子会碎掉，就像我害怕回忆会碎掉。这三年我没有任何勇气，去靠近那遥远的过去。

真正看到他的那一刹那，我才知道自己的心哪怕已经碎过一千次，仍旧会比刀子割还要疼。我一点也没夸张，因为就在那一瞬间我连气都透不过来，眼眶里全是热热的，拼了命才能站在那里一动不动，就像傻子似的看着他。

萧山看到了我，也不由得怔了一下，慕振飞已经拍了拍他的肩："哟，够给高兴面子呀，下回我女朋友生日，你来不来？"

萧山似乎笑了笑："当然来，一定来。"

我宁可死了，或者宁可拔腿就跑，也不想再站在这里。他根本没有再看我一眼，但我知道他误会了，我本能地张了张嘴，可是一句话也没说出来。就算他不误会又能怎么样呢？事实比这个难堪一千倍一万倍。我根本就不敢看他，他到底是胖了还是瘦了，是不是长得更高了？可我就是不敢再看。我的腿发软，人也瑟瑟发抖，几乎用尽了全身的力气，才能让自己站稳。

萧山和慕振飞说了两句话就上楼去包厢了。夜晚的风吹在我的脸上，有点发木。慕振飞回头看了我一眼，问我："你是不是冷啊？看你脸上冻得连点血色都没有。"

我说不出话来，挤出一个肯定比哭还难看的笑。慕振飞挥手："进去进去，我一个人在这儿就行，回头冻感冒了，又得我天天打开水。"

我没感冒他也天天替我打开水呢，但这当头我心乱如麻，根本没心思计较他说了什么。我像只蜗牛，畏畏缩缩地爬进包厢。今天来的朋友很多，包厢里热闹非凡。悦莹那个麦霸正在唱《青花瓷》："天青色等烟雨而我在等你……月色被打捞起晕开了结局……"

那样美的歌词，那样美的旋律，我恍恍惚惚站在包厢一角，萧山唱周杰伦的歌才叫唱得好，我听他唱过《东风破》唱过《七里香》，唱过许许多多首周杰伦的歌。可是等到《发如雪》，就再没有人唱给我听了。我觉得自己要哭了，我不能想起原来的那些事，尤其今天看到萧山，我就更不能想了。过去的早就过去了，我和他没有误会，没有狗血，更没有缘分，我们早就分手了。

赵高兴订了一个特别大的蛋糕，许愿的时候把灯给关了，烛光映着悦莹的脸，双颊晕红，看上去特别的美，怪不得人家都说恋爱中的女人是最美的。她双掌合十喃喃许愿，然后大家和她一起，"噗"的一声吹灭了所有的蜡烛。打开灯后所有人又纷纷起哄，一定要赵高兴表现一下。

赵高兴抱着悦莹亲吻她的脸颊，大家都在吹口哨、都在尖叫、都在

大笑、都在鼓掌。赵高兴握着悦莹的手一块儿切开蛋糕，写着悦莹名字的那块蛋糕被他特意切下来，先给了悦莹，然后再切别的分给大家。一块蛋糕还没有切完，悦莹忽然惊得叫出声来，又要笑又要哭的样子，捶着他的背："你也不怕噎着我！"可是嗔怪之中更多的是欣喜若狂，她捏着那枚指环，虽然沾染了奶油，可是掩不去夺目的光辉。

赵高兴蛋糕也不切了，只顾着把指环套进她的中指："毕业后就嫁给我吧！"

所有的人都在欢呼起哄，不知是谁拿着彩花拉炮，还有人喷着彩带。"嘭嘭"的响声中，所有彩色的碎屑从天花板上纷扬落下，各种颜色的碎屑像是五颜六色的花朵，夹杂着闪闪发光的金色碎箔，在这样喜气洋洋的时刻，仿佛所有的花都一一绽放。我隔着这场盛宴的花雨看着萧山，直到现在我才有勇气直视他，可是他根本就没有看我，而是和大家一起开心地拍着巴掌，笑着看着蛋糕前的那对情侣。

他是真的忘记了吧。

## 【五】

在操场的台阶上，他把易拉罐的一枚拉环藏在给我买的三明治里，吃到的时候差点没割到我的舌头，吓了我一跳。他却一本正经把那枚拉环套到我的手指上："毕业后就嫁给我吧。"

很老土吧，即使在几年前，也是电视上出现过N多遍的情节了，可是那时候我是真的觉得很幸福，只因为是他。

我心里喜滋滋的，却偏偏说："谁要嫁给你呀？我还要读大学呢。"

"那大学毕业后就嫁给我吧。"他连笑容都有幸福的味道，"不能再迟了，不然我都老了。"

念高中那会儿，我和他都觉得大学毕业应该是好久好久以后的事情了，等到大学毕业，我们就是大人了，就可以结婚了。

十几岁的少年，三年五载，都真的以为是一生一世。

我和他都没想过，我们没等到高中毕业就会分手。

从此萧郎是路人，于他，我也已经是路人。

我还在发愣的时候有人拍了一下我，原来是慕振飞，他托着一碟蛋糕递过来："给。"蛋糕很大，所有的人都分到大大的一块，我狠狠咬着松软的蛋糕，连奶油糊到了嘴角我也没有管，如果再不吃东西，我真怕自己要哭了。

慕振飞看我吃得狼吞虎咽，于是把他的那块又留给了我："还没见过你饿成这样。"

我满嘴都是蛋糕，含含糊糊地说："好吃。"

是真的好吃，甜得发腻，苦得心酸，还有火辣辣的感觉从眼睛底下直蹿出来。我一口接一口吃着蛋糕，就怕自己停下来会忍不住想掉头逃掉。

大家都很高兴，先是赵高兴和悦莹合唱了两首歌，然后所有的麦

霸抢着刷屏，话筒在大家手里传来传去，你争我夺，最后不知道是谁点的《嘻唰唰》，所有的人大声合唱，因为人多，哪里是唱歌，完全是在吼，吼出来的《嘻唰唰》。

萧山一首歌都没有唱，哪怕是他最拿手的周杰伦。我倒是唱了好几首歌，悦莹知道我也是麦霸，所以替我刷屏，刷的全是我拿手的歌。我唱了一首又一首，专心致志，十分投入。我口干舌燥，最后慕振飞给我端了杯果汁来，我咕咚咕咚就喝完了，然后我的声音也嘶哑了。

那天晚上我们玩到很晚，走下楼梯的时候大家都有点微醺，人家是醉酒，我们是醉歌。大厅里已经只剩寥寥几个客人，白色的三角钢琴放在偌大的玻璃地板中央，被灯光映得幻彩迷离。赵高兴今天估计是实在太高兴了，跑过去打开琴盖，荒腔走板好不容易弹出一首《两只老虎》，磕磕巴巴的曲调让大家笑得前俯后仰。他还没有弹完，悦莹就在他的后脑勺上推了一巴掌："丢人现眼，有钢琴十级的在这儿，你还敢班门弄斧。"

赵高兴两只眼睛里只剩崇拜了："你还是钢琴十级啊？"

悦莹又在他后脑勺上轻轻推了一下："我可没那本事。"回头就冲我叫嚷，"童雪你来，给他露一手，震撼一下他。"

我今天一晚上都在笑，笑得脸颊发酸，这时候我觉得自己的脸颊更酸了："我都几年没弹过了，连键都不知道在哪儿了。走吧，太晚了。"

悦莹还不依不饶："当初迎新大会上你还露过一手呢，别藏着掖着了，快来，弹一首你的成名曲。"

我根本不敢抬头看人，幸好慕振飞就站在我旁边，他个子高，所以我拼命地往他身后的阴影里缩，然后语无伦次："太晚了，我们还是快点回去吧，不然宿舍要关楼门了。"

　　怎么出的门，我都已经忘记了，我只顾着让自己不再发抖，只顾着努力想要回避臆想中萧山的目光。或者我根本就是自作多情，他压根就没有看我，或者根本没留意我和悦莹在说什么。

　　那天回去得真晚，宿舍已经熄灯了。悦莹先洗漱完睡下后，我才摸到洗手间去刷牙。雪白的薄荷香气在齿间溢开，我机械地在口腔里移动着牙刷。我想着最后的告别，在西门外。赵高兴他们一拨人，我和悦莹是另一拨人，我们要回不同的学校，所以在西门外分道扬镳。走到快进西门了我才回头，远远看着赵高兴他们一堆人早不见了，在西街明亮的灯火里，两旁都是食肆的小摊，卖烧烤、卖小吃、卖盗版书……烟熏火燎的一条街，小摊上亮着一盏接一盏的灯泡，灯火通明的一条街，就像一条熙攘的河流，萧山的影子就消失在那片灯河里，就像这个晚上仍旧只是我的梦境，他从来不曾出现。

　　一整个晚上我都心神不宁，我的话偏多，慕振飞平常就说我聒噪，今天晚上一定觉得我格外聒噪。其实我今天晚上既惶恐又焦虑，我唯恐别人看出我与平常的不同来。结果就是我真的显得和平常不一样，我演得太过了。从萧山一出现，我就阵脚大乱，一直到他和赵高兴他们一伙人从灯火通明的西街走向另一个和我们截然相反的方向，我的一颗心仍旧像是揪着。

　　我费了很大的力气才刷完牙，脑子还是糊里糊涂的，所以就用左

手端起了杯子。外边的路灯透进些幽暗的光线，可以看到那满满一漱口杯的水抖得厉害，泼溅出来。我赶紧把杯子放下，再过一秒钟我也许就拿不稳了，杯子会掉到洗脸池里去。

我站在洗脸池前，路灯透进来的光线很暗，镜子里的自己也是模糊的一团黑影。我右手下意识摸索着左腕上的那串珠子，室友都知道这串黑曜石是我的护身符，洗澡都不肯摘下来。其实这珠子只是藏着一个秘密，因为它可以挡住我左腕上那道伤疤。

左腕上留下的那道疤并不粗，当时伤口却非常深，深到几乎切断了整个左手神经。据说是本市最好的外科大夫替我做的修复手术，但一直到现在，我的左手其实没有一点儿力气，连一杯水都端不住。

十四岁的时候我就考到钢琴十级，妈妈当初最爱听我弹《卡伐蒂娜》，很久以前我和萧山偷偷溜到学校琴房，我也曾给他弹过Thanks giving。

可是我这辈子再也不能弹钢琴了。

我还记得那天晚上，在病房里，莫绍谦冷冰冰的手指就按在我脖子里的大动脉上。他连眼神都是冷的，说话的语气非常平静。他摸索着我颈中贲张的动脉，带着一种近乎轻蔑的笑容："怎么不在这儿来一下？要割就割这里。血至少会喷出两米，甚至喷到天花板上，你在五分钟之内就会死掉，省多少麻烦。"

那时候漫长的手术已经让我筋疲力尽，我没有多余的力气再反抗什么，或者最后一次尝试又仍旧是绝望。我看着他，已经没有了怨憎，如果这都是命，那么，我认命好了。

我认命，于是没心没肺地活了下来，放弃了去九泉之下和父母团聚的想法；我认命，于是厚颜无耻地做了莫绍谦的情妇；我认命，于是继续虚伪地念着大学，做一个若无其事道貌岸然的学生。

我真庆幸在很久以前就和萧山分手了，起码不用把萧山拖到这种污糟的关系里来。

萧山，其实这两个字都是很轻的舌音，像春天里的风，温柔而温暖。每次当我无声地念出这个名字的时候，都轻得不会让这世上任何人听见。

那是我唯一的瑰宝，我曾经拥有过的、最好的东西。

可是没有了，不管怎么样，都没有了。

就像是父母，不管我怎么样哭，怎么样闹，怎么样绝望伤心，他们都不会再回到我身边，不会再安慰我，照顾我，让我依靠。

和萧山的这次偶遇让我整整一星期打不起精神来。我哪儿也不去，除了上课就是待在寝室里，在寝室里我就拼命做题，一本考研的高数模拟题被我做完了大半本，只有做题的时候我心里才是安静的，只有做题的时候我才觉得自己不孤单。笔尖在稿纸上沙沙地写出演算，每当这时候我就又像是站回到高中的那块黑板前，我知道有个人就在我身边，粉笔在我和他的手中发出吱吱的声音，一行一行的公式，一行一行的运算，正从我和他的手下冒出来，我知道他就在我身旁，和我齐头并进，最后会写出与我一样的答案。

周末的时候慕振飞约我吃涮羊肉，我不去，被悦莹死活拉着一块儿去了。自从上次萧山出现后，我对与慕振飞和赵高兴的每次碰面都

生出了一种恐惧的心理，我怕和他们在一块儿的又有萧山。真正看到萧山，我才知道我有多胆小，我以为我是破罐破摔了，我以为我是真的无所谓了，但是那次萧山出现，我就立刻又碎了一次。

那声"咔"的轻响是从心底冒出来的，然后蔓延到每一块骨骼，每一寸皮肤，把它们龟裂成最细小的碎片，然后再痛上一回。

三年，原来三年来我一直没能忘却他。他说分手，我答应了，然后我们就分手了。直到今天我还记得我那天对自己轻描淡写的安慰：不就是分手吗？十六岁的恋爱真的会持续一生一世吗？等进了大学，我一定就忘记他了。

可是我一直没办法忘记他。

进了涮羊肉店，我的心忽地一下子，就像块石头，沉到了看不见底的深渊里去。我不仅又看到了萧山，还看到了萧山旁边坐着的林姿娴。几年不见她更漂亮了，而且浑身上下洋溢着一种独特的动人气质。我的腿都不知道该怎么迈了，要不是悦莹挽着我，我估计我早就已经像堆受潮的糖砂，塌在了那里。

林姿娴见到我还挺有风度，特意站起来跟我握手。慕振飞这才知道我和萧山还有林姿娴同是高中同学，他似乎颇有兴味地打量着我们三个。三个人里头我话最多，我夸林姿娴的包好看，不愧是独立设计师的代表作，然后我又夸她的围巾，Burberry的格子，总是这么经典不过时。一连串的名词、形容词在我舌头上打个滚就吐了出去，我比那些动不动就做思想工作的辅导员还爱说话，我比那些在图书馆管期刊的更年期大妈还要啰唆。因为我不知道我一停下来会说出什么话来，我似乎跟林姿娴的关系空前的好了起来，哪怕离开高中后我们再没见过一次面。

连悦莹似乎都被我成功地瞒过去了，她大概以为我是见到老同学所以太兴奋，夹了一筷子羊肉搁到我的碟子里："快吃吧你，真是跟黄河似的，滔滔不绝了。"

我嘿嘿笑着开始吃羊肉，萧山给林姿娴也涮了一勺羊肉，林姿娴娇嗔："这么肥……让人家怎么吃啊？"

萧山很耐心，用筷子替她一点点把肥的挑掉。我埋头大吃糖蒜，谁知赵高兴说："老大，你看看萧山和他女朋友，人家才叫举案齐眉，你也不管嫂子的，就在那儿紧着自己吃。"

我差点没被糖蒜给噎死，慕振飞瞥了赵高兴一眼，露出他平常那露着小酒窝、唇红齿白迷死人的微笑："你想撺掇我献殷勤，我不上那个当。"

赵高兴哈哈大笑，替悦莹涮了一勺羊肉："你不献我献。"

悦莹故意用筷子敲那勺子，叮叮当当地响，大家说说笑笑，热闹非凡。

这是我这辈子吃过的最费劲的一顿饭，我尽了最大的努力去吃，勒令自己不准胡思乱想。

最后赵高兴还要去唱K，萧山和林姿娴似乎也兴致勃勃，就我一个人实在不想再硬撑，借口周一还有实验报告要交，得赶回去弄虚作假。

他们都去唱K了，就剩慕振飞送我回去。本来我说我一个人走，但悦莹说："让老大送你吧。"赵高兴也帮腔。我没力气再争辩什么，

于是跟着慕振飞走了。

因为是周末，这个时间的校园还显得挺热闹，进了西门后我们抄了近道，直接从山坡上穿过去。坡上全是梅花树，还有好些是民国初年建校的时候栽下的，花开的时候香雪十里，连旅行团都把这里当成一个景点，花季的时候成天有举着小旗子的导游，领着乌泱乌泱的游客来参观。

这条路晚上却非常安静，很远才有一盏路灯，弯弯曲曲的小径，走到一半的时候我都走出了一身汗，远远地看到了山顶的凉亭。这个亭子的对联是位国学大师题的，字是颇得几分祝希哲风骨的草书，木制的抱柱对联前两年刚刚改成大理石柱上的镌刻。这位国学大师在"文革"时期不堪批斗，终究自沉于坡下的明月湖，所以每次看到对联中那行"清风明月犹相照"的狂草时，大多数学生都会被一种神秘而凄迷的联想笼罩。这里也是本校约会的胜地，有名的情人山。我严重怀疑本校男生爱挑这个地方约会女朋友，是因为这里最有气氛讲鬼故事，可以吓得女朋友花容失色，然后方便一亲芳泽。

我本来走得就不快，慕振飞也将就着我的频率，迈出的步子也很慢。

大概是我拖拖拉拉的样子让他误以为我是累了，于是说："要不歇一会儿吧。"

其实我一直觉得胸口鼓着一口气，他这么一说，我就像练武的人似的，一口真气都涣散了。我坐在亭子里的美人靠上，背后是硬挺挺的红木栏杆。百年名校，曾经有多少人坐在这里，在轰轰烈烈的青春中指点江山激扬文字，可是谁不是终究又悄然逝去？

慕振飞在我身旁坐下，拿出烟盒，很绅士地问我："可以吗？"

我还没有见过慕振飞抽烟，莫绍谦倒是偶尔抽一支，如果我在旁边，他也会这样彬彬有礼地问我："可以吗？"

我这才意识到慕振飞其实家教非常好，现在想想他起码是中上层人家出来的孩子。进退有据，做什么事都有一种成竹在胸的从容不迫。以前我都没留意，大概每次见面总和一堆人在一起，根本就无暇留意。

我点了点头，慕振飞点燃香烟，有淡淡的烟草气息弥漫开来，其实他坐得离我有点远，而且还在我的下风。烟草的味道让我觉得熟悉而无力，就像是有时候睡到半夜醒过来，偶尔看到灯光，揉着眼睛推开书房的门，会看到莫绍谦还没有睡，全神贯注地在看电脑或者什么别的我不懂的东西，他指间偶尔会夹着一支香烟，和咖啡一样，用来提神。

我身心俱疲，问慕振飞："可不可以借你肩膀让我靠一下？"

他把烟掐掉了，坐到我近旁来，我放松地靠在他肩上。他说："不准哭啊，哭的话我要另外收费。"

我笑了一声，感觉友谊牢不可摧，庆幸他知道我对他没绮念。这个晚上我只是想找个倚靠，既然随手抓到他，被他刻薄两句也是应该的。

天上有很稀疏的星星，在现代化如此严重的城市里，夜晚的天空四角都泛着红光，那是城市的灯光污染，星星变得模糊而平淡，东一颗西一颗，像是一把漏掉了的芝麻。

慕振飞问我："为什么你一直这么不快乐？"

我冲他龇牙咧嘴地笑："有吗？"

他没有看我，而是仰起头来看星星，淡淡地说："你连大笑的时候，眼底都是伤心。"

我起了一身鸡皮疙瘩，揪着他的衣领："老大，你是自动系的高才生，未来的机器人之父，祖国的栋梁，民族的骄傲，贵校更是崇尚自强不息厚德载物，你突然这么文艺腔我真的觉得很肉麻好不好？"

他终于淡淡地瞥了我一眼："你这么台湾腔才真的很肉麻。"

我噗地笑出声来，把他的衣领将平："哎，你为什么不谈恋爱呢？你要是肯谈恋爱，一定会让那个女生伤心得死去活来。"

他说："为什么要让人伤心得死去活来？恋爱难道不是应该让对方幸福快乐？"

我摇头摇得跟拨浪鼓似的："你要让她伤心得死去活来，这样她才会一辈子记住你，牢牢记住你，想起你来就牙痒痒，见到你了又心里发酸，不知不觉就爱了你一辈子，多好啊。"

慕振飞笑了笑，露出那迷人的小酒窝："我如果真的爱一个人，就会让她幸福快乐，宁可我自己伤心得死去活来，宁可我一辈子记着她，想起她来就牙痒痒，见到她了又心里发酸，不知不觉就爱她一辈子。"

这样的男人上哪儿找去啊，我真的要哭了。

我抓着慕振飞，死皮赖脸："那你就爱我吧，求你了。"

丫真是见过大场面的人，不动声色就挡开我的手，轻描淡写地对我说："做梦！"

晚上十点悦莹就回来了，她回来的时候我还没睡着，躺在床上看英语真题。悦莹给我带了烤鸡翅回来，我一骨碌就爬起来啃烤鸡翅。刚咬了一口就觉得一股疼痛从舌尖升起，真辣啊，这丫头竟然给我烤的是特辣。

悦莹看到我眼泪汪汪的德行就一副没好气的样子："哭啊，怎么不借这个劲儿哭出来？"

我闷不作声地啃鸡翅。

她狠狠地用指头戳了下我的额头："瞧你那点儿出息，人家不就是带了个女朋友吗？你就差点没散架了！"

我以前从来没有对她说过我和萧山的事，我也从来没在她面前提过萧山的名字。我不知道她是怎么知道的，但她对着我就噼里啪啦一阵数落："幸好当时没地洞，真有我估计你都钻进去了，我真想递面镜子给你，让你自己看看自己那熊样。不就是一个高中同学，不就是带来一个如花似玉的女朋友，你是暗恋他多年还是当年跟他有过一腿，搞成那副魂不守舍的样子！"

这丫真不愧看了几万本小言，没想到我今晚那点事竟然在她面前无处遁形。我特羞愧地问："你怎么看出来的？"

"呸！是个瞎子都看得出来，你的手都在抖，脸色发白，声音也不对，跟逼着自己唱戏似的。你以为你是苏珊珊，随便演演就能拿国际大奖？"

我都顾不上她竟然拿苏珊珊来比我了，我只想倒在床上哀号："有那么明显吗？我还以为我表现得特冷静特理智呢。"

"太丢人了，简直丢人丢到姥姥家去了。"悦莹咬牙切齿，又像是冷笑又像是赌气，"你要是真忘不了他，怎么不把他抢回来？不就是学外语的，哼，我们学校当年的录取分数线比他们学校的调档线要高一百分呢！怎么能输在这样一个女生手里？"

这都是哪儿跟哪儿啊？

爱情和高考分数没关系，它和任何事都没关系。

比如我爱萧山，那只是我自己的事，不关萧山的事，更不关林姿娴的事了。

我继续啃鸡翅膀，悦莹继续审我，盘问我当年的事情，我敷衍不过去就哼哼哈哈简单地告诉她两句："谈是谈过……那会儿还小嘛……是他提的分手……我也觉得分手是对的……我们相处得不好……一直吵架……吵到两个人都厌了……初恋所以有点放不下……我真的不爱他了……真的……以考研的名义发誓……"

悦莹大怒，一巴掌就拍在桌子上："滚你丫的蛋！你不爱了，你不爱了从我生日那天你就要死不活的！你别欺负我想不起来了，就是那天晚上他也去了，对吧？"

悦莹是真怒了，她只有真怒了才会说粗口，平常可是人模狗样地装淑女，就和我一样，只有真怒了才在心里"问候"莫绍谦的祖宗十八代。我把鸡翅啃完了，平静地说："你说得没错，可我跟他没缘分，真的，原来我们就相处不来。你再想想现在，他有女朋友了，我也有男朋友了，大家相安无事，留个念想多好啊。过个十年八年，我也许更怀念他了，毕竟是初恋。那时候我说不定早嫁人了，说不定连孩子都生了，得抱着小女儿跟她说，你妈当初那个初恋，帅啊，高中那会儿就有1米85，高大英俊……数学成绩可好啦……英语也好……又会打篮球又会唱周杰伦的歌……周杰伦要是那会儿已经转型不唱歌了，咱女儿不知道他是谁怎么办……"

悦莹听着我没心没肺地随口胡诌，忽然也不生气了，就坐在那里，慢慢叹了口气，似乎是被我哄住了。

其实我经常这样自己哄自己，忍忍就过去了，忍忍我就忘了，只需要忍一忍……忍一忍……就像当年乍然知道父母的噩耗，我在半夜一次又一次哭醒，可是白天在人前，我得忍着，再伤心我也得忍着，爸爸妈妈是不会回来了，我怎么伤心也只能自己忍着。没有人知道我曾经遭受过什么，我一遍遍地骗自己，忍一忍就过去了，我得忍着……所以再大的苦我也能忍下来，还能坏到哪里去，最坏的事情早就已经发生了。

亦舒说过，忍无可忍，从头再忍。如果不忍，我早就活不到今天，如果不忍，三年前我大概就已经死了。

我估计是我眼睛里的神色吓着了悦莹，很久以前那段日子，我在照镜子的时候，通常都被自己眼底的凄怆吓一跳。可能现在我又露出那样的眼神来，所以她忽然伸手抱住我，对我说："童雪，你要是觉得难受，要不哭一场吧，啊？哭一场。"

我反倒咧嘴冲她笑了笑："我不难受，真的。"

她重重地在我背心拍了一把："你这样子才叫真难受，搞得我心里都不好过起来，讨厌！"

# 【六】

没什么，真的没什么，我睡了一觉起来，就把萧山忘诸脑后，因为莫绍谦给我打了一个电话。他来了，我再没多余的心思去想萧山了，我得全心全意应付莫绍谦。

我从学校打了个出租车去别墅，一路上都有些不安，莫绍谦最近似乎对我冷淡了，近半年总是隔上一两个月才来一趟。这不知道是好现象还是坏现象，因为我拿不准他是不是真的开始厌倦我了。

刚进别墅的大门我就吓了一跳，管家正站在偌大的客厅中央指挥人拆吊灯，还有一堆工人正在抬家具。大家都在忙，连可爱都蹲坐在落地窗前，似乎正看得眼花缭乱。拆吊灯的人全神贯注，管家更是，仰着头只顾叫："慢一点，慢一点，先拆这边的坠子……那个不能动……轻一点……"

这盏枝状水晶大吊灯可是莫绍谦的心肝宝贝。莫绍谦就爱收集灯，这盏灯是他去欧洲度假的时候看上的，特意带回国来。我还在发愣，可爱率先发现了我，它摇着尾巴，冲着我汪汪大叫起来。管家一回头，这才看到我，连忙对我说："莫先生在楼上。"

二楼安静多了，只有两个工人在轻手轻脚地拆着墙上的油画，瞧这架势真像是要搬家。我忐忑不安地走到书房去，没看到莫绍谦，我又到主卧去，敲了敲门，听到他说："请进。"

进去还是没看到人，原来他在衣帽间，出来的时候还在扣着西服扣子。见着我，他果然立刻挑起眉头："眼睛怎么了？"

我摸了摸那颗泪痣似的伤痕："前阵子弄伤了。"

他没再多问，对我说："去把你的东西收拾收拾。"

我有点发愣，拿不准他这句话是什么意思。

他大概看出来了，又说："要用的东西都带上，给你搬个家，这房子我打算重新装修，快点，忘带什么都不准再回来拿。"

才搬进来刚两年怎么又要装修？

我一边跑回房间收拾东西，一边又在心里"问候"莫绍谦的祖宗十八代。丫一年能在这里住几天，还这么能折腾。

没办法，有钱人都是大爷。

晚上的时候，我已经在市中心高层偌大的餐厅里吃晚餐了。我搞不明白为什么莫绍谦忽然决定搬家，不过既来之则安之，连可爱都照例有一间它自己的房间，和主卧一样正对着这城市内环唯一的天然湖泊，不过太高了，望下去远远的湖面仿佛一块溅着碎白的硕大翡翠。可爱一定不喜欢住在这么高的地方，它蹲在玻璃前忧郁地呜咽着，估计有恐高症。

我的房间在二楼，就在主卧的对面。我特别反感的就是我房间里的浴室，整面的落地玻璃，竟然既没有窗帘也没有窗纱，无遮无拦，对着空阔的天际线。

虽然明知这么高的地方外面不会有人偷窥，但我仍旧不舒服。所以吃过晚饭后，趁着莫绍谦在书房工作，我拿着浴袍浴巾偷偷溜到主卧浴室去洗澡。

锁好门后我才放心地打量这间浴室。还是资本家会享受，下沉式浴缸大得跟游泳池似的，电脑控制按摩程序。架子上更搁了长的短的无数条浴巾，还有齐刷刷一大排浴盐，都是莫绍谦一直用的那个牌子。

真是舒服啊……我把自己沉浸在温热的水中，无数负离子气泡冲上来按摩着我的皮肤，手边还有遥控器，随手一按，面前巨幅的百叶窗缓缓显出微光，竟然整体皆是LED显示屏，音响效果更是一流，杜比环绕立体声。

我找到付费频道，刚看了两集《网王》就快要睡着了。

如果能淹死在这浴缸里，大约也是很奢侈的一种死法。

不过我肯定没那个福气。

有一只手伸过来搁在我的脖子上，指端微凉，让我被水浸得舒展的皮肤顿感战栗。我明明将浴室门反锁了，我连说话都不利索了："你怎么进来的？"

"衣帽间还有一扇门。"

我真是麻痹大意，竟然没有发现还有一扇门。水瞬间向上浸了几分，莫绍谦的体积真不小，一下来我竟然就觉得这泳池似的浴缸都逼仄起来。我垂着眼皮都不敢看他，其实也不是没看过，但这样的坦然相对我只是不习惯。我知道他身材不错，他有私人的健身教练，有钱，所以什么都有。

他伸出手臂搂住我，我被迫紧贴在他胸前，清楚地听到他的心跳声。我有些无力地乞求他："别在这里……"

我担心的事情并没有发生，但更让我担心的事情发生了，他的手指摩挲着我眼皮上那道伤痕，问我："到底是怎么回事？"

　　他的语气很平静，每当他要发怒的时候，他的语气就会平静下来。我知道这个时候万万不能再招惹他，所以乖乖地回答："去看比赛，不小心被同学的手机砸到了。"

　　"篮球？"

　　"不是，机器人。"

　　他改为用手指摩挲我的耳垂，搂着我的那条手臂却在不动声色地加重力道。我被他箍得喘不过气来，我真怕他一怒之下把我按在浴缸里淹死，或者用浴巾把我给勒死，要么把我远远扔出窗外摔死……所以我心惊胆寒地抱着他，磕磕巴巴解释："我真不是故意的……医生说眼睛上不能用防疤痕的药……"

　　出乎我的意料，臆想中的雷霆大怒并没有爆发。大概是因为听到外边他的手机响了，这么晚了还打电话来，八成是秘书，一定又是有要紧的公事。他放开我起来，我连忙替他披上浴袍，自己也随便裹了浴巾，一边走一边替他系带子。等我把他袍子上的带子系完，他也已经拿到手机开始接电话了。

　　我很乖觉地抱着浴巾退出去，还没走到房门，已经听到他说："吃过了……刚才在洗澡……"

　　这样家常的语气非常罕见，电话那端的人可想而知是他的妻子。我的脚步不由得滞了滞，有一种难以言喻的慌乱。每当这种时候我就想起自己可耻的身份来，羞愧和难堪让我慌不择路，匆匆逃离。

我回到自己的房间，忘了开灯，就在黑暗里呆坐了半晌，头发也忘记吹干，一滴滴往下落着水珠，有些落在我的手背上，冰凉的，像是眼泪。其实我好久没有哭过了，现在更是哭不出来，我连眼泪都没有了。

也不知道坐了多久，天花板上的灯忽然亮了，刺得我眼睛一时睁不开。我本能地用手挡住那刺眼的光线，看到莫绍谦走进来，问我："怎么在这儿坐着？"

我冲他笑了笑，朝他撒娇："抱我。"

既然做二奶就得有做二奶的样子，讨金主欢心是最重要的。该撒娇的时候就得撒娇，就像可爱一样，一见到莫绍谦就摇头摆尾，因为这样才有好日子过。

每次莫绍谦都会用所谓公主抱，就是迪士尼电影里常见的王子抱公主的那个打横抱。可惜他不是白马王子，我也不是公主，有些时候，我宁可自己是调着毒药的巫婆。

就好比现在，我被他抱回主卧，横放在他那张kingsize大床上，而他却从相反的方向支起手臂看着我。这个古怪的姿势让我觉得很别扭，在我的眼里，他的脸是个倒影，而在他眼里，我不知道自己会是什么样子。可是他一动不动地看着我，在那双颠倒过来的眼中，他的目光又渐渐深沉，就像那次一样，那目光仿佛透过我的脸，就如同看着一个陌生人。大约是这样全然陌生的相处令我觉得不安，或者是他的目光让我中了蛊。我听到自己的声音在喃喃地问："你有没有爱过一个人？"

"爱到无路可退，爱到无力自拔……即使无法拥有她，也希望透过别的方式来自欺欺人……"我的声音低下去，我被我自己的胆大包天吓着了。

他冷淡地打断我："你电视剧看多了吧？成天在胡思乱想什么！"

他起身拉开被单，躺下去不再理睬我。这是很明显的逐客令，我犯了大忌，或许我是故意的，因为最近我太难受了，我故意想在那压力上再加上一点儿，好让它达到临界点而有借口崩溃。但我最愚蠢的是挑错了对手，他只用一个简单的肢体动作就提醒了我，他是我惹不起的。我厚着脸皮靠拢他，讨好地凑上去亲吻他的颈窝。那里是他最敏感的地方，可是他无动于衷地背对着我，全身都散发着戾气，冰冻三尺，拒人于千里。我像可爱一样在他身上蹭来蹭去，也没半点用处。他一直对我的身体很有兴趣，但今天我显然过分了，所以他一点兴致也没有了。

我心底直发怵，终于放弃了一切努力，灰溜溜地下床打算回自己卧室去。

脚刚踏到地板上，忽然听到他问："你最近没去看你舅舅？"

我不可抑制地发抖，用力控制自己的牙齿不要咯咯作响，或者抓住身边的花瓶朝床上的那个人扔去。这个魔鬼，这个魔鬼，他永远有办法在一秒钟内让我失控，让我痛悔自己刚才做过的事。我的十指深深地抠进掌心，我脸上的肌肉一定扭曲得可怕，我用尽力气呼吸，才能让自己不歇斯底里尖声大叫。

"你回自己房间吧，"他不咸不淡地说，"我要睡了。"

我努力控制自己，让自己能正常地迈动双脚，重新走到床边。他终于转过身来，看了我一眼："脸色这么难看，很伤心？"

我用尽全部的力气，才对他笑了笑。

他神色冷淡："笑不出来就不要笑，比哭还难看。"

我一声不吭地重新爬上床，试图再次腻到他怀里。但他头也没回就把我推开，我又试了一次，他又一次将我推开，我试了一次又一次，他一次又一次推开我。而我只是靠过去，然后麻木地等着他那重重的一下子，就像是谁用拳头捶在我的心窝里，起初我还觉得疼，到后来就渐渐地不觉得了，一下子，又一下子……像是钝器击过来，更像是个机械的钟摆，任由命运将我拨过来，拨过去。

最后他大概不耐烦了，用的力气稍大，我一下子撞在了床头柜的台灯上，哗啦一声台灯滚落，我本能地连滚带爬扑下去，想要抱住台灯，可是没有抢到它。因为用力过猛，额头磕在了床头柜的铜把手上，火辣辣的疼直往脑门子卜蹿，而台灯哐啷一声在地上摔得粉碎，苏绣灯罩滚出了老远，青花瓷瓶的灯柱真正碎成了一地碎碴。他房里的东西素来不便宜，尤其是灯。

我心惊胆寒地望着那一堆碎片，连额头的伤也顾不上。我记得可爱小时候不听话，成天在别墅客厅里乱窜，结果打破了一盏古董台灯，他知道后气得只差没把可爱送人。可爱平常在他心里比我可重要多了，这台灯如果真是古董，我还不如往窗子外头一跳，一了百了。

他已经趿上拖鞋朝我走过来，也许真会把我往窗外一扔，我急得大叫："我不是故意的……"

"过来！"

我非常没出息地哀求："我真不是故意的……"

他越走越近，我往后连退了几步，他的脸色越发难看，伸出手来拉我："别动！"就在这时，我脚下一绊，不知道怎么就整个人倒栽滑倒，倒地的瞬间宛如万箭穿心，疼得我大叫一声。我一定是摔在了那些碎瓷片上，顿时冷汗涔涔，凌迟也不过如此。我的背像裂开了似的，又像扎着一万根钢针，一吸气就疼得眼前发虚。我终于哭了，借着这个机会，我的背疼得要命，心也疼得要命，我实在是忍不住了，眼泪终于涌出来了。

莫绍谦已经蹲下来："叫你别动！"

我一句话也不能说。他把我的背翻过来，似乎想要查看我的伤势，然后他动作似乎顿了一下。他一伸胳膊就把我抱起来，直接出了房门，可爱已经听到动静冲了出来，冲我们汪汪叫，我看到自己鲜红的血滴在地板上，滴在可爱雪白的长毛上，可爱叫得更凶了。我有晕血的毛病，一看到血整个人就瘫在莫绍谦怀里了。管家也闻声而来，一见这情形吓了一跳，连忙打电话给司机，莫绍谦已经抱着我搭电梯下楼去了。

我们到地下车库的时候司机还没有到，莫绍谦不知什么时候已经把车钥匙拿在手里，他把我放在后座："趴着！"然后他自己开车。

我像只乌龟一样趴着，车子每一次细微的颠簸都让我痛不欲生。我已经不哭了，就趴在那儿等待着每一次疼痛袭来。每一次疼，都让我痛不欲生，反倒让我脑子空明，什么杂念都没有了，我一声也不

吭，因为连呼吸都觉得震动得疼。等红灯的时候莫绍谦终于回头看了我一眼，大概怕我死了。他在我身上花了多少钱啊，我要是死了他的投资就打了水漂。他这么精明的资本家，怎么可以蚀本。

终于到了医院，我已经疼得有气无力，两只耳朵里都嗡嗡响，像是有一百只小蜜蜂在飞。我趴在急诊室的推床上，在一百只小蜜蜂的吵闹声中听着他在和医生说话："不行……她是疤痕体质……"

是啊，我是疤痕体质，这下子我可能要变鳄鱼了，或者蜥蜴……反正是背上有鳞的那种。医生们把我又重新推进电梯上楼，进了一间手术室，给我打了麻醉。我的意识渐渐模糊……也许我睡着了一小会儿，也许并没有，我只是打了个盹……反正我清醒的时候，医生还在清理我背上的伤口。我脸正对着一个不锈钢盘，里头有一堆带血的碎瓷片。医生时不时用镊子夹着一块碎片，"铛"一声扔进盘子里。

这声音太惊悚了，我吓得又把眼睛闭上了。

我今年又不是本命年，为什么这么倒霉呢？

背上的伤口缝合完毕后，我才被推出了手术室。管家终于赶到了，手里还提着一个大袋子。我本来不知道他拿的是什么，等见到莫绍谦的时候我才想起来，我和莫绍谦都还穿着睡衣拖鞋。

我倒没什么，反正睡衣已经被医生剪开了，现在背上全是纱布。但是平常永远衣冠楚楚的莫绍谦穿着睡衣拖鞋站在医院里，那情形还是挺滑稽的。

他去换了衣服出来，看我还趴在那里一动不动，于是说："跟个刺猬一样，活该。"

我趴在那里，可怜兮兮地问："你气消了没有？"

我倒不是想施苦肉计，可是既然已经这样了，还是尽量博得他的同情才划算，但他似乎一点气也没消，因为他的声音很平静："雍正窑，还是仿宣德的青花，你就这么砸了一个，暴殄天物。"

拿雍正窑改制成台灯，到底是谁暴殄天物？我又不是故意的，再说要不是他推我，我会撞到台灯上吗？讨他欢心太难，但惹他生气又太容易了。我扎了一背的碎瓷碴，也没见他消停一下，因为雍正青花比我宝贵多了。

因为没伤到神经，我留院观察了一个小时就出院回家了。司机来接我们，在路上麻药的效果就渐渐散去，疼得我直哼哼。我真成乌龟了，背上背着厚厚的纱布，就像一层壳。莫绍谦也不管我，我自己跟在他后头，走一步就疼一下，进电梯的时候我佝偻着身子，和老太太似的。回家后我吃了两颗芬必得也没用，在床上趴了大半夜也睡不着。因为夜深人静，背上的伤口似乎更疼了。

就在我辗转反侧的时候房门被推开了，睡灯朦胧的光线里看到是莫绍谦，我从枕头上昂起头来看着他："怎么还没睡？"

他更没好脸色了："你吵得我睡得着吗？大半夜不睡在哼哼什么？"

我张了张嘴，却没有说话。我的房间跟他隔一条走廊呢，两边门一关，他还能听见我哼哼？他又不是可爱，怎么能比狗耳朵还灵？

他从门口消失了一会儿，不一会儿又重新回来，端着一杯水，先往我嘴里塞了颗药丸，然后把那杯水递到我唇边。我被迫把大半杯水都喝下去了，才问："你给我吃什么了？"

"吗啡，癌症三期专用止痛剂。"

我抓着他的胳膊："你怎么会有这种东西？"

他没有说话，在一瞬间我哆嗦了一下，忽然想到，他不会有癌症吧？这东西怎么听也不是常备用药，而他随时就能找出一颗来给我吃。我抬起头来看着他，一个精神这么好的人，应该不会有癌症吧？

他似乎看透了我的心思，冷笑了一声："你很期望我死？"

"没有。"

否认并没有让他放过我，他一下子就将我用力按住，背上的伤口疼得我差点尖叫，但他几乎是立刻就用唇堵住了我的嘴。我要叫也叫不出来了，就像被人按在烙铁上，背上的肌肤因一阵阵的剧痛绷紧起来。我没有挣扎，挣扎也不过是让自己更疼。我疼得快昏过去了，药效却渐渐起了作用，我的身体不再听我的使唤，它像是一具沉重的躯壳，我无法再指挥它。就像那天晚上一样，要哭又哭不出来，全身没了半分力气，身上像压着一块巨大的石头，又像是溺在水里，不停地往下沉，往下沉，却挣扎不了……

挣扎在药性与疼痛之间，我也许喃喃地说着话，或者叫着妈妈……妈妈救救我……妈妈快来救我……可我心里明白妈妈不会来了，妈妈已经死了。她和爸爸一块儿死了，两个人血肉横飞，连脸都模糊得让我认不出。

我没有哭，就是喘不上来气，手想要凭空地抓挠到什么，也许什么都没有。给我温暖给我安宁的那个男孩子也已经走了，他对我说："我们分手吧。"然后就转身离开了我。

我一阵接一阵地喘息，就像是要死了，三年前我也死过一回，我割开自己的静脉，然后把手放进浴缸的温水里，看着血在水中浸润开来，渗透了整个浴缸，水全变成红色。我一直忍着，可是我晕血，后来就昏过去了。我本来应该死的，如果不是水漫出了浴室的地面，可爱突然狂吠起来，惊动了人。我在医院被抢救过来，输了不知道多少血，据说都快把血库我这个血型的血用完了，医生做了长达十余个小时的手术，试图修复我手腕上被割断的神经，可是并不成功，我的左手从此失去了力气，只能做些不需要灵活不需要技巧的动作。

我曾经意志坚定地求过死，可是死神没有眷顾我，连它也放弃了我。

药效让我眩晕得想吐，天花板在瞳孔中扭曲变形，我那残存的理智在崩溃的边缘，忍一忍……也许再忍一忍就过去了……每次我都这么想，可是莫绍谦却扳过我的脸，他的眼神凌利得像是正在捕猎的豹，似乎要用眼神将我拆解入腹。他的手真冷，冷得我直哆嗦。我用尽了力气想把脸扭到一边，却又被他扳了回来，我不知道哪里来的那么大的劲，一口就狠狠地咬在他的手上。血的腥甜在我口腔中弥散开来，他也没撒手。

他真是像某种肉食动物，把对方撕咬得奄奄一息，却轻蔑地不顾及自己身上会有何种伤口。

我不知道是昏过去还是睡过去了，药效最后让我丧失了一切知觉，不论是疼痛，还是憎恶，它们都不再出现。我陷入无边无际的黑暗，那里温柔而安全，不会再有任何伤害。

# 【七】

天亮后我重新进了医院，医生又一次把我背上的睡衣剪开，因为有几道伤口迸裂，血黏在衣服上，他们不得不重新清洗伤口然后缝合。这次的麻醉剂量似乎不够，我疼得嘶嘶吸气。医生一边用镊子穿针引线，一边问我："怎么弄成这样？"

"睡着了……不小心……翻身……"

"怎么翻能把伤口都迸开？鲤鱼打挺？"

我疼得没力气说话，这才知道上次是美容医生替我做的缝合，因为莫绍谦坚持，怕普通外科缝合会留疤痕。这次也是美容医生重新做缝合，不过医生让我住院，说伤口有发炎的趋势。

我被送到病房挂抗生素，还记得打电话给悦莹，让她帮我请几天假。结果下午没课，悦莹特意到医院来看我，她被我的伤吓了一跳："你到酒吧跟人打架了？真像被人在后头砸了一酒瓶。"

"我会去酒吧吗？"

"也是，你要去酒吧肯定也叫我一块儿。"她似乎想到什么，脸色忽然严肃起来，"你男朋友不是来了吗？这伤到底是怎么回事？"

我忙说："我把台灯撞地上了，然后又被电线绊倒，正好栽在台灯的碎瓷片上了。"

"啊？你最近怎么这么倒霉？"

我苦笑："我也想去算算塔罗啊星座什么的，看看是怎么回事。"

悦莹在病房陪了我一下午，直到赵高兴来接她，赵高兴还给我买了一束花来。说起来这还是我第一次收到男孩子送的花，以前跟萧山谈恋爱那会儿还小，他没买过花给我，所以今天我收到赵高兴的花还有点遗憾："第一个送花给我的竟然是你。"

悦莹叫起来："不会吧，你男朋友没送过？"

我想了想："真没有。"

莫绍谦这几年送过我很多礼物，衣服也不少，就是从来没送过我花。我记得他送我的第一份礼物好像是项链，那时候我根本不识货，盒子被礼物纸包得很精致，我还以为里头是一本精装版的书。拆开包装纸打开那蓝色盒子，只觉得光芒璀璨，漂亮夺目得几乎令人窒息。我压根不知道那项链到底有多贵，只是连忙合上盖子，推托着还给他了。

那时候我是真有勇气，就跟小言里的女主角似的，以为不爱就是不爱，傻乎乎地敢撕支票敢不要钻石，只因为他不是我要等的那个人。

悦莹说："你男朋友不是挺有钱的嘛，怎么连玫瑰都没送过你一朵？"

我说："大概他不爱我吧。"

悦莹撇嘴："撒谎精！不爱你还春天带你去看樱花，冬天带你去泡温泉？"

我勉强笑了笑："那都是去年的事了，去年他挺闲的。"

悦莹仔细瞧了我一眼，然后把赵高兴轰出去，随手关上病房门，才跑到病床前来跟我咬耳朵："你跟他吵架了？"

"没有。"

我连现在他在哪儿都不知道，早上还是管家送我来的医院，他也

许一气之下拂袖而去，从此就再不见我了。但我觉得他没这么便宜放过我，所以我无精打采。

悦莹仍旧很狐疑："不会是为那个萧山吧？"

我突然打了个寒噤，昨天晚上我都说什么了？痛极之中我好像叫过妈妈，我有没有叫过萧山的名字？死死压在心底的那个名字一直呼之欲出，或者根本就在我意识混乱中真的叫出了口。因为我曾经在实在忍受不住的时候想过萧山，我曾一遍遍想着他的样子，我曾经在很长一段时间里都哄着自己，我想如果能再见着萧山，如果他知道，他一定会保护我，不再让我受任何凌辱。

我一直拿他来骗自己，在忍不下去的时候，在觉得绝望的时候，我就拿他来骗自己。我还有萧山啊，就算我们分手了，但如果他知道，他也一定不会眼睁睁看着我被人欺负。我把他搁在心里最底下，就像一个穷孩子藏着块糖，层层包裹的糖，我知道它在那里，不用尝我也知道它是甜的。

三年不见，连自欺欺人如今都变得可笑，他终于和林姿娴走到了一块儿，我还有什么呢？撕开一层一层的糖果纸，里面早就空无一物。

悦莹大概觉得我脸色不定，以为自己是猜着了，所以批评我："你真是活该，不就是个初恋，你都有男朋友了干吗还惦记着他？你男朋友对你多好啊，送你的东西净拣好的挑，有空还带你出去玩。他不就是工作忙点，不能时常来看你？做人要有良心的，你这样不知足，当心天打雷劈。"

我没说话，悦莹有点生气，戳了我脑门子一下："最恨你这样子，我可讨厌吃着碗里惦着锅里了，你要真放不下那个萧山，你就跟你男朋友分手，痛痛快快去把萧山追回来。"

"我跟他分不了手。"我筋疲力尽，像是在对悦莹说，又像是在对自己说，"我没办法跟他分手。"

"那就把心收收。"悦莹恨铁不成钢，"好好对人家。"

心？

莫绍谦又不要我的心。我只能等，等他厌倦，等他腻了，等他不再对我有兴趣了，等他放过我，等他忘记我。

我等了已经快三年了，装乖卖俏，弄嗔撒娇，不管我怎么样，他还是那个样子。我把浑身解数都用完了，然后黔驴技穷。有时候他很容易生气，可是生完气后，他仍旧不肯将我一脚踹开，让我滚蛋。

很多时候我都在想，他到底看中我什么呢，难道是我这张脸？

或许他爱过一个人，爱得很深，却没办法和她在一起，而我凑巧跟她长得很像？电影电视里都这么演，小说里也经常看到这桥段，但昨天我试探了，结果他真怒了，他生气不是因为我猜中了，而是因为我竟敢试探他。

大部分时候我都觉得他只是把我当成一个玩意儿，他耐着性子看我能使出什么招数来，从起初的大哭大闹，拼死拼活，到后来的故意逢迎，处处小心。他就像是个看戏的人，在一旁冷眼看着，而我是罐子里的蟋蟀，被不时地逗弄一下，然后喔喔叫着，找不到敌手。

我看不透莫绍谦，而他却知道我的死门在哪里。这从来不是一个平等的游戏，我又如何可以跟他分手？

只有他可以选择不玩了，而我没有任何选择的权利。

第二天，悦莹和赵高兴又来看我，这次跟他们一块儿来的还有慕振飞，他也买了花来，我觉得很幸福："住个院你们个个都送我花？上次我住院你怎么不送我？"

慕振飞说："上次我们还不熟嘛。"

熟了就可以送花？这是什么逻辑？

最后还是悦莹告诉我："你别听他的，今天上午他在他们学校做报告，这花是一个学妹在后台送给他的。人家小姑娘含情脉脉，结果他跟人家说，正好，我有位朋友住院了，这花我可以转送给她吗？把人家小姑娘气得都快掉眼泪了。"

我听得哈哈笑，牵动得背上的伤口都疼了，果然，慕振飞还是那样子，踩着一地玻璃心的碎片然后浑若无事。

我们四个人在一起总是很热闹，莫绍谦的司机给我送晚饭来了，敲门我都没听见，直到他推开门我才发现有人来了。司机的表情似乎也挺意外，大概是没想到病房里会有这么多人。但他马上猜到这些都是我的同学，所以也只是稍作打量，只是他似乎连看了慕振飞两眼。这也不奇怪，慕振飞长得实在是太标致了，走在大街上估计都有星探想拉他去拍广告。司机将保温桶搁在床头柜上，对我说："童小姐，这是鱼片粥，您趁热吃。"

我道了谢，司机礼貌地对屋子里其他人点点头，算是打过招呼了，然后就退出去了。

赵高兴问："那位是什么人？"

悦莹知道，有次她看到司机来接我，所以她替我答了："童雪男朋友的司机。"

赵高兴被吓了一跳："童雪，你有男朋友？那你跟老大是怎么回事？"

我斜睨了一眼慕振飞，他露出那迷人的小酒窝："我不是早告诉你们了，我和童雪是普通朋友，你们谁都不信，现在信了吧。"

根据我资深八卦的经验，当事人越否认绯闻，这绯闻就闹得越厉害，所以我又狠狠瞪了慕振飞一眼，真不知道他到底是不是成心。

我没想到萧山今天也会来医院。那时候天已经黑了，悦莹他们都已经走了，护工也去替我买橙子了，我一个人在病房里用PSP玩飞车，正要车毁人亡的紧要关头却听到敲门声，我还以为是护工回来了，于是头也没抬，只顾忙着玩游戏："请进。"

脚步声很轻，我忽然想到什么，我以为我是听错了，或者我是在做梦，原本按着按键的手指不知不觉就松开了。

隔了这么多年，我仍旧可以听出他的脚步声。

屏幕上的游戏已经over，我过了好几秒钟才抬起头来，来人真的是萧山。他仍旧穿着一身轻便的运动衫，手里还拎着一袋东西，病房里的白炽灯亮得惊人，而我只觉得他又高又远，站在那里，仿佛遥不可及。

我终于听到自己的声音："怎么是你？"

他对我笑了笑："昨天高兴说你病了，正巧我姥姥在这里住院，我天天都来看她。本来也不知道你住哪间病房，幸好护士帮忙查到了。"

他把纸袋放在床头柜上，上头有蛋糕店的徽图字样，他说："就在医院附近随便买的，不知道好不好吃。"

他还记得我生病的时候就喜欢吃甜食，但我可不敢自作多情，也许就像当年我们说好的，分手还是朋友。

我冲他笑了笑，终于找到一句话问他："林姿娴呢？她还好吗？"

他顿了一下，才说："她今天有课。"

我觉得我自己很坦然地看着他，就像什么事都不曾发生过。我明明是硬撑，可是比这更难的事我都已经撑过去了。

病房里重新安静下来，因为我不知道跟他说什么好，他大约也觉得有点尴尬，所以没过一分钟就说："那个……我晚上还有事，我先走了。"

"我送你。"

"不用，你是病人。"

他走了大约有两三分钟，我才一骨碌下了床，直接出病房，一口气跑到走廊尽头去，我知道那里有个小小的天台，可以看到楼底下。

楼前的院子里全种着洋槐树，这个时候叶子都落尽了，细细的枝丫横斜在路灯的光线中，像透明的玻璃缸中飘浮的水藻。我一眼就在水藻的脉络里找到了那熟悉的身影，虽然那样远，虽然这么高，但我看下去就找到了。那走路的样子我一眼就看到了，是他。

他走得并不快，背影显得有些单薄，这三年他一点也没有胖，只是又长高了。夜里的风很冷，但我一点也不觉得，就像当年每次快要上课的时候，我总是站在教室外的走廊，看着他从操场上跑回来。

那时候他总会抬起头，远远地冲我笑。

只要他对着我一笑，我就觉得连天都晴了。

那是我的萧山啊。

我看着他的背影消失在拐弯的地方，就像每一次梦到的那样。脚下的水泥地开始发硬，然后又开始发软，我像踩在棉花上，有点站不住的感觉，背上的伤口也疼，风吹得我瑟瑟发抖。

我却一直站在那里，站到连自己都觉得骨头冷透了，才回病房去。护工已经回来了，正到处找我。她看着我打着赤脚走进来，吓了一跳，忙给我打水让我洗脚。

我把脚泡在滚烫的水里，脚被烫得像针在扎，但我一动不动。我想着萧山，想着他待在这病房里的每一个动作，每一句话，其实他就来了那么一小会儿，但只需要一秒钟，他就能让我觉得生不如死。

他拿来的蛋糕我没有吃，我怕我尝一口就会哭，或者会发狂做出什么事情来。所以我把蛋糕全送给护工了，她挺高兴，拿回家去给她女儿吃。

从前萧山给我什么，我都会当宝贝一样藏起来，哪怕是一块橡皮，一个书夹。但现在我得对我自己狠心点儿，因为他不再是我的了。我得忘了他，无论如何，我都得忘了他。

萧山说他天天来看姥姥，我却一直再没见过他，我也没勇气去查他姥姥住在哪个科室哪间病房，虽然姥姥当年那么疼我，但我避萧山都来不及。悦莹和赵高兴虽然老来看我，但我不想向她打听萧山。

我会忘了他的。

出院那天我连悦莹也拦住了，因为莫绍谦竟然打了电话，说来接我出院。

我当然知道他不是特意来接我出院的，因为我虽然天天看八卦小报，偶尔我还看财经新闻。他的公司要收购本地的一家科技公司，我估计他是来主持大局的。但他顺便来接我，我还是觉得挺受宠若惊的，上次我让他那么生气，我还以为他要把我一搁半年不理会，就是俗话说的"冷藏"。

我从来没有在电视上看到过莫绍谦，连财经新闻都很少会有他公司的名字出现，即使出现也是轻描淡写的消息，比如这次规模并不大的收购。莫绍谦是个低调的资本家，从来不乱出风头，所以我挺好奇他上次为什么跟苏珊珊搅到一起，还十指紧扣过马路，这太不像他的作风了。

到家之后，司机追上来递给他一个袋子，他这才想起来似的转手递给我："给你的。"

这好像也成了惯例，他每次生完气就会送份礼物给我，我也不知道是什么用意，大约是他习惯了用这种方式下台阶，表示他已经不再跟我计较。

我接过去："谢谢。"

我正要把盒子收起来，莫绍谦忽然问我："不打开看看？"

我顺从地把盒子打开，看到里面是宝石戒指。这红宝石颜色不浓，虽然有指甲盖那么大，但估计价格也不会太贵。戒指镶的样式倒是挺华丽，密密匝匝的碎钻众星捧月，真像某部电影里的那只鸽子蛋。

我把盒子关上才看到他似笑非笑的样子，又不知道他在笑什么。

那部电影倒是我和他一块儿看的，当时是国庆长假，我陪他在香港。那天正好他生意谈完，在酒店喝过下午茶，两个人难得偷得浮生半日闲。不知道怎么就说到看电影，于是就去看了《色戒》。电影是广东话版本，我一句也听不懂，中间还睡着了。等我醒的时候就看到大银幕上汤唯的特写，她怅然地坐在一辆黄包车上，伸手抚摸着自己风衣的领子，我就留意她手指上那枚很大的戒指，而她神色淡远漠然，不知道是在想什么。

我睡得稀里糊涂，就知道没一会儿电影就结束了，回去的路上莫绍谦问我："电影好看吗？"

我想了半天，才说："戒指很大很漂亮。"

他也不是没送过我戒指，低调的六爪镶，指环上照例刻着我的名字。说实话，再好的钻石也是石头，我经常想那些刻了名字的钻戒到时候卖得掉吗，不行的话我是不是就只能卖裸钻了。我把戒指放到保险柜去，莫绍谦似乎不经意地拍了拍保险柜："这里头装了多少了？"

我有意娇嗔："还不都是你送的。"

他扬起眉头："但你平常都不戴。"

我实话实说："你送我的都那么珠光宝气，我一个学生，难道戴着上学？"

他似乎笑了一声，把我拉到他怀里去，有时候他喜欢抱我，就像抱可爱，但他每次都箍得太紧，让人喘不过气来。他的气息就拂在我脸旁，痒痒地让我觉得难受。他说："今晚给你个机会好了，我们出

去吃饭。"

他自己动手给我挑衣服，这还是第一次，我觉得他心情非常好，肯定是公事挺顺当的。通常这时候我都会乖乖地哄他高兴，他高兴了我的日子也好过些。他给我选了一条宝蓝的低胸晚装裙子，然后说："配去年我送你的那套蓝宝石首饰。"

等我换了裙子出来，他连鞋都替我挑好了。

其实我买衣服挺没算计的，有时候跟悦莹逛逛，有时候跟同学去淘小店，三十五十的T恤都挺漂亮。但莫绍谦嫌我品位差，所以好多时候就是店里送了目录来，我随便一划拉。反正这些名店服务都非常细致，只要我在那里买过一次衣服，号码什么的他们都记得很详细。

鞋是细高跟，我都不知道自己什么时候还买过这双鞋，穿上后整个人都摇曳不定，唯一的好处是终于不比莫绍谦矮太多了。

他太高，我如果穿平底鞋，永远只能仰望他。

他带我去的餐厅也是新开张的，位于这座城市最高的建筑，在空中的全玻璃地板餐厅，有恐高症的人一定不适应。好在餐厅时时放出干冰，整个地板似乎陷在云雾之中。

餐厅经理亲自出来招呼我们，还送了香槟，我们坐的位置正好对着棋盘似的街市，这么高俯瞰下去，一切都缥缈得好似布景。莫绍谦已经看完菜单，交给侍者："就特别推荐吧。"

侍者问："莫先生，是否立刻上菜？"

莫绍谦似乎有点漫不经心："还有位客人，等他来了再上菜。"

我没想到除了我们还有别人，能让莫绍谦等的人真是架子大。我忽然有种不妙的预感，我想他不至于无聊到真介绍苏珊珊给我签名吧？

# 【八】

让我做梦也没想到的是，莫绍谦等的那个人竟然是慕振飞。

服务生引着他走过来的时候，我都傻了。

我还以为我看错了，要么是放干冰放得我都有幻觉了，可那人真的是慕振飞。虽然他穿了西服，虽然他看上去让我觉得很陌生，但他就是慕振飞。

慕振飞似乎也意外极了，但他只看了我一眼，然后就转过头看莫绍谦。

莫绍谦坐在那里没有动，只淡淡道："坐吧。"回头吩咐服务生，"可以上菜了。"

我已经不太知道自己到底在想什么了，只觉得不敢抬头，两只手拧着餐巾，就像那餐巾是我自己的脖子似的。这是我头一回和莫绍谦在一起的时候遇见我认识的人，羞耻心让我有点透不过气来，我鼓起勇气说要去洗手间，但莫绍谦根本没有理我。他不动声色，只看着慕振飞："这个寒假你回公司实习，我已经交代过世邦，他会让人带着你。"

"寒假我约了登山协会的同学，要去爬山。"

莫绍谦的声调似乎非常平静："爬山？去年在珠峰受的伤还让你记不住教训？你这么做是对董事会不负责任。"

"有你对董事会负责就足够了，董事长。"

"你别以为惹我生气我就会放任你去不务正业，不管你有多少借口，这个寒假你都得回公司实习。"

慕振飞看着他，忽然笑了，他笑起来还是那样帅，露出迷人的小酒窝："到时候再说吧。"

他们两个人谁都没有理我，都只是跟对方说着话。但我却像待在冰窟里似的，连指尖都凉透了。

服务生开始上菜，替我们斟上酒。莫绍谦终于回过头来，对我说："你的伤口刚好，别喝酒。"然后让人给我换了果汁。

我连对他勉强笑笑都做不到，我只想过慕振飞家境应该很好，可是我没想过他会与莫绍谦有关系，而且关系还不浅。

他会不会是莫绍谦的儿子——不，莫绍谦今年才三十二岁，他不可能有念大学的儿子。那也许是他弟弟，可是为什么又不姓莫呢？

我虽然对莫绍谦知道得不多，但隐约也听说他父亲是白手起家，正赶上了经济腾飞，从化工厂开始，后来做码头集装箱，一手开创出不凡的基业。可是他父亲正当盛年的时候突然去世，于是，弱冠之龄的莫绍谦被迫从国外中断学业回来，开始主持大局。他原本学的就是工商管理，十余年下来，百尺竿头更进一步。

资本家的身世素来都带点传奇色彩，有钱人嘛，TVB拍得都滥了。我对豪门恩怨没有兴趣，其实慕振飞是莫绍谦什么人又关我什么事？慕振飞知道了我的身份，顶多就是鄙夷我，以后将我视作路人罢了。

我不在乎，我想通了，决定大吃一顿这里的招牌菜。

饭吃到一半莫绍谦因为接听一个电话，走开了大约十来分钟，座位上只剩我和慕振飞。我一句话也没有说，依旧吃我最爱吃的银鱼羹。慕振飞也没说话，他吃东西的样子真斯文，有条不紊，简直像老师平常在实验室做示范的样子，烧杯试管，样样都摆弄得得心应手，简直让我看得心里发慌。

莫绍谦回来后也没再跟他多交谈，三个人在餐桌上都安静得出奇，结果就是我吃得很饱，连最后的甜点都吃不下去了。莫绍谦对慕振飞说："让司机送你回去。"

"不用。"

"实习的事，你好好考虑一下……"

话还没有说完，慕振飞终于显出他很少露出的一面，似乎是有点孩子气的不耐烦："行了，姐夫，我都知道。"

我今天晚上被五雷轰顶了太多次，所以都有点麻木了。

回去的车上我很安分地端坐着，看着车窗外迷离的灯光，这城市的夜景总是这样嘈杂喧闹。我知道是莫绍谦的司机认出了慕振飞，所以莫绍谦才会安排今天晚上的饭局。不知道是谁发明的"饭局"这两个字，真是一个局，以吃饭为借口设下的局。整个晚上莫绍谦都不动声色，我不知道他在想什么，反正我从来看不透他，要猜他的心思真是太累了。

或者他就是单纯地警告我，离慕振飞远点，其实哪用费这么大的周折，他只要告诉我慕振飞是他小舅子，我保证跑得比哪吒还快。我

又不是不怕死，又不是不知羞，所有跟他太太沾边的事，我都会自觉回避得远远的，何况是他太太的亲弟弟。

到家后我讪讪地说："这种错误我以后不会犯了。"

他一边解袖扣一边看了我一眼："这样的蠢事，我也不打算再替你处理第二次。"

其实这真是冤枉慕振飞和我了，我敢担保慕振飞对我从来没有过非分之想，我对他也从来没有过非分之想，真的。

到现在我倒是有点害怕慕振飞那个沉着劲儿了，今天晚上他太不动声色了，以前的慕振飞也太不动声色了，我都不知道他是不是早就知道了。我和莫绍谦的不正当关系，我自认为是瞒得很好的，学校应该没人知道，但世上没有不透风的墙，所有的事也许不过是我一直在自欺欺人。但慕振飞却这样沉着，按一般常理，怎么样他都应该替自己姐姐出头吧？或者莫绍谦也太大胆了，他就不怕小舅子告状，然后太太跟他大闹？我突然心里发寒，因为我想起我当初是怎么认识慕振飞的，他不会早就知道我和莫绍谦的关系，所以故意拿手机扔我的吧？

这两个男人都深不可测得让我觉得害怕。

莫绍谦把这件事形容为一件蠢事，我也觉得自己蠢极了，被人玩弄于股掌之上。

莫绍谦朝我招了招手，我像可爱一样磨蹭到他身边，琢磨着还要不要继续对他检讨，或者牺牲一下色相含糊过去。我还在首鼠两端，他却没给我时间继续考虑，他把时间充分利用在我的牺牲色相上。

莫绍谦走后，我重新恢复平静的校园生活。上课，下课，吃饭，打水，慕振飞似乎也凭空消失了，再不见踪影。悦莹起初对这事还挺纳闷儿的，我嘻嘻哈哈："难道真让人替我打一年的开水啊？那是玩笑话，再说他们要毕业了，忙着呢。"

我没细打听，但这年头大四的学生哪个不忙得要命？不出国也都在考研，不考研也都在找工作，何况慕振飞这种前程远大的风云人物。谢天谢地，我和慕振飞的绯闻彻底成了过去时，我主动缩小了自己的活动范围，也不跟着悦莹和赵高兴他们蹭饭了，为了避免遇见慕振飞。

我躲的人越来越多，连我自己都不明白到底还要躲多少人，因为见不得光。

我没躲过去的人是林姿娴，不知道她是怎么打听到我的电话号码的，也许是上次吃羊肉时我自己曾多嘴告诉过她。上次我说了太多的话，该说的不该说的，我都记不住我说了些什么，就记得自己滔滔不绝讲个没完，似乎怕一旦停下来，就会发生什么可怕的事情。

事实是可怕的事如果真的要来，挡也挡不住。

我在寝室里磨蹭了半天，又换衣服又梳头发，眼看挨到不能再磨蹭下去了，才抓起包包下楼，去见林姿娴。

林姿娴将我约在西门外的一家咖啡店，说是咖啡店，因为主要做学生的生意，甜品和饮品价格都不贵。我叫了珍珠奶茶，林姿娴则要了绿茶。服务员把饮料一端上来，我就本能地端起杯子喝了一口奶茶，然后下意识地咬住奶茶的那根管子。我一紧张就爱咬东西，比如咬杯子或者咬饮料管，莫绍谦纠正了很多次，但我改不过来，一紧张我仍然犯这老毛病。

这家店我还是第一次来，店不大但音乐很轻柔，这种地方很适合谈话。林姿娴在电话里说想和我谈谈，但我压根不知道她要和我谈什么。

今天的太阳很好，从大玻璃窗子里透进来，正好斜照着她面前那只剔透的玻璃杯，里面浮浮沉沉，是鲜翠的茶叶，慢慢在水中舒展开来。初冬柔和的阳光也映在她的脸上，我觉得她似乎没睡好，因为连她那双好看的杏仁眼似乎也是微肿的。我正看得出神，她忽然对我笑了笑，从包里拿出烟盒，熟练地弹出一支，问我："抽烟吗？"

我被她这举动吓了一大跳，在我印象里整个高中时代她一直是淑女，系出名门，循规蹈矩，怎么也不会有抽烟这种恶习。我本能地摇了摇头，她已经娴熟地拿出打火机点上，对我说："大一那年学会的，然后就戒不了了。"她顿了顿，对着我莞尔一笑，"很多事一旦开始，就再也戒不了了。"

我看着吞云吐雾的她，只觉得陌生又遥远，隔着淡淡的青白烟雾，她脂粉未施的脸庞一如从前光洁饱满，让我想起高中时光，那时候我们还坐在教室里，每天没心没肺地应付着老师，应付着考试，有大把大把的青春可以挥霍——而如今，青春已经是手中沙，越是试图握紧，失去得便越快。

她终于开口，仍旧是那副淡淡的口气，却狠狠将烟蒂按熄在烟灰缸里："童雪，能不能帮我一个忙？"

我问："什么事？"

冬季淡淡的阳光下，她浓密的长睫毛却像夏日雨后池塘边纷繁的蜻蜓，栖息着云影天光，纷乱得让人看不懂。她说："萧山的姥姥上星期过世了。"

我忍不住"啊"了一声，那位慈祥的老人，上次萧山说姥姥在住院，我还一直想去看望姥姥，因为她一直对我很好，可是我畏首畏尾怕再见到萧山，终究没有敢去。

"你知道他父母长期在国外，姥姥的事对他打击很大。他请了三天丧假，原本早就应该回来上课了，可是他没回来。没人知道他在哪儿。他的电话关机，没有回宿舍，没有回家，我找不到他，所有的人都找不到他。"

我喃喃地说："我没有见过他。"

"我知道。"林姿娴黝黑深沉的大眼睛看着我，"只是我已经没有办法了，能找的地方我已经全都找过了，但就是找不到他。我很担心他再旷课的话系里就瞒不住了，我不想因为这事给他的前途带来什么麻烦，你如果能见到他，能不能劝劝他？"

我有些惘然地看着林姿娴，一贯心高气傲的她肯来对我说这些话，一定是真的绝望。

她找不到他，可是我到哪里去找他？自从他离开我，我就再没办法把他找回来。

下午的时候没有课，我陪着林姿娴又去找了几个地方，打电话给萧山考到外地去的几个要好的同学，萧山也没有和他们联络过。我们甚至还去了高中时的母校，那个我以为自己一辈子也不会再踏入的地方。学生们正好放学，偌大的操场上有不少人冒着寒风在打篮球。听着熟悉的篮球"砰砰"落地声，我和林姿娴站在操场旁，怅然若失地

看着那些英姿勃发的少年。

一无所获，从中学出来天已经快黑了。我又累又饿，而林姿娴却显得十分平静，似乎已经习惯了这样的失望："先回去吧，我再想想他到底可能去哪里。如果你想到了，就给我打电话。"

我独自搭地铁回学校去，刚出地铁站，忽然发现下雪了。寒风卷着细小的雪片，吹在人脸上仿佛刀割一般。晶莹细碎的雪花在橙色的路灯下，似乎一片纷扬零乱的花。

记得和萧山分手，也是在这样的一个阴冷的傍晚，天气阴沉沉的，仿佛要下雪。

我还记得那时天已经快黑了，他穿着校服，远远就可以看到他颀长的身影立在花坛前。舅舅家是老式的小区，花坛里原本种着常青树，暮色渐起，隐隐望去像低矮青灰的藩篱，而他就站在这藩篱前，我低着头把手插在兜里。因为下来得匆忙，连手套也忘了戴，十根指头在兜里仍旧是冰凉冰凉的。我不知道他要说什么，从好几天前开始，我们两个就已经陷入这种奇怪的僵局，我不肯对他说话，他也对我若即若离，零零碎碎，样样都让我觉得很难过。这种难过是无处倾诉的，夹杂在复杂微妙的情绪里。我想妈妈，我想如果我有家，我会好过很多。可是我处了下风，因为我没有家，我只有他，他明明知道。我和他在暮色里站了一会儿，我很怕舅舅快要回来了，要是让舅舅或者舅妈看到我和一个男生站在这里，那我真是跳进黄河也洗不清了。所以我说："我要上去了。"

"你就是生气我答应和林姿娴一起办英文校报？"

他一开口的语气就让我的心顿时凉了半截，他根本不明白……我忽然又有掉头就走的冲动——很久前曾经做过的一道语文练习题，题目是什么我都忘了，是关于《红楼梦》里的一段，下面有四个选项，其中有一项答案是："这段文字说明宝玉和黛玉性格不合，从根本上造成了宝黛恋爱的悲剧。"

当时我第一个就将它排除了，还觉得这是什么选项啊，简直可笑。宝黛怎么可能性格不合？他们心心相印，他们的爱情悲剧应该是万恶的封建体制导致的——谁知道标准答案竟然真的是这个性格不合，让我震惊又意外。

可是唯一能让林妹妹吐血焚稿的，只有宝玉。

他太懂得她，他又太不懂她。

我勉强装出镇定的样子："你和林姿娴办报纸关我什么事？我为什么要生气？"

"你这不是生气是什么？"他反倒咄咄逼人，"你为什么对我连最基本的信任都没有？"

我远远看着他，他眉峰微蹙，显然是生气于我的无理取闹，在他心里我就是无理取闹。他明明知道我很忌惮他和林姿娴的关系，因为我惶恐，我害怕——太多的人将他们视作金童玉女、天生一对儿，而我是无意间攀上王子的灰姑娘，时时担忧王子会看上真正的公主。我忽然有点心灰意冷了："随便你和谁办报，和谁交往，反正都跟我没关系。"

他似乎被我这句话噎了一下，过了没几秒，他就冷笑："我知道你在想什么。"

　　他这种阴阳怪气的样子我最受不了，我被他噎得口不择言，我说："我想什么也跟你没关系。"

　　他满不在乎地说："既然这样不如分手吧。"

　　我的心里似乎被针刺得一跳，仿佛没有听清楚他说了句什么。以前我们也闹过几次别扭，可是我从来没有想过——我没有想过他会说出这样的话来。我抿紧了嘴唇也咬紧了牙齿，防止它们发出颤抖的声音，脸上却若无其事。我一度以为有了他就有了全世界，可是现在全世界都将我摒弃了。自尊和本能一瞬间就回来了，我听到我自己的声音清楚而尖锐："那就分手吧。"

　　他转身就走了，毫不留恋地大步走远，我看着他的背影渐渐远去，冷到全身发抖。

　　很多次我做梦梦到这个黄昏，梦到他的这个转身，我在梦里一次次哭醒，可就是没有勇气追上去拉住他，告诉他我不要和他分手。

　　很久之后我才知道，这世上注定有一个人，虽然他属于你的时光很短很少，但你如果想忘记他，需要用尽一生。

　　我独自从地铁站走回学校，没有打车，也没有坐公交，走得我很累很累。在这一段路上，我一直想着萧山，我有好久没有这样想过他了。每次我都刻意避开这个名字，我把他藏在很深很深的地方。太多的东西把我对他的思念掩埋了起来，我可以正大光明想念他的时间很少很少，从来没有像今天晚上这样奢侈。

　　等我走回学校，食堂早就关门了，我拖着已经冻得发麻的两只脚，又去了西门外的小店，随便要了一碗刀削面。面还没上来，我拿着一次性筷子，无意识地摩挲着上面的毛刺。我冥思苦想，猜测萧山到底会到哪里去。他会不会出了什么意外，会不会独自躲到没有人的地方——我失去过至亲，我知道那是一种如何令人发狂的痛苦。没有人可以劝慰，因为根本没有人和你有相同的经历。

父母去世后我在床上躺了几天几夜，不吃不喝，只想着爸爸妈妈为什么这样残忍，为什么不带着我一起走呢？怎么舍得把我一个人撇下，让我受这样的痛苦。

那时候我连眼泪都流不出来，就像个活死人一样。

老板把热气腾腾的刀削面端上来了，我忽然想到了一个地方——不管是不是，我要去看看。我连面都没吃，搁下钱就走了。

我知道我在给自己找借口，当我搭着城际快线前往邻近的T市，我看着车窗外铁路沿线的灯光一闪而过，只觉得胃里空空的，脑子里也一片空空的。其实我只是给自己一个借口吧，因为他离开了我这么久，不论他是不是会在那里，我去看看也好。

下了火车已经是清晨，我打了个的士，告诉司机地址。城市仿佛刚刚从睡眼惺忪中醒来，街头车流并不多，路灯还没有熄灭，在拂晓的晨雾中寂寞地亮着。我想起萧山第一次也是唯一一次带我到T市来，是高二放暑假的时候。萧山的姥爷姥姥原来在这里有套老房子，原来是给他小姨住，后来他小姨移民了，老房子就空在那儿了。那天他曾带着我走遍附近的大街小巷，告诉我在他小时候这里的情形。

出租车停在巷口，司机打开灯找给我零钱，我仓促地朝车窗外看了看，不知道那家面馆还在不在。应该早就没有了吧，这世界物换星

移，日新月异。

　　早晨的风很冷，我沿着巷子往里走，这里都是有些年头的家属区，两侧全是很高的灰色水泥墙。我差点迷路，最后才找着小区的院门。门卫室里还亮着灯，可是没看到有人，大铁门关着，可是小铁门开着。有晨归的人在吃力地搬动电瓶车，车子的脚踏磕在门槛上，发出清脆的碰撞声。我跟在那人后面走进去，门卫也没出来盘问我。

　　我没有觉得庆幸，因为我一直在发抖，连步子都迈得不利索，也不知道是冻得，还是害怕。

　　老式的楼房一幢一幢，像是沉默的兽，蹲伏在清晨朦胧的光线里。我在中间穿梭来去，可是所有的楼房几乎一模一样，我仰起头来，只能看到隆冬清晨灰蒙蒙的天空。我腿脚发软，终于就势坐在了花坛上。花坛贴着瓷砖，冰冷沁骨。这么远看过去，所有的房子都是似曾相识，有几间窗口亮着灯，有清晨锻炼身体的老人在寒风中慢跑……我坐在花坛上，筋疲力尽，我知道我肯定是找不到了。

　　我全身的骨骼都渗透了凉意，两只脚冻得发麻，腿也开始抽筋，但我不想动弹。卖火柴的小女孩在冻死之前，其实是最幸福的，如果我可以冻死在这里，也应该是幸福的。隔了这几年，我把自己的整个少年时代都埋葬，我以为自己已经把自己放逐，可是却像个疯子似的跑到这里来。

　　对面的墙角是灰白色的，粗糙的水泥被抹平了，有人在上面用粉笔写着字："许友友爱周小萌。"笔迹歪歪扭扭，或者只是不懂事的小学生留下的。小时候常常有无聊的孩子做这样的事情，拿着粉笔在不起眼的墙角里涂鸦。恶作剧般写上谁谁爱谁谁，那时候根本不懂得爱是什么，只是觉得这个字很神秘，一旦被谁写在墙上要生气好几天。直到懂得，才知道原来这个字如此令人绝望。

我不知道在那里坐了多久，天气太冷，冷到我的脑子都快要被冻住了。我拿手机的时候，似乎都能听见自己被冻僵的关节在嘎嘎作响。

我打了个电话给林姿娴，她的声音还带着朦胧的睡意，我看到手机上的时间，是早晨七点钟。

我连舌头都冻僵了，口齿不清地告诉她："我猜到萧山可能在哪儿了。"

她似乎一下子就清醒了，急切地追问我。

"他小姨有套房子，地址你记一下。"

我把地址什么的都告诉了她，她向我谢了又谢，或者只有真的爱一个人，才会这样在意他的安危，这样在意他的快乐。我用尽最后的力气挂断电话，然后把头垂进双膝。

我根本没有勇气面对过去，等我鼓起勇气的时候，我却没有办法再找到萧山。

一直到上了返程的火车，车上的暖气才让我回过神来。我很饿，走去餐车点了一碗面，大师傅一会儿就做好了。

面盛在偌大一只碗里，汤倒是不少，只是有一股调料的味道。餐车上铺着白色勾花的桌布，火车走得极稳，面汤微微地荡漾着，我慢慢地摩挲着一次性筷子上的毛刺，重新想起火车刚刚驶离的那座城市。我知道那条巷口小店的刀削面特好吃，因为萧山曾带我去过。我

还记得那里的刀削面特别辣，萧山被辣得鼻尖都红红的，满额头都是晶莹剔透的细汗。

他悄悄告诉我："我小时候就是在这里学会用筷子吃面的。"

我忍不住笑："那你原来怎么吃？用手吗？"

他说："当然是用叉子啊。"

我还记得他那时候笑的样子，亮晶晶的眼睛里全是我的影子。

高二的暑假是我人生中最快活的一个暑假，因为我拿到了奖学金，差不多天天可以找到借口出来，和萧山在一起。我们去公园里划船，他带我去游泳，教我打壁球。有一天我们甚至偷偷买了火车票，跑到T市玩。

"我小姨出国去了，钥匙交给了我，没有其他人知道这里。有时候我会一个人躲到这里来，因为小时候姥姥姥爷就住在T市，我在这座城市待的时间最久。那时候每年放暑假，我就被送回国内，老式的家属区其实很热闹，有很多同龄的孩子，大家一起玩游戏，我觉得在这里过暑假是最快乐的事。"他有些赧然地微笑，"他们叫我小洋人，因为刚回来时我的中文总讲得不好，普通话还没有英文流利。还有，不会用筷子吃面条。"

萧山都是用左手拿筷子，拿刀也是，我一直笑他是左撇子。当时他正在厨房里切番茄，连头也不抬："左撇子怎么啦，左撇子也比不会做饭的人强。"

我吐了吐舌头，不敢再招惹他。难得有空无旁人又一应俱全的老房子任我们大闹天宫，我兴冲冲地提出要自己做饭，也是我闹着要去买菜。T城的夏天非常热，又正好是中午，烈日炎炎，我们从超市出来走了没几步，一身的汗。路边有卖冷饮的冰柜，萧山买了盐水冰棍给我："尝尝，我小时候就爱吃这个，觉得比所有冰激凌都好吃。"

我一路吮着盐水冰棍，跟着他走回去，觉得自己像是小朋友，被大人带着，什么事都不用管。那种感觉奇妙又安心。

等回到老房子里，两个人都满头大汗，对着嗡嗡作响的老空调吹了好一阵子才缓过劲来。

萧山问我："你会做什么菜？"

我眼睛也不眨地告诉他："蛋炒饭。"

最后还是萧山大展身手，虽然他水平也不怎么样。我俩挤在厨房里乱作一团，我坚持番茄和蛋是一齐下锅的，萧山说番茄要先炒一下，最后油锅烧热了，一看到他把番茄倒进去，我就眼疾手快地把蛋也倒了进去。

刚烧开的油锅很热，蛋液被炸得飞溅到我手上，烫得我大叫了一声，萧山抓着我的手就搁到了水龙头下，一边冲一边着急地问："烫哪儿了？"

凉凉的自来水从手背滑过，被烫到的地方渐渐麻木。萧山的胳膊还扶在我的腰里，他的手真热，掌心滚烫，隔着薄薄的裙子，我只觉得他的手就像是一块烙铁，烫得让我心里发慌。我觉得不自在，讪讪地说："不疼了……"

厨房里很热，抽油烟机还在轰隆轰隆地响着，夏日的午后仿佛万籁俱寂，连客厅里电视的声音都如隔世般恍惚。楼上楼下都寂若空

城，我心跳得近乎发虚，而他的脸慢慢低下来，他比我高许多，这么近的视野里，他的眼睫毛真长，真密，那密密的睫毛直朝我压过来，我都吓得傻了。两唇相触的一刹那，我只觉得自己整个人就像只油锅，轰一声只差没有燃起来。

所有的水分都似从体内蒸腾，当他的唇终于离开我的唇的时候，我的脸一定红得像番茄了。我觉得他也好不到哪儿去，因为他连脖子都红了，我脑子里直发晕，就像是中了暑，透不过来气。

"吸气啊！"他的声音很低，仿佛喑哑的喃喃，而我真的连呼吸都忘了，等他提醒才狼狈地喘了口气。我狠狠地推了他一下："你干什么呀你！"

我也不知道为什么自己要凶巴巴的，其实更多的是觉得不好意思而已。他涨红着脸，手还抓着我的腰，像是放也不好，不放也不好。油锅还在滋滋地响，我推开萧山跑过去拿起锅铲，幸好还没有糊，我拿着锅铲把番茄和蛋炒来炒去，脑子里还是晕乎乎的。而他像个做错事的孩子，在一旁默默地不吭声。我把火关了，尽量若无其事地回头问他："盘子呢？"

后来这盘番茄炒蛋被端到饭桌上，萧山先夹了一筷子，我才想起来没有放盐，可是那样老大一盘，竟然也被我和萧山吃完了。

少年时代的初吻就像是酸酸甜甜的番茄炒蛋，即使没有任何调料，那也是世上最好的滋味吧。

Chapter 02
# 如果他知道

# 【九】

我从T市回到学校就感冒了，一连几天发烧，连期末的头两场考试都是稀里糊涂在高烧里过去的。虽然去校医院挂了几瓶点滴，但每天早上总是准时地烧起来，吃点退烧药就好了，等第二天早上又烧起来，这样反反复复，好似一场拉锯战。

悦莹唉声叹气："我又不是倾国倾城的貌，你却是那多愁多病的身。"

我捧着大杯子一边喝泡腾片一边有气无力地反驳："我只是流年不利，哪里多愁多病了。"

悦莹嗤笑："得了，你还可以说天凉好个秋。"

是啊，天凉好个秋，只不过现在是冬天了。只有我这样的傻子才会在室外冻大半天，结果就是感冒严重得无以复加。我去附二医看了门诊，医生给我开了三天的点滴。在做皮试的时候，我收到林姿娴的短信，告诉我说萧山已经回去上课了，叫我别再担心，还说下次有机会大家一起聚聚。彬彬有礼，就像她一贯做人的方式。她并没有提到是不是在T市找到的萧山，我也没有问。我想这件事情已经过去了，不论对她而言，还是对我而言。

三天后针打完了，我的烧也退了。我把心思都用在学习上，必修课很多，没十天半月是考不完的，每到考试季节，校园里的气氛都会显得格外的沉静与紧张，连图书馆自修室都会人满为患。就在这时候，我们学校出了一件轰动的大事，是关于何羽洋的。

起因是校内BBS上突然爆出来一个帖子，说是何羽洋被娱乐圈某著名制作人"潜规则"，还附了一张何羽洋坐在奔驰车上的照片。

全校的学生一定都很闲，因为他们在考试季还有闲心八卦，有人分析照片是不是PS合成的，有人分析照片中的远景是不是我们学校的南门，最无聊的是竟然有人八卦那车究竟是奔驰的哪个系列。没过多久这个帖子就被转载到了校外的各大BBS论坛，标题也被人恶意窜改为"X大校花被人包养，豪华大奔接送上学"。

一时间舆论哗然，何羽洋正好结束节目录制，回学校来参加期末考试。校园里认出她的人总是指指戳戳，同班的女生虽然不当着她的面议论，可是也免不了背地里嘀咕。悦莹和何羽洋是老乡，关系又特别好，气得都和班上的女生吵了一架。系里的领导终于把何羽洋找去谈心，回来的时候何羽洋眼圈都红了。她委屈地告诉我们："其实那车是我叔叔的车，那天也就是接我回家看奶奶。"

悦莹在BBS上替何羽洋辩解，没想到谁也不信，一个个嘴毒得很，说话特别难听："她说是她叔叔就是她叔叔？骗三岁小孩呢？别丢我们X大的脸了。"

还有人骂悦莹："这么卖力地替她说话，难道你也是被包养的？"

底下一堆人回帖，起哄说悦莹肯定也是小三。

悦莹气得当场把本本都摔了，她把自己关在洗手间里号啕大哭，

我不知所措地在外头拍着门，急得直跳脚："你和他们一般见识做什么？悦莹！悦莹你出来啊！"

最后悦莹哭得累了，终于把门打开，我把她拖出来，给她拧了冷毛巾敷脸，她才对我说了一些事情。

"我妈就是因为我爸在外头乱搞，活活被他气得生癌……那些女人真不要脸！明知道我爸爸早就结婚了……就是为了他的钱！就是为了他的钱……我妈住在医院里，竟然还有女人跑到医院去骚扰她……我恨不得吃她们的肉，剥她们的皮……"悦莹按着毛巾，断断续续地对我说，"后来我妈死的时候，我对我爸说，那些女人，我绝不会放过……一个也不会放过。所以我一定会好好学习，我会接手家里的生意，等我回来的时候，那些贱人，我一个也不会放过！"

悦莹从来没有对我讲过她妈妈的事情，我从来没听过她这样咬牙切齿地骂过人，森森的寒气从我心里涌起来，我突然有点站不住了，扶着桌子坐下来。我想起了莫绍谦，我想起了他的太太，或者她也正像悦莹这样痛恨着我。这世上我做了最不道德的事情，不论出于何种原因，我都没有脸再安慰悦莹。

何羽洋的事情愈演愈烈，因为她是新秀主持人，帖子在公众论坛上被炒成了热门话题，最后一番纷扰之后，有网友竟然凭着照片中的车牌尾号就搜出这辆车是属于哪家公司名下，然后顺藤摸瓜，查出这家公司的老总是何羽洋的亲叔叔，总算水落石出，真相大白。帖子终于渐渐沉寂下去，何羽洋只差额手称庆："幸好这世上有人肉搜索，总算证明了我不是小三。"

悦莹请她吃饭替她压惊，笑嘻嘻地勾着她的肩："你要真敢当小三，我先剥了你的皮。"

三个人里面，我笑得最难看。

我越来越害怕面对悦莹，自从知道悦莹妈妈的事情，我总觉得心神不宁，可是我实在没有勇气对悦莹说出来。她是我最好的朋友，我没有父母，没有亲人，我连萧山都没有了，我没有勇气再对着最好的朋友坦白，承认我那光鲜外衣下的丑陋生活，如果悦莹知道……她一定不会剥了我的皮，可是她一定不会再理我。

在这世上，我已经什么都没有了。

考试考得很苦，超分子的教授特别严，出的题目特别变态，品学兼优的好学生如同悦莹，也在考完后哀叹："完了完了完了，我只怕要挂科了。"

本校BBS上曾经说过，没有挂科的大学人生是不完整的人生。最近学校BBS很热闹，虽然大家都忙着考试，可是何羽洋的事闹得很大，刚刚平息下去，校内BBS忽然又爆出一张帖，标题就叫"看看X大校门外接送女生的那些豪华名车"。

这次的帖子比何羽洋那次更火爆，因为我们学校是百年名校，在本市乃至全国都声名显赫，公众论坛对这样的话题显然也最有兴趣，帖子迅速被转帖，然后声势越来越大。这次偷拍的照片都十分清晰，说实话，之前我还不觉得，看了这帖子才真的感到学校里也藏龙卧虎。发帖的人一口气爆了十几张照片，都是在我们学校的南门或东门外拍的，各种名车一应俱全，从奔驰、宝马一直到Q7、路虎，简直像

是豪华车展。

校内BBS自然一片哗然，因为这些车真是来接女生的居多，男生们话说得自然难听，女生们也觉得愤然不平，尤其是悦莹，因为她也不幸上镜了。她爸爸的司机周末来接她回家，竟然也被拍下来放到互联网上。虽然没拍到她的脸，车牌号也被涂掉了，可是我熟悉她就像熟悉自己，一眼就认出了是她。悦莹的照片被迅速转载，称作"史上最牛的X大女生"，从她爸司机开来的那部加长的林肯车，到悦莹手腕上的范思哲时尚表，再到悦莹背的那个Chanel度假款的帆布包，都被一群奢侈品达人津津有味地八卦。

幸好没有拍到脸，何羽洋专程打电话慰问悦莹："就当体验一下什么是公众人物吧。"

悦莹很郁闷却也很淡定："热闹几天就过去了。"

幸好系里的女生好像没人认出那是悦莹，最近我们系考试又多又难，大部分人要么没有闲心关心BBS上在八卦什么，要么没有闲力去多想照片里的人会是谁。

没想到事情的发展会急转直下。考完最后一门的下午，为了放松，我和悦莹去西门吃晚饭，回到寝室天已经黑了，走廊里有女生在叽叽喳喳地说话，而且隐约像是提到我们寝室的寝室号。我和悦莹走近的时候，那几个女生却突兀地都停了下来，尴尬地看了我俩一眼。

悦莹似乎有不妙的预感，低声对我说："不会是我那张照片被人认出来了吧？"

我也很替她担心，我俩回到寝室就飞快地打开各自的笔记本上网，校内BBS有关"史上最牛的X大女生"的那个帖子后已经有了个红红的"hot"，两天没看又多了许多回复，我直接往后拉到最后一页，所有的回帖都排山倒海般重复引用着一张照片，我死死地盯着那张照片，就像是一条离了水的鱼，再也喘不上一口气。

那张照片非常清楚，虽然是远焦，可明显是专业像素下的取景，角度非常好，好到根本不像是偷拍。照片中的我正从车上下来，那部黑色的迈巴赫车门都还未及关上，被一同摄入镜头。

车牌照例被做了PS处理，而我的脸却毫无遮掩。我第一次看到这种镜头下的自己，只觉得陌生得令我自己都认不出来。照片并不是在我们校门外拍的，那肯定是夏天里的事，我的脑子里一片空白，只是想不出来这会是哪一天——应该是莫绍谦某次带我出去吃饭的时候。因为照片中的我梳着发，穿着一条小礼服裙子，颈上还戴着珠宝。

如果不是陪他出去，我不会穿成这样，更不会戴那些珠光宝气的东西，可是照片中只有我和半辆作为背景的迈巴赫，并没有莫绍谦。我什么都想不出来，只是手指机械地往下拉动着滚动条，所有的回帖都在惊叹，有人说这才是真正"史上最牛的X大女生"，有人在啧啧赞叹我脖子上的那条项链，有人在议论我拿的手包，还有人在八卦我穿的小礼服品牌，更多的人在关注我身后的那部车，它的双M标记如此醒目，不断地有人提到它的价格。

我忽然没有了看下去的勇气，因为回帖中已经有同学认出我来，说是化学系的女生，还有人提到我的名字和班级，所有的人都带着一种质疑的语气，因为照片中的一切都显得那样不可思议。

我用发抖的手想要关掉页面，按了几次竟然都没有对准那个小叉，隔着桌子悦莹正看着我，帖子里曝光的名车那么多，我却是唯一被拍到正脸的一个。悦莹意外之余还极力地安慰我："你别怕，有个有钱的男朋友又不是你的错！再说这种照片侵犯隐私，可以投诉要求删除。"

只有我知道自己在害怕什么，我宁可自己是只鸵鸟，可以把头埋在沙子里，什么都不要理。当下悦莹替我向版主发了投诉帖，要求删除照片。值班版主很快地删除了照片，可是事情适得其反并且愈演愈烈，另一个新帖冒了出来，主题就是："童雪是被有钱的有妇之夫包养，这样的二奶学生真是X大之耻。"

发帖人的ID我没有见过，而下面的跟帖已经一片哗然。有人恍然大悟地连称怪不得；有人不信，说童雪我认识，学习刻苦，平常在系里也与众无异；有些人已经开始反唇相讥，质疑照片中那些根本不属于大学生活的东西；有人用了无数个惊叹号说不会吧我们学校竟然真有这种女生……

帖子在迅速地翻页，我已经没有勇气再看，我早就知道会有这一天，从一开始我就想过。我关掉笔记本，有些跌跌撞撞地站起来，悦莹在叫我的名字，我恍惚间也没有听到。我不知道谁会清楚地知道我和莫绍谦的关系，我不知道是谁拍了这张照片，我更不知道是谁把它发到网上，揭破我妄图精心遮掩的一切。

所有的一切都在此刻灰飞烟灭，我原以为可以虚伪地生活，我原以为自己可以小心翼翼地念完大学，我原以为我可以自欺欺人地做到……可是所有最丑陋最难堪的一切都被人戳穿了。这都是报应，我早知道会有这样的报应。我做了不道德的事情，所以我迟早会受到这样的报应。

悦莹在走廊里追上我，她拉住了我的胳膊："童雪，那是真的吗？"

我看着她的眼睛，我不知道要怎么对她说，我说不出来，不知道怎样面对，只能自欺欺人地沉默不语。悦莹的眼睛似有泪光，可是忽地一闪就不见了，她固执地问我："那是真的吗？"

我没有办法回答她，我最好的朋友，我知道我终于还是伤害了她，我不想的，可是我还是伤害到了她。我根本没办法回答她，悦莹渐渐从错愕与震惊中回过神来，她愤怒地质问："你怎么可以这样？"

我怎么可以这样？

我答不出来。

悦莹的声音几乎是歇斯底里："你明知道我最恨这种女人，你明知道我妈妈是怎么死的！我发过誓不饶过那些女人！你是我最好的朋友，我跟你这么久的朋友，你什么都知道，你为什么这样？你怎么可以这样对我？你怎么可以这样骗我？"

我哆嗦着说不出话来，我什么都知道，悦莹这样相信我，什么都告诉我，我什么都知道，可是我无法解释自己做过的一切。

悦莹的声音又利又尖，隔壁寝室有人探头出来看，我无法面对悦莹，虽然我根本不愿意伤害悦莹，我的声音很小很小："对不起。"

"不要跟我说对不起！"悦莹脸上有亮晶晶的泪痕，她对着我叫，"我再也不想看到你！"

我傻呆呆地站在那里，看着悦莹返身冲进了寝室，然后狠狠地摔上了门。

我一个人站在空阔的走廊里，白炽灯悬在天花板上，又高又远的光。我的视线是模糊的，只觉得脸上又痛又辣，没有人打我，风吹在我的脸上，眼泪却像是火辣辣的，鞭挞着我。我脑海中浮现出悦莹眼中的泪光，我最好的朋友……我骗了她……我用最恶劣、最丑陋的真相伤害到了她，悦莹从此不会再理我了。

已经快熄灯了，楼道里有脚步声，自习回来的女生在哼着歌上楼。远处传来水声，不知道是谁在洗衣服，还有隐约的说笑声，整个世界都像是离我远去，所有的一切都离我远去，一切都变得那样遥不可及。我不能再站在这里，不然整幢楼的人都会出来看着我，所有的人只要上校内BBS就会知道这一切，我再无颜面站在这里，我再无颜面对同学。

我不知道怎样走出的校园，一路上我尽拣人少的路走。出了南门后就是车水马龙的笔直的大街，我看着那些滚滚的车流，无数红色的尾灯，就像一条蜿蜒的灯海在缓缓流动，我看着这条熙攘的车河，想着自己要不要一头撞进去，被碾得粉身碎骨，然后就永远不需要再面对这一切。

我没有带包，人行道上有公用电话，我走过去摘下听筒。我想打电话，可是我没有钱，我也没有任何一个号码可以拨出去。我的手指在发抖，妈妈，妈妈你在哪儿？妈妈和爸爸都已经走了，他们都死了。我蹲在地上抱着自己的头。我知道自己抖得厉害，可是没有哭。

四周嘈杂喧哗的人声，汽车呼啸而过的声音，公交车报站的声音，行人走路的声音，统统朝我耳中塞进来，像是无数条蛇，硬生生钻进我的脑子里。

可是又静得可怕，就像那天晚上，安静得可怕，安静得我可以听到自己血液汩汩流的声音，而我全身没了半分力气，身上像压着一块巨大的石头，又像是溺在水里，不停地往下沉，往下沉，却挣扎不了……所有的一切都离我而去，从此永远陷在绝望的黑暗里……可我心里明白，这不是天谴，只是命，是我的命。

我自己的命苦，怨不得天，尤不得人。

我强颜欢笑，我若无其事地读书，在所有同学面前假装和她们一样，可是今天这一切都被戳破了。我那些龌龊而肮脏的生活，我那些不能见人的真面目……全都被戳破了。我就像被人剥了衣裳，赤裸裸扔在众人面前，任由他们的目光践踏。我根本没有地方叫冤，因为我不是被冤枉的。

我不知道要往哪里去，城市这样大，竟然没有我的容身之处。

我蹲在那里不知过了多久，终于有人问我："童雪，你不要紧吧？"

我恍惚以为听错了，悦莹她不会再追出来找我，我抬起头来，看到一个陌生的女生。她又问了一遍，原来果真是我听错了，她问的是："同学，你不要紧吧？"她身边站着个男生，两人像是刚从校外回来，典型的一对校园情侣。那男生正好奇地打量我，女生挺热心地问："你是我们学校的吗？你是不是不舒服？要不要我们送你回去？"

我身后就是声名显赫的百年名校，当初踏进校门的时候，我是那样的自豪，自豪自己可以成为它的一分子。可是今天我再无颜面承认自己是它的学子，我做的事情，让我知道我自己不配。

那女生问："你是不是不舒服啊？要不要我们帮忙？"

我鼓起勇气，向她借了一块钱，说想给家里打电话，身上又没带零钱。

她迟疑了一下，毕竟这年头骗子很多，可是只要一块钱的骗子应该不多吧。最后她掏给了我一个硬币，然后狐疑地挽着男朋友走了。

我把硬币投进电话，然后一个数字一个数字地拨号，只拨了三个号码，我就挂掉了。

我有什么脸打电话给萧山？

我全身发抖，想着萧山的名字，我就像是一摊泥，随时随地就要瘫在那里，被千人踩万人踏，我有什么脸再见萧山？

我宁可我还是死了的好。

# 【十】

我换了一个号码，拨莫绍谦的手机号，我从来没有主动打给他，虽然我曾经被迫记熟他的私人号码。听筒那端是长久的忙音，没有人接。我等了很久，终于绝望。

这世上所有的人都抛弃了我，我还可以往哪里去?

我沿着人行道往前走。漫无目的地朝前走，一直走到一个街心公园。公园里有路灯，不时有人经过，并不显得冷清。有个流浪汉在长椅上整理他捡到的纯净水瓶子。大大小小的瓶子被他一个个踩瘪，然后塞进一个肮脏的垃圾袋。我大约站了很久，因为他抬起头来，冲我咧嘴一笑。他脸上很脏，牙很白，笑的时候才让我看出，原来他是个疯子。

我被他的笑吓着了，落荒而逃。

经过橱窗时，我从灯光的反射里看到自己惊惶的影子，我的脸色青白，神色恍惚，就像那个疯子一样。

我恍恍惚惚在人行道上走，因为我没有地方可去。我没有家，没有爸爸和妈妈，我不能回宿舍，我再没有地方可以去了。我一直走到夜深人静，连马路上的车都渐渐少了，然后看到路边有二十四小时营业的麦当劳。我又渴又冷，里面明亮的灯光诱惑着我，推门进去，暖气拂在我身上，令我更觉得全身麻痹。

我径直走到椅子边坐下，全身的力气都没有了，坐在那里再不愿意动弹。这里又暖又明亮，就像卖火柴的小女孩划燃火柴后看到的天堂。很多年前的那个冬日的下午，我和萧山坐在同样窗明几净的店堂里，那时他叠给我一只纸鹤，我思想斗争了很久，最后把纸鹤藏在大衣口袋里带回家去。那时这小小的大胆，给了自己很多快乐，在很长一段时间里，每当看到笔记本里那枚纸鹤的时候，心里涌动的总是丝

丝酸凉的甜蜜。

那时的我们是多么的青春年少，而不过短短数载，一切都已经不堪回首。在这最无力的时刻，我对萧山的想念击垮了一切，我从来没有如此的想念他，渴望他。那个假设句又出现了，如果萧山知道，如果他知道，他不会让我受这样的苦，如果他真的知道。

哪怕是自欺欺人，我也需要这些自欺，我什么都没有了，很多年前如果我不骗自己，我早就已经活不下去。苟延残喘到了今天，我还是想骗自己，如果萧山知道，他不会这样的。哪怕全世界都抛弃了我，萧山也不会。

我明知道我不应该这样想，我明知道这样的自欺很可怜，可是我还有什么？除了这最后一根救命稻草，我还有什么呢？

服务生用奇怪的目光打量着我，我的样子一定是失魂落魄。过了一会儿，她终于走过来问我："有什么可以帮你的吗？"

我问："能不能借下电话？"

她很大方地去拿了自己的手机来给我用。

我拨通了萧山的手机，按号码的时候我的手都在发抖，我觉得我没有勇气等到接通，他的声音在遥远的彼端响起的时候，我还是只想挂断电话。

他说了"你好"，我哽咽着说不出话来，我已经没有办法了，我想我在哭。他于是又问我是谁，连问了好几遍，我想着要挂断电话，就在这时候他忽然仓促地叫出了我的名字："童雪？"

他的声音是这世上的魔法，只这两个字，我所有的一切假装都瞬间崩碎，我再也忍不住，忽然就哭出声来。很久没有听到他叫我的名字，很久没有听到他叫我"童雪"，过去的一切对我而言都是那样奢侈。我想他，我一直想他，我把他压在心底最深的那个深渊，可是我抑制不了自己。我想他，在我走投无路的时候，我就想他，他刻在我的骨子里，等我剥尽自己皮肉的时候他就会显露出来。他在电话那端焦急起来："你怎么了？你在哪里？童雪，是你吗？童雪？"

我很想号啕大哭，在他终于叫出我的名字的时候，可是我只是淌着眼泪，再说不出多余的话。他慢慢地镇定下来，一边劝我，一边询问我所在的地方。服务员好奇地看着泪流满面的我，我把街对面大楼顶端的名字告诉他，萧山说："你千万别走开，我马上就来。"

如果萧山知道，如果萧山知道，这些年来这样的假设句让我可以活到今天，如果萧山知道，他永远不会像别人那样对我，哪怕全世界都抛弃了我，他仍旧会来找到我。

当萧山出现在我面前的时候，我不知道自己究竟对他说了什么，我抓着他的袖子，就像抓着最后一根救命稻草。我喃喃地说着什么，我一直觉得这一切都像是噩梦，梦到现在，我终于看到了萧山，他出现在我的梦境里，就像是我无数次企盼过的那样……当他站在我的面前，我仍旧觉得这一切是梦境，不然他不会来，他不会出现在这里。直到他将我带上了出租车，并且给了我一包纸巾，我才不可抑制终于崩溃，把脸埋在掌心，放任自己哭泣。我知道自己一直奢望着他，不管我在什么地方，我一直奢望着他会回来。

他把我带到了一套房子里，房间很乱，显然没怎么收拾，我没心

思想什么。他拿了毛巾让我先去洗脸，我在洗脸台前放着水，怔怔地看着镜子里的自己，我的眼睛肿着，整张脸也是浮肿的，我哭得太久了。可是即使不是这样，我也清楚地知道，我不是从前那个童雪了。

我无法知道自己该怎么办，我心乱如麻，我理不出任何头绪，我什么也不想面对。

我出来的时候，萧山正坐在窗前吸烟。

我从来没有看到萧山吸烟的样子，在快餐店刚刚看到他的刹那，我觉得他就像是从昨天直接走过来，拖着我的手，一路并没有放。可是现在，他离我陌生而遥远，几乎是另一个人，我不认得的另一个人。

我在沙发中坐下来，萧山把烟掐掉了。他问："到底出了什么事？"

我的声音很小，我仰着脸看着他，几乎是哀求："带我走好不好，随便到哪里去。"

我知道自己是在痴心妄想，我一直痴心妄想有一天萧山会回来，他会找到我，然后带我走。可是我明明知道，他不是我的萧山了，他和林姿娴在一起，我做了一次不要脸的事情，然后又打算再做一次，但我真的很想逃掉，逃到一个没有人的地方去，而现在只要萧山摇一摇头，我马上就会像只蚂蚁一般，被命运的手指碾得粉身碎骨。

可是萧山竟然没有犹豫，他说："好。"

他进房间去穿上大衣，就出来对我说："走吧。"

我不知道他要带我到哪里去，我只是顺从地跟着他走。他带我去了火车站，然后买了两张票。在深沉的夜色中，车窗外什么都看不见，我精疲力竭，倦怠到了极点，他看出来了："睡吧，到站我叫你。"

我沉沉睡去，虽然是在嘈杂的列车上，车顶的灯一直亮着，软座车厢里时不时还有说笑喧哗。我就在这样一片噪音中沉沉睡去，因为我知道，萧山就坐在我身边。

火车到站后我被萧山叫醒，我们出站拦了辆出租车，T市和我几天前来的时候一模一样，清晨的薄雾飘散在路灯的光芒里。他带我回到那老式的家属院，这里的楼房一幢一幢，他带着我在中间穿梭来去，所有的楼房几乎都是一模一样，我觉得自己一定是在做梦，因为仅仅相隔几天，我又回到了这里，而萧山就在我身边。

我一定是在做梦吧，我安慰地觉得，这个梦真的是太美好了。走上楼梯，萧山打开了大门，陌生而熟悉的三室两厅通透地出现在我面前。清晨的阳光刚好透过窗子照进来，家具都被镀上一层淡淡的金色，光线柔和饱满，更衬出这一切都只是梦境，美好得令我难以置信。萧山问我："要不要睡一会儿？"

卧室的床很软，我和衣倒上去就睡着了。

我一直睡了十几个小时，这么多年来我从来没有睡得如此安稳过，睡得如此香甜过，醒过来的时候我连颈椎都睡得僵了，天色已经黄昏，映在屋子里的已经是夕阳了。我在床上看着天花板，也许是在做梦，也许并不是在做梦，可是为什么我会在这里。

我恍惚了很久才起床，小心地推开门。萧山坐在外边的客厅里看着电脑，他独自坐在偌大的屋子中央，夕阳勾勒出他的身影，那样清

晰而遥远的轮廓，我所熟知的每一个饱满的曲线，他就像从来不曾离开过我的生活。可是他在看着电脑屏幕，我心里猛然一沉，昨天发生的一切瞬息间涌上来，像是黑沉沉的海，一浪高过一浪，铺天盖地地朝我压过来，把我压在那些海水底下，永世不得超生。我一度又想要垮下去，我想我要不要夺路而逃，萧山已经抬起头看到了我。他的脸色很安详，令我觉得有种平安无事的错觉。我走过去后只觉得松了口气，原来他并没有上网，只是玩着游戏。我知道自己太自欺，他迟早会知道一切，可是我现在什么都不愿意去想，如果这是饮鸩止渴，那就让我死吧，反正我早就不应该活了。如果萧山知道，而我只是把头埋在沙子里，情愿他永远也不会知道。

他放下鼠标，问我："饿不饿？想吃什么？"

"我想吃面。"

"我去给你煮。"

我一阵恍惚，时间与空间都重叠得令我觉得茫然，老式房子那样熟悉又那样陌生，就像我们不曾离开过。厨房里十分安静，锅里的水渐渐沸了，萧山低头切着番茄："前阵子我在这里住了几天，所以冰箱里还有菜。"

我没有告诉他，我曾一直寻到这里来，可是我没有找到他。

他煮的面很好吃，放了很多的番茄和牛肉酱，我吃了很大一碗。

萧山不让我洗碗，他系着围裙，站在水槽前一会儿就洗完了，然后将碗都放入架上晾干，最后擦净了手解下围裙。我从来没见过这样子的萧山，像个居家的男人，而不是从前那个与我一起争执番茄炒蛋到底该怎么做的男生了。

屋子里静悄悄的，这么多年来，我从来不曾觉得如此宁静。

吃过饭我们一起看电视，新闻还是老一套，领导人接见了谁，召开了什么会议，萧山没有对我说什么话，也没有追问我什么。

也许是白天睡了一整天，晚上我睡得很不好。我做了梦，梦到那间公寓。走廊很远很长，我一直走了很久，那是我第一次到那么豪华的公寓，比起来，我们学校所谓的星级宾馆简直逊色得多。

公寓里的装修很典雅，茶几上有点心和红茶，正是下午茶的时间。

一只手持着茶壶，茶水涓涓地注入杯中，那杯茶很香，有一种特别的香气，让人昏昏沉沉。他的袖口有精巧的白金袖扣，是小小的高尔夫球，银亮的光线在灯下一闪，他的脸也是忽闪忽闪，让我看不清楚。

冰凉的手指拂在我的脸上，这样突兀的举动令我想要躲闪，可是昏昏沉沉，四肢百骸的力气似乎都被抽走了。我吓得要尖声大叫，可是声音哑在喉咙里，我想挣扎，却没力气，残存的神志似乎也在渐渐消失，我喃喃想说什么，身子一轻却被人抱起来。

终于还是痛得叫出声，有人伸手按住我的嘴，那个人身上有一种淡淡的味道，那种味道一直浸润在黑暗里，熟悉得仿佛似曾相识。

那种淡淡的香气若有似无，令我觉得作呕，神志渐渐恢复，黑暗中的眼睛仿佛幽暗的夜，令我惊恐万状，尖叫着想要逃脱什么。

我被人摇醒，顶灯是并不刺眼的晕黄，萧山正扶着我的肩，叫着我的名字，是萧山。我犹带着哽咽，紧紧抱住他的手臂，只希望他从

来不曾离开我，一切只是噩梦，我做了个噩梦而已，等我醒来，会知道这三年统统是噩梦。

萧山却没有动，过了好一会儿他才问："你做梦了？"

他睡在隔壁，显然是匆忙套上的T恤，连外套都没有穿。他的气息非常干净，几乎只有淡淡的浴液味道。梦里的那种香气仿佛毒蛇般渐渐游入我的记忆，我忽然想起来那是什么香气——那是Tiffany男用香水的味道，那是莫绍谦——最近这几十个小时发生的事情顿时回到我的脑海，我真的逃了，不顾一切地跟萧山逃到这里来，萧山不知道我在逃避什么，可是我自己知道。这不过是偏安一隅，他并不问我，他终于回来带走我，他就在我身边，可是又远得我根本触不到。

我不知道现在的萧山在想什么，我抓着他，就像溺水的人抓到最后一根救命稻草。可是这是不道德的，不道德的事情我已经做过一次，面对萧山，面对林姿娴，我根本不应该再做一次。

我终于放开手，喃喃地说："我要走了。"

他没有说话，只是看着我。

我觉得自己又开始发抖，我逃到这里来，只是苟且偷安，我明知道这一切不过是水中月，镜中花，迟早有一天我不得不面对，萧山这里根本不应该有我的容身之地。我还是得回去，回去面对我自己应得的一切。我下床到处找我的外套，我不应该把萧山拖进来，拖到这种滥污的事情里来。

萧山静静地看着我吃力地套上大衣，他终于开口，声音似乎很平静，仿佛带着某种隐忍："你还是想回到他身边去？"

我忽然就像是腿软，再也站不住。原来他知道，原来一切他都知道。我往后退了一步，有些绝望地看着他，他的嘴角竟似有笑意："以前我还一直以为你和慕振飞在谈恋爱——其实网上的事过几天就会安静，我想你男友肯定不是个寻常人，他一定会想办法平息这种议论，你不用太着急。"

　　他的每一个字都像是一支箭，每一支都深深地朝我心窝射过来。我绝望地看着他，而他平静地看着我，我看不清他眼中是什么情绪，我不知道他是如何看待我的。鄙夷？不，他连鄙夷都吝啬给我了。

　　假如萧山知道，我曾经一遍遍想过的那句话，又在心底冒了出来，假如萧山知道……我唯一的指望就是他。可是现在连他都对我灰心了。我不过是个道德败坏的女生，爱慕虚荣破坏旁人的家庭，所有的人都知道我是为了钱，为了一个有钱男人的钱，所以出卖自己的灵魂和身体。

　　我是罪有应得。

　　我拉开门掉头就冲了出去，楼道里每一层的声控灯纷纷亮起，我跌跌撞撞几乎是脚不落地地走下去，每一级楼梯都在我脚下磕磕绊绊，我竟然没有摔倒。我推开楼门，它反弹着关上，发出"砰"的一声巨响，砸碎我身后的夜色。我奔跑在沉寂的黑暗里，漫无目的像只无头的苍蝇，所有的楼房都一模一样，我在它们中间穿梭来去。我认不得路，这里像个偌大的迷宫，我撞来撞去，像苍蝇撞在透明的玻璃上，一次次又被挡回来，我根本找不着出路。我听到有人在叫我的名字，而我只顾拼命往前跑，爱我的那个男生早就走了，他转身离开了

我，然后把我独自一人抛弃在那黑暗的世界里。

有人猝然从后面抓住了我的胳膊，我拼命挣扎，萧山的力气很大，我挣不开他。我狠狠咬在他的手背上，他却没有缩手，而是用另一只手扣住了我的脸，就那样吻上来。

天地都在旋转，我发抖地瘫在他的怀里，唇齿相接的那一刹那我几乎昏了过去，他温暖的气息像电流一般麻痹着我的四肢。他抱住了我，带着一种蛮力般亲吻着我。他狠狠咬痛了我，我哭了，因为我没办法忘记，忘记他，忘记当年就是在这里，那个酸甜如昔的初吻。

过了这些年，他再次吻我的时候，我却哭得全身发抖。他将我抱得很紧，喃喃叫我的名字。他说了一些话，颠三倒四，我不知道他在说什么，我也不知道我自己在说什么。我任由他半拖半抱，将我弄回温暖的屋子里去，他将我抱在怀里，一遍遍吻我，一遍遍叫着我的名字："童雪……童雪……"他的声音深沉而痛楚，"我爱你……你不要再离开我……"

我哭得上气接不了下气，我抓着他的衣服，我不会再放手，这是我一直爱着的萧山。他说他爱我，他让我不要再离开他，他一遍遍地说："第二天我就去找过你，可是你不在家。第三天我打了电话，可是你又不在家，我让你表妹转告你，我一直等，你没有回我的电话。我等了几个星期，我每天都在学校里看着你，你却不理我，我没想到你会这样狠心，你这样骄傲……从那天之后，你就再不理我了……"

那是什么时候的事啊，一定是上辈子。我不知道他在说什么，他一遍遍地说那些过去的事情。原来分手第二天他曾经找过我，可是表妹没有告诉我，也许她只是忘了。可是我没有打电话给他，他一直以为我真的不再理会他了。

　　这么多年，我错过了什么？我错过了萧山，我错过我最爱的人，我错过了一切。只是阴差阳错的一个电话，只是少年人的一时赌气，我以为他再不理我，他以为我再不理他，此后是忙碌到绝望的高三，此后我们咫尺天涯。

　　我到底错过了什么？我哭得上气不接下气，我不能不对他说，我遇上的事情，我受过的委屈，我吃过的苦，我遭受的一切……从很久之前我就想对他说，可是我找不到他，我找不到萧山。我在他怀里放任自己号啕大哭，我哽咽地，颠三倒四地，断断续续地把所有的事情都告诉他，那些所有难以启齿的一切，那些所有的屈辱，那些令我绝望的一切，我的声音支离破碎，我根本不曾奢望过我会有机会对着他说这一切。那个绝望的黑夜我从来不愿意去回想，那是令人发指的遭遇，而我如同砧板上的鱼肉，任凭自己被几近强暴地掠夺，我失去的一切，再不可能回来，回忆令我绝望得发抖。

　　那些屈辱的夜晚仿佛一遍遍重来，我全身都没了半分力气，身上像压着一块巨大的石头，又像是溺在水里，不停地往下沉，往下沉，却挣扎不了……所有的一切都离我而去，从此永远陷在绝望的黑暗里。

　　谁也不曾知道我遭受过什么，谁也不曾知道我忍受过什么……我

一遍遍地忍，强迫自己忍下那屈辱，我一直骗自己，骗自己如果萧山知道……如果萧山知道……

如果萧山知道，他绝不会让我遭受那些。

# 【十一】

我永远也忘不了第一次见到莫绍谦的情景，那是学校某实业公司的庆典，莫绍谦作为嘉宾来参加剪彩。那时候我刚刚考进大学，因为身高被选入学校礼仪队，天天穿着旗袍练走路。剪彩的时候莫绍谦就站在我身边，我的左手边是另一位领导。那天我紧张得什么都忘了，因为进了礼仪队我还是第一次遇上这种正式场合，底下密密麻麻全是人，而且前排还有不少记者和相机，我脑子里直发昏，把平常的排练忘得一干二净。莫绍谦接过剪刀后，我端着彩带还有点不知所措。最后他一剪子下去，我正好伸手想去托彩球，结果他的剪尖不小心戳到我的手，滚圆的血珠冒出来，台下坐的都是老师和领导，我忍着疼没声张。

那时他转过脸来看了我一眼，我只记得他的眼神，非常犀利，若有所思，仿佛我指尖流出的并不是血，而是别的什么东西。

我忍痛还保持着微笑，所有的人都在拍手鼓掌，礼花和彩屑在台上纷飞似一场花雨，他把剪刀放回我的盘中，然后同所有人一起鼓掌。可是我一直觉得不安，就因为刚才他那一瞥，他看我的时候不像是看个人，倒像是看着别的什么东西。我忍到端着彩球走到后台，所有的人才发现我的手在流血，礼仪队的女生都慌了神，莫绍谦却很突兀地出现在后台，径直朝我走过来，用一块干净手帕压住我的伤口。

我没想到这年头还有人用手帕，那手帕上有淡淡的香气，后来悦莹告诉我说那是Tiffany男用香水的味道，这款香水目前国内没有出售。

"一定是个有钱又优雅的男人。"我还记得当时悦莹的口气，"可惜我没去看剪彩，这种男人真的好小言哦！"

悦莹每天看言情小说，成日沉浸在对爱情的幻想中。而我没过几天就忘了这件事，周末的时候我照例收拾东西回舅舅家，出了南门去公交站，没想到有部车忽然在我身边停下来。

莫绍谦那天穿得很休闲，T恤长裤看上去都很普通，若不是那副太阳镜，我一定会把他当成学校的哪个老师。他跟我打招呼，我一时没有认出他来，心想他肯定是认错了人。

可是旋即他叫出了我的名字，我只好有些不好意思地问他："您是哪位？"

太阳镜遮住了他的眼睛，我看不清他的表情，但当时他应该是在笑，问我："你的手好些了吗？"

我这才想起来他是谁，可是那天的嘉宾一大堆，不是这个总就是那个总，我实在记不住他姓什么。

他似乎看透了我的窘态，对我伸出手："莫绍谦。"

我连忙伸手与他握手，这是我除了亲戚和老师之外，第一次和成

熟的男人打交道。他举止优雅，风度翩然。知道我要回家，便提出送我一程。

"正好顺路。"他很有风度地替我开车门，"你不介意吧？"

我还是想自己坐公交车，可他虽然是商量的语气，不过气势凌人，显然习惯了发号施令掌控一切。我还在犹豫，他已经微笑："我不是人贩子。"

那时的我还不习惯和他这样的人打交道，我只是觉得他这样的老板还挺和气的。我搭他的顺风车回舅舅家，路上他一边开车一边与我闲谈，知道我想勤工俭学，趁着等红灯的机会，他给我一张名片："有个朋友的公司，招大学生做临时兼职工作，都是上街发传单或者促销，比较辛苦，不过日薪倒还不错。你要是有兴趣就打这个电话，就说是我介绍的。"

我那时一心想找份工作，减轻生活费的负担——虽然舅妈每个月都会准时给我钱，可我实在想自力更生，这样也让我的自尊心好过些。

我按着名片上的电话打去，对方果然通知我去面试，我被顺利录取。兼职工作确实很辛苦，每个双休日都在路旁做某饮料的促销，风吹日晒，还要跟城管斗智斗勇，可是每天可以挣到六十块，我觉得非常值得。

为此我非常感激莫绍谦，他打电话来说请我吃饭的时候，我甚至都没有想过他是从哪里弄到我的手机号的。我只觉得非常不好意思，更不好意思说是我应该请他吃饭，毕竟他是个老板，我这样的穷学生，想请他吃饭他也看不起吧。

那天莫绍谦带我去吃的私房菜，菜非常好吃，价钱也不是我想象中的那样昂贵，我觉得很安心，于是大胆地说："莫先生，要不这顿还是我请你吧。谢谢你帮我找着工作。"

他怔了一下，还是答应了。

那天的晚餐花掉我三百多块，送我回去的路上，他对我说："这么多年，除了商业应酬，你是第一个请我吃饭的女人。"

我只会呵呵傻笑，想他这样优秀的人肯定有很多女朋友，我一点也没留意到他将我归为女人而不是女生。

我不知道莫绍谦和我交往的目的，他并不经常给我打电话，顶多隔十天半月约我吃顿饭。我对他的生活虽然有些好奇，但也觉得疑惑。直到有次我过生日，他送我一条项链，我才明白他的意思。

我虽然不知道那项链到底有多贵，可是也知道镶着钻石一定便宜不了。一个男人送出这样昂贵的礼物，我再笨也明白过来了。

我不肯收项链，支支吾吾对他婉转说着不知所云的话，他一定是听明白了，他没有说什么，只是似笑非笑地看了我一眼。那顿饭是我吃得最食不知味的一顿，我想以后我一定没办法再和他做朋友了。

我辞掉了兼职工作，虽然我很需要它，但我习惯了不欠人任何东西。整个寒假我把自己关在屋子里，哪儿也不去。春节的时候我才发现不知从什么时候起，家里的气氛变得很不对劲，连活泼的表妹都一反常态变得沉默起来。我小心翼翼地套着舅妈的话，才知道舅舅工作中遇上一点麻烦。

我做梦也没想过这麻烦会与莫绍谦有什么关系。

新年初三的那天，舅舅请一位很重要的朋友吃饭，因为请了对方全家，所以舅舅也是全家作陪，连我也被带去了。我还记得舅舅那位朋友，他的女儿正在读高二，成绩平平又偏科，听说我是X大的学生，又问了我高考的分数，顿时将我夸了又夸，一直让他女儿向我请教学习方法。

我想帮舅舅的忙，主动提出给那个女孩子做免费的家教。

舅舅的那位朋友很高兴，跟舅舅连干了几杯酒，约好了开学后每个周六周日的下午，我都去给那女生补习数学和化学。

我还记得那个周末，一直下着潇潇的冷雨。我拿着写着地址的纸条，带着几本参考书准备出门。舅妈因为我的懂事而显得格外和蔼，临出门时她亲自递给我一把伞："给人家补习的时候耐心点，小女孩别对她太严厉。"

可是不严厉又怎么能教会她学习呢？我没有家教经验，不免有点忐忑。我拿着那张纸条，下了地铁又转公交，才找着地方。

我从来没去过那种高档的公寓，保安打过电话后才放我进大门。电梯都是一梯一户，走廊里安静极了，雪白的大理石被擦得锃亮，简直不像是给人走的。

我一步一个湿淋淋的脚印，都觉得有点不好意思。

按了门铃后，我整了整衣襟，一手理了理参考书，一手想把那湿淋淋的伞换个角度，不让水滴在漂亮的大理石地面上。

门是从里面自动开的，我从来没见过遥控的门锁，所以还挺好奇。玄关处铺着厚厚的地毯，我都不知道要不要换鞋，这屋子静悄悄的，简直像是一个人都没有。

我顺着地毯小心地朝前走了两步，终于看到了客厅。

客厅的茶几上有点心和红茶。

一只手持着茶壶，茶水涓涓地注入杯中，莫绍谦背对着我正斟茶，说："你来得很准时，正是下午茶时间。"

他的声音从容平缓，好像他就是这屋子的主人。我瞪大了眼睛看着他，不知道他怎么会在这里。

他转过脸来，仿佛什么事都不曾发生，他对我微笑："来尝尝点心。"

那杯茶很香，有一种特别的香气，让人昏昏沉沉。我不敢看他的脸，目光一直下垂，只注意到他袖口有精巧的白金袖扣，是小小的高尔夫球形状，银亮的光线在灯下一闪，显得很别致。我不知道该怎么样对他说，我明明早就拒绝了他，不是吗？

他给我看了一些东西，都是文件之类，我费了很大的劲也没能看懂，只知道上头都有我舅舅的签字。"刑法第三百八十三条规定，个人贪污数额在十万元以上的，处十年以上有期徒刑或者无期徒刑，可以并处没收财产；情节特别严重的，处死刑，并处没收财产。"他的声音似乎谈论天气般寻常，"数数那些零，你舅舅大约够枪毙好几次了吧。"

我仓促地看着他，什么话也说不出来，他到底是什么意思？

他冰凉的手指拂过我的手腕，仿佛漫不经心："其实有很多方法可以让你对我死心塌地，也有很多办法让你对我改变看法，但我的

耐心非常有限，我不想浪费时间，你也不值得我浪费时间。事情很简单，你让我得到我想要的，我就保证这些东西不会出现在反贪局。"

我口干舌燥地看着他："你想要什么？"

他还是那样似笑非笑地看着我，我忽然明白，我做不到。我想离开，可是我昏昏沉沉，竟然没有力气从沙发里站起来。他对我伸出手，他的脸也是忽远忽近，让我看不清楚。我的身子一轻，整个人已经被他抱起来。

我永远也无法忘记那个可怕的下午，那张床很软，可是我身上很重，四周都是漆黑一片，我要哭又哭不出来，全身没了半分力气，身上像压着一块巨大的石头，又像是溺在水里，不停地往下沉，往下沉，却挣扎不了……所有的一切都离我而去，此后永远陷在绝望的黑暗里……我连哭都没力气，一动也动不了，四肢百骸都像不再是自己的，全身都像被抽了筋，剥了皮。就像是传说里的龙女被拔了鳞——可我心里明白，这不是天谴，只是命，是我的命。

神志渐渐恢复，我才发现自己失去了什么，我蜷缩在床角紧紧抓着被子，绝望得只想去死。而莫绍谦穿着浴袍从浴室出来，若无其事地对我说："洗个澡再回去，你这样子会被人看出来。"

我想杀了他，随便用什么，哪怕要杀人偿命也好，我只是想杀了他。他却走近我，我全身发抖，想要抓住床头灯，或者别的什么东西往他头上砸去，而他只是俯身拍拍我的脸："明天记得准时，不然你知道会有什么后果。"

我在深夜才回到家里，舅舅舅妈都睡了，我用钥匙打开门，爬上床，将自己蒙进被子里，才放任自己哭出声来。第二天我在家里睡了一整天，舅妈拍门提醒我还要去给那女孩补课，我只是说我不舒服。

我听到舅妈在外面打电话对人家道歉，声音很大："哎呀，真是不好意思，她病了。这孩子就是娇气，一点感冒就起不来床……"我忽然明白前因后果，原来这是一个局，一个莫绍谦设好了的局。他竟然这样有手腕有势力，连舅舅那个地位很重要的朋友，都是和莫绍谦串通一气的。

周一我忐忑不安地去上学，我努力地想要把这件事情忘了，我不能告诉舅舅，我也没有报警，我想莫绍谦说的可能不是假话，我不想连累到舅舅。就当被疯狗咬了一口——我拼命地安慰自己，就当这件事情不曾发生，我若无其事地回学校去上课。

我只上了半天课，中午的时候表妹给我打电话，哭着告诉我舅舅被公安局带走了，说是涉嫌职务犯罪。我拿着听筒的手抖得厉害，原来莫绍谦并不是威胁我，原来这些事都是真的。

我挂断了电话就接到莫绍谦的电话，他的声音平静得像是任何事情都不曾发生，只是彬彬有礼地问我："晚上有没有时间一起吃饭？"

莫绍谦是个魔鬼，一个真正的魔鬼。我被迫向他屈服，任他予取予求。他带我飞到一座海滨城市，在那里他有一套别墅，在海边别墅的那几天是我这辈子最大的噩梦。直到现在，我只要看到电视中播出落地窗外的海景，都会觉得心悸。那些雪白的浪花像是对着我直直地砸过来，砸得我粉身碎骨，提醒着我曾经经历过最可怕的事情。

等我们从海滨回来，舅舅已经平安无事了。

我被迫答应莫绍谦随传随到，与他长期保持这种不正当的关系。没有人知道我曾遭受过什么，没有人知道我曾忍受过什么。我一直等，等莫绍谦对我厌倦，等莫绍谦最终放过我……可是三年来他从来不曾给我机会，我每次自杀最后也只是绝望。

我割开自己手腕静脉的那一次，莫绍谦终于动怒，他神色冷淡地对我说："你要是识趣，一年半载或者我就觉得腻了，你要是这样吸引我的注意力，只会适得其反。"

我知道他说的是真的，我顺从地安静下来，乖乖地听他的话，对着他装腔作势，甚至故意扮娇扮嗔，我一直等，一直忍，忍到今天。

# 【十二】

我忍到了今天，我忍受着一切，直到今天。我颠三倒四地对萧山说出来，很久之前我一直想，如果萧山知道，如果他知道，他会回来带我走，他会回来救我。我一直知道，我说得断断续续，好几次我都没办法组织自己的语言，有好些地方我无法启齿，我曾经受过的一切都令我觉得无法启齿。

萧山全身都在发抖，他放开了我，我看见他眼睛通红，就像是困兽一般，我一直在想，如果萧山知道，他一定会来救我，如果萧山知道，他不会让我遭受那一切，如果萧山知道……我就是这样一遍遍地骗自己，骗得自己活下来，骗自己还可以见到萧山，因为我知道，他不会允许任何人那样对待我。

萧山突然伸手狠狠地擂在墙上，擂得那样狠那样用力，重重的一拳接着一拳，就像擂在我的心窝里一样。我上去拉他，他甩开我，他的拳头已经渗出血来，他浑身怒意勃发，我拼命地拉他，他一遍遍甩开我，只是死命地狠狠捶打着墙壁，血一点点溅在墙上，他如同困兽一般咆哮。我最后终于拖住他，他抱着我忽然放声大哭。

我第一次见到一个男人这样失声痛哭。他抱着我，就像个孩子般大声哭泣，他哭得全身都在发抖，我也全身都在发抖，我把他的头揽到自己怀里。

如果萧山知道，他一定不会让我遭受那一切。

我知道他一定不会让我遭受那一切，如果他知道，如果他知道。

我抱着痛哭的萧山，泪流满面，如果他知道，他一定会回来救我。

我不知道哭了有多久，最后仿佛是昏厥般丧失了知觉。醒来的时候我睡在沙发上，盖着被子，而萧山裹着毯子睡在另一边的沙发上。他在睡梦里还紧紧咬着牙，眉头紧皱，我看着他，他翻了个身，将毯子裹得更紧。隔了这么多年，我奇迹一般地重新回到他身边，可以就这样静静地守在一旁，看着他睡着的样子。

他手上的伤口没有包扎，已经是血肉模糊，我爬起来去找急救箱，找到一半的时候似乎是手机响起来。我怕吵醒萧山，连忙跑过来找手机，其实他的手机就搁在茶几上，我看到上面的来电显示："林

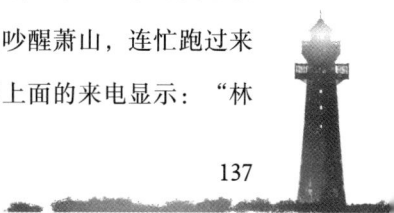

姿娴来电是否接听？"

我呆呆地看着那个名字，突如其来的变故让我丧失了理智，我抓着萧山带我逃离，我把所有的事情都告诉了萧山，因为这些年来我独自承受的一切，令我到了崩溃的边缘。我自私地将一切都告诉了萧山，他不会再坐视不理，他或许再不会离开我。

可是林姿娴，我不应该抓着萧山，我不应该忘了现在他的女朋友是林姿娴。

而我和他，早已经分手多年。

手机的铃声终于吵醒了他，他坐起来看了看我，然后又看了看手机。

我慢慢转身去洗手间，我把水龙头开到最大，他说爱我——在昨天晚上——可是我忘了林姿娴。

我已经伤害到一个女人，不管是否出于我本身的意愿，那是我做过的最可耻的事情，而现在我可能又要伤害到另一个女人。

我忘不了林姿娴来找我的样子，她抽烟的样子落寞而寂寥，是真的很爱很爱一个人，才能做到吧。而我从来只有这样自私，我爱萧山，我自私地抓着他不放。他一说爱我，我就把一切事情都倾给了他。我把我遭受的一切都告诉了他，我让他觉得内疚，我让他不能抛下我。

我把水放得很大，哗哗地响着，或者这样我就可以不管萧山在外面跟林姿娴说什么，或者这样我就可以不哭。

萧山在敲洗手间的门，我关上了水龙头，若无其事地打开门。他看着我，我甚至对他笑了笑。

他突然紧紧地将我搂进怀里。

我没有提到林姿娴，这一刻我什么也不愿想。如果自私就让我自私吧，如果该下地狱就让我下地狱吧，反正我已经在地狱里。我紧紧抱着他，就像从来不曾动过一些念头，我只是抱着他，贪婪地呼吸着他身上陌生而又熟悉的气息。我们抱了很久，我想如果可以，我情愿这一生就这样死在这里。

他手上的伤口令我觉得很心痛，我说："去医院吧。"

"我不去。"

"那我去给你买药。"

"我自己去。"

我看着他紧紧抿着的双唇，突然生出一种害怕，我想起昨天晚上他绝望的样子，我想他是真的会去杀人的。

"我陪你一起去。"

他非常沉默，从昨晚之后，他沉默得可怕。我不知道他在想什么，我很担心他，一路上我都悄悄地观察着他的神色，可是他沉默得令我害怕。

我们买回了消毒药水和消炎药，还有医用纱布。我小心地用棉签蘸了消毒药水清洗着他的伤口，一定很疼，可是他一声不吭。我将药粉涂在他的伤口上，然后再一点点用纱布缠起来，我问他："疼不疼？"

他也只是摇摇头。

我们在那套房子里住了三天，在这三天里，我煮饭给他吃，我替他手上的伤换药，我静静依偎着他。而他一言不发，常常只是搂着我，凝睇着我，就像自己一放手，我就会消失似的。

时间渐渐变得凝固，我不愿意去想任何将来的事，如果可以就这样一辈子也好。我和萧山，一辈子这样也好。我知道他不快活，我知道每天晚上他都没有睡着，在黑暗中，他总是搂着我，安抚着我，试探着想要和我亲热。可是他一碰我，我就忍不住发抖，我觉得自己污秽，没有办法面对他，我配不上萧山，我遭受过的一切仿佛烙印般打在我的身上，我拒绝了一次又一次。萧山总是很沉默地用力压制着我的反抗，有一次他几乎就要得逞了，可是我哭了起来。

他放开了手，几乎是绝望般看着我，黑暗中他的眼睛似有泪光，我扑到他怀里，拼命地捶打他。我知道我自己不好，他想要我，只是想要证明他不嫌弃，不嫌弃我曾经经历过的一切。可是我嫌弃我自己，我没办法忘记莫绍谦对我做过的一切，我是这样的可耻，三年来我受过的屈辱让我没有办法忘记。

最后萧山抱住了我，他说："睡吧。"

他没有再勉强我，可我觉得难受到了极点。

第四天的早晨，终于有人按门铃，我从猫眼里看到，是林姿娴。我知道她迟早会找到这里来，这个地方还是上次我告诉她的，可是当我真的看到她的时候，我想我没办法自欺欺人。萧山拦着我，不让我开门。我推他，他也不肯让，只是张开双臂挡着大门。我气得急了，狠狠地跟他厮打，他一言不发地任凭我捶着他。最后我觉得灰心：

"你拦得住一时，难道我们可以躲在这里一辈子？"

萧山倔强地别过了脸，我终于推开他打开门，林姿娴站在门外，她的脸色比我的更苍白，她看着萧山和我，然后转身就走了。

我推萧山去追她，萧山一动也不动。我只好自己追出去，萧山拉着我的胳膊不肯放，我气得咬了他一口，他就是不放。最后我被他拽得疼了，狠狠踹了他一脚。

他被我踹得弯下腰，我跑下楼去，林姿娴并没有走远，我叫她的名字，她回过头来看我。

隆冬寒冷的天气，四处都是灰蒙蒙的。她独自站在那里，显得很瘦，脸尖尖的，大眼睛里朦胧地泛着水雾。我说："对不起。"

她像悦莹一样，对着我歇斯底里大叫："别对我说对不起！"

我只能对她说："对不起。"

"童雪，我一直很讨厌你，你知道吗？在你没有出现之前，萧山和我最合得来，我们兴趣爱好都一样，我们家庭环境相似，所有的人都觉得我们是一对，可是你却转学到了我们班上。萧山看你的眼神都不一样，我知道你们背着老师背着全班同学偷偷谈恋爱，我知道他每次对你笑，都会和别人不一样。我真的不明白，你到底有哪里好？就是因为成天装忧郁？就是因为成天装可怜？我最讨厌你那种楚楚可怜的调子！最后你们分手了，我终于等到你们分手了，我追了萧山三年，从我知道你们分手开始，我暗示，他装不懂，我对他表白，他拒绝。我气馁了大半年，等我再次见到他，我明白我放不下他，于是继续努力。这三年里，我一直守候在他身边，可是他从来都是那样冷淡

无情，不管我说什么，做什么，他都只是婉转地拒绝我。童雪，我有时候真的嫉妒你，为什么你可以那样轻易那样不费吹灰之力就获得你想要的一切，而我却一次又一次碰壁碰得头破血流。

"今年春天的时候他姥姥查出有癌症，我想方设法，托了家里的一切关系让老人家住进最好的医院，有了最好的主治大夫，你知道他对我说什么？他说，姿娴，你是很好很好的女孩子，可是我对你只有同学的友情，我不能耽误你的时间。

"我当时就哭了，我说我什么都不要，我只要待在你身边就好。我知道他心里有人，这个人他到今天也没有放下。我傻乎乎地倒追了他这么多年，凭什么我就比不上你，童雪！"

她的眼睛亮晶晶的，几乎有种咄咄逼人的光芒，她还是这样美，即使眼圈红红的，也是风中花蕊般的我见犹怜。

她的语气激烈而失控："我就是不明白，你们仅仅是在高中里谈了一年时间的恋爱，而且你们早就分手了。为什么萧山就是忘不了你？为什么他每次见到你后就会沉默好几天？为什么他一听说你住院就阵脚大乱？为什么根本没有任何人可以在他面前提到你？！为什么他这样爱你，爱到你和他都不肯承认？！"

那些痛楚像是针，深深地扎到我的心里，我像个木头人一样站在那里，只是仿佛有个地方在汩汩地流血。萧山两个字是我绝望的命门，不管是谁提到，我都会觉得痛不欲生。他是我一切的喜与乐，却阴差阳错，注定无法拥有。

她似乎是在笑，但眼神凌厉如有锋芒："萧山失踪的时候我去找你，我非常不甘心地去找你，我想也许你知道萧山在哪里，虽然你们分手已经好几年了。我没想到你真的知道——这时候我就明白我输了，我输得一败涂地。前几天我看到网上关于你的事情，我找不着萧山，我也找不着你，我知道肯定是你带走了萧山，你让他带你来这里。你这个懦夫！你这个胆小鬼！你自己出了这样的丑事，你就拖着萧山和你一起！你知道萧山这几年是怎么过来的吗？你真是又冷血又无情，萧山对你没有用的时候，你根本就不理他。现在你又抓着他，利用他躲避现实。你也不想想这件事对他意味着什么，你也不想想你这样利用他会有什么后果！童雪，也许我有千样万样比不上你，可是有一点我永远比你强，那就是我爱他，远远胜过你爱他。"

她的指控仿佛一把剑，狠狠插进我的胸口，剖开我的整颗心脏，让我痛得狠狠喘息。我往后退了一步。萧山已经追了下来，他喝止林姿娴："你别说了！你什么都不知道！"

林姿娴看了他一眼，她的眼底饱含着眼泪："那你知道什么？她被有钱人包养，现在东窗事发，她就拖着你不放……"

萧山的脸色难看到了极点，我拼命地拉他也拉不住，他摔开我的手，对林姿娴说："你现在马上走，我再也不想见到你。"

林姿娴咬着嘴唇，她的脸色惨白，整个人似乎也是摇摇欲坠，最后她的眼泪终于簌簌地落下来，她说："我怀孕了。"

天是灰黄的云色，又高又远，所有的楼房似乎都离我很近，近得像是要塌下来。除了那一天，我割开自己静脉的那一天，我看着自己的血一缕一缕渗进水里，我全身发冷，一种濒临死亡的绝望终于来

临。我知道我其实是死了，从此往后。我的手指冰冷，萧山的手指比我的更凉，我忽然觉得前所未有的疲倦，就像是古代从军的人，经历了沙场血洗，经历了风刀霜剑，拼命活着离开战场，走了很远很远的路，想要回家，终于远远地望到了山脚，邻居却告诉说，家里的房子被大火烧尽，连一片瓦都没有了。

萧山还抓着我的手，想要对我说什么。我试图把手从他手里抽回来，我对他说："借我一点钱，我想回学校去。"

萧山的手还紧紧攥着我的手，那指甲似乎都要剜进我的掌心里去，他紧闭着双唇，一言不发。我向林姿娴说："那么麻烦你，借我一点钱买火车票，回去后我就还给你。请你放心，我男朋友很有钱，我不会赖账的。"

我甚至还在笑，因为我不知道除了微笑，自己还可以做什么。

我和萧山，终究是没有缘分。

这世上我只有我自己，全世界所有的人都抛弃了我，连命运都吝于给我一个青眼。

我接过林姿娴递来的钞票，萧山终于放开了我的手。

我转过脸来对萧山说："照顾好她，这个时候她最需要你。"

萧山似乎也平静下来，他说："好。"

我不知道他要做什么，可是那一切迟早得面对，在这三天里，很多时候他都是这样的语气，平静得令我害怕。我忽然觉得我做错了，我不应该将那些事情告诉萧山，我们分手这么多年，他已经跟我没有多大关系，如果不是我，他可以过得很好，和林姿娴。

# 【十三】

我不知道我是怎么回到熟悉的城市的，在火车上我已经万念俱灰。如果是千夫所指，千刀万剐，那么就来吧，反正我也无所谓了。我回到学校，校园里一切如昔，平静得像是任何事都不曾发生过，我鼓起勇气进了寝室楼。

在走廊里我遇上了一个同班女生，没等我闪避，她已经主动跟我打招呼，说："我们都听悦莹说啦，那个在网上造谣的浑蛋真该被雷劈！"

她的话我根本不明白，我心虚地没有再说什么，寝室门虚掩着，我推开门，屋子里没有其他人，只有悦莹在。她坐在床上玩PSP，就像从来没有任何事情发生，听到脚步声，她抬头看了我一眼，然后低下头继续玩："以后别当胆小鬼，有事就跑，真没出息。"

我嗯了一声，她头也没抬，继续玩着游戏："本来我根本不想再理你，可是这三年来我一直认为我很了解你，你这种死心眼，肯定是上了别人的当！哪怕是不道德的事，我竟然觉得你肯定会有苦衷……想想我自己真是贱……可是我就是愿意相信你……我也不是帮你，只是隔壁大学关于慕振飞和你的帖子出来，我就势说了两句话……说你确实是慕振飞的女朋友，你也别以为我是帮你……我就是……"她用力把PSP扔到一边，然后从床上跳下来，挥手就狠狠捶了我一拳，"你最好告诉我，你是被骗的，你是被逼的，你不是故意的，你爱上他的时候不

知道他有老婆，不然我非拆了你的骨头把你当狐狸精煮了！哪怕骗我你也得这么告诉我，不然我怎么对得起我死掉的妈！"

她的眼中有盈盈的泪光，我只是默默流着眼泪看着她，我哭的样子一定很丑，因为她哭着又给了我一下子："滚去洗脸，你再哭的话我就用扫帚把你扫出去！"

我乖乖去洗了脸，出来后悦莹的情绪也平静了些，她告诉我说，前天晚上隔壁那所大学的校内BBS有人爆料，说我不是被有钱人包养，我其实是慕振飞的女朋友。然后有人八卦出了慕氏家族，这个庞大的商业帝国浮出水面，虽然仅仅是一个隐约的轮廓，仍令所有的人倒吸了一口凉气。

"慕家特别有钱，比我那暴发户的爹还有钱。他们家族盘根错节，在实业界非常厉害。还有人说隔壁大学的超导实验室就是他们家捐的，啧啧……有人说那部迈巴赫其实是慕振飞亲戚的，一堆人总算恍然大悟为什么你会穿戴着名牌了。"

悦莹犹不解气地拍了我一巴掌："你运气好，连慕振飞都愿意为你出头顶缸。"

我还有点木然，慕振飞和莫绍谦的关系只有我知道，可是他怎么会出面呢？难道说是莫绍谦的缘故？可这样的事情，慕振飞不是应该站在他姐姐那边，对我这个狐狸精遭殃幸灾乐祸吗？

悦莹问我这几天去了哪里，我老实告诉她，这两天是萧山带我走了。悦莹哼了一声不置可否，最后才说："还怕你一时想不开跑去自杀，害我白担心了好几天。"

我伸手抱住她，这矫情的举动我一直想做，悦莹拍了拍我的背心，说："都已经过去了，可是以后你别再这样了，正经交个男朋友不行吗？为什么非和有妇之夫纠缠不清？"

我很平静地向她讲述了我与莫绍谦的关系的来龙去脉，过去的事情我已经可以平静地讲出来，不再畏惧，不再遮掩，如果说我向萧山讲述的时候还是满腹的委屈与不堪，而向她讲述的时候，我已经可以尽量平静下来。她越听越诧异，最后惊讶地睁大了眼睛，尤其是我讲到最后一次自杀的时候，她狠狠地抽了一口气，握住我的手腕把我那串从来不摘的珠子掀起。

丑陋的疤痕像条蚯蚓，弯弯曲曲地趴在我的脉门上，她死死盯着我的这道疤，然后目光又重新落在我的脸上。

我对她笑了笑："从那之后我再没法弹钢琴了，因为我甚至连杯水都端不稳。你一直问我为什么不弹琴了，我支支吾吾从来都没有告诉过你实话。"

她眼眶发红，一下子狠狠抱着我："童雪！"

她把我抱得都快喘不过气来了，我安慰她："我早就没事了，真的。"

她又狠狠捶了我一下子："你怎么总是这样啊，你怎么总是叫我这么难受啊！"

我也很难受，可是一切都已经过去了，再难受也成了过去。当我有勇气讲出这一切的时候，当有朋友可以替我分担这一切的时候，其实已经过去了。

悦莹是最好的朋友，她说："我会帮你，不管怎么样，我肯定会想到法子帮你。"

事实上我们一筹莫展，关于将来，我摇了摇头，不愿意再去想将来的任何事情。

网上的议论已经渐渐平息，更热门的话题取代了我和迈巴赫，某国际巨星被偷拍现在是各大BBS的头条，所有的人都去关注国际巨星穿比基尼晒日光浴。也许再过几天，我和迈巴赫的事情会被人逐渐淡忘。

那根压垮我的最后一根稻草，竟然在几天之内消弭于无形。

我的包还扔在床上，手机早就没电了，我把充电器插上充电，开机之后发现有十六个未接电话，其中一个是悦莹，还有十五个全是莫绍谦。

悦莹说："那天晚上你跑掉后，我想了想还是给你打了电话，结果发现你根本就没带手机，后来我出去找你，也没找着你。"

我并没有任何怪她的意思，她当时的反应完全是情理之中，只是我看到手机屏幕上满满的一排莫绍谦的未接电话的时候，心里不由自主地涌起一阵寒意，虽然我知道我躲不了，我迟早还是得回去见他。

也许他发现了网上的内容，然后曾经试图联络我。我不想再接触与这个人有关的任何事情，我把电话扔在了一旁，就像那是条毒蛇，或者是什么别的令我害怕的东西。我怕他，根深蒂固。

我没有躲得太久，手机充上电后很快响起来，我看着屏幕上莫绍谦的名字一闪一闪，令我有种绝境般的困顿。悦莹要替我接电话，她愤然地把手机夺过去，而我终究还是把手机抢了回来，将自己关进了洗手间。

悦莹气得在外头捶门："别理那个浑蛋！"

我深深地吸了口气，终于按下接听。

莫绍谦的声音低沉而平静，一如不曾有任何事情发生："你在哪里？"

"我回学校了。"

"回家。"

"我不想见你。"我很诧异自己的勇气，可是我竟然毫无障碍地说了出来，"我想安静几天。"

他怒极反笑，语气竟然异样的轻松："是吗？你是希望我亲自来学校接你？"

他威胁我，他竟然又威胁我，我尽力压抑着呼吸："莫先生，我真的不想见到你。"

"很好。"他简单地说，"看来我是真的要亲自来一趟。"

他素来言出必行，我仓促地考虑了一下，终于再次退让："你不要来，我去见你。"

我想他一定很满意，说不定在电话那端微笑："我在家等你。"

我把电话关掉走出来，悦莹恨恨地看着我，我对她说："我没别的法子。"

"怕个屁啊！"悦莹破口大骂，"跟那种禽兽还有什么好说的，我帮你找律师告他！"

我无动于衷地说："那我舅舅就会死了。"我的语气刻意轻描淡写，悦莹却恨不得想要动手揍我了："你简直是无可救药了！你又不是圣母，你救得了谁？你管管你自己行不行？"

我谁也救不了，我也管不了我自己。

反正连萧山都离开了我，我自暴自弃地想，还能怎么样呢？

我回到公寓，管家替我开的门，如常般接过我的外套，然后说："莫先生在阳光房。"

我走到阳光房，屋子里暖气太足，花又开得多，植物的香气夹杂着一层薄薄的水汽，简直让人有点透不过气来。莫绍谦在逗可爱玩，他把骨头丢出去，可爱就去捡，他漫不经心，根本没看我一眼："回来了？"

可爱冲我摇着尾巴狂吠，莫绍谦这才回头看了我一眼："怎么弄得蓬头垢面的，去洗澡。"

我站在那里一动不动，他伸手抚摸着可爱的脑袋，对我说："杵在这里做什么？你要是不乐意洗，我帮你好了。"

我终于不能不开口："莫先生，我不想再这样了。"

他一边眉毛上挑，语气似乎仍旧很轻松："你不想哪样了？"

"照片的事想必你已经知道了，我不想再过这种备受煎熬的日子，请你放过我。"

我并不是在哀求他，我只是很平静地叙述我的想法，他终于对我笑了笑："你先去洗个澡，我可不爱跟脏兮兮的女人谈话。"

我知道如果不按他说的去做，今天的谈话没办法继续，我转身去自己房间的浴室洗澡。我小心地反锁了浴室的门，花洒的水柱打在我身上，烫得我皮肤微微发疼，我琢磨着待会儿与他谈话的内容。也许我可以说服他，不，即使我不能说服他，我也决计不再继续那样下去。

我洗完澡出来，他已经在外面的卧室等我，他就坐在我的床上抽烟，烟灰缸放在床头柜上，看着他漫不经心地掸落烟灰，我忽然觉得有些心慌，站在那里不肯动。

他随手把烟掐了，嗤笑了一声："瞧瞧你这样子，我又不是老虎。"

我一步步向门那边退去，可是他动作比我要快得多，他一下子扑过来扭住了我，把我扔在了床上。我拼命挣扎，湿漉漉的头发黏在我的脸上，冰凉得透不过来气，他整个人已经覆上来，压制着我的挣扎："你这几天到哪儿去了？"

"放开我！"

"你不是一直想让我觉得厌烦？你要真想让我厌恶你，就别用这种欲拒还迎的招数！"

我屈起腿来想要踹他，但被他灵敏地闪避过去，他把我的胳膊都要扭断了，我的浴袍被挣扎松了，露出大片肌肤，他的呼吸粗嘎沉重，突然用力揉着我的颈窝下方，我痛得低头，才发现原来那里竟然有几处瘀青，我想起来应该是萧山弄的……可是我和萧山其实什么都没有做过。而莫绍谦已经俯下身来狠狠地咬住我，咬得我差点尖声大叫起来。他一手慢慢收拢，渐渐卡住了我的脖子，呼吸就喷在我的脸上，语气轻蔑："别以为我不知道这几天你和谁在一起，别以为我不

知道你为什么突然这么三贞九烈，我告诉你，没那么便宜！"他的字字句句如耳语般在我耳畔呢喃，"今天我一定活剐了你！"

"莫绍谦！"我忍无可忍又惊又怒，"你放开我！"

我实在敌不过他的力气。他一直卡着我的脖子，他的手死死卡着我，我用两只手去推都推不开，他的脸色从来不曾这样狰狞可怕，额角竟然有青筋暴起，他咬牙切齿的声音真是可怕："有时候我真想把你撕成碎片，或者一点一点把你这身皮肉都剐下来……可有时候我觉得还是就这样扼死你……"

我渐渐没力气挣扎，眼泪顺着我的眼角滚落，流到枕头上，湿淋淋的头发还贴在我的脸上，我已经在窒息的边缘，我想他真的会扼死我，我两只手拼命推也推不动他的手，我终于放弃了反抗，像块木头一样地躺在那里……我望着天花板，三年来我无数次地这样麻痹自己，忍一忍就过去了，只需要忍一忍……今天的一切，我只是需要再忍一忍……我再不会求他放过我，如果要死就死吧，反正我也不想活了。

就在我即将窒息的瞬间，他终于松开了手，我像条死鱼一样张嘴大口大口地喘气，一阵接一阵地喘不过来，然后剧烈地咳嗽。我咳得像只虾米般蜷缩起来，以前他偶尔也有手重的时候，可是从来不曾像今天这样，竟然真欲置我于死地。他伸手扣住我的下巴，硬生生把我的脸扳过来，我惊恐万分地看着他，如果他再次狂性大发，我也许真的没有活路了。

可是他只是看着我，就像曾经有过那么几次，他就像是端详陌生人，用那样深沉异样的眼光看着我，看得我心里直发毛。我畏缩地想要往后退，但他的指端突然用力，捏得我很疼。

最后，他只是古怪地笑了一声："你还知道怕？"

我怕他，我一直都怕他。我恳求般望着他，我的嗓子被卡得很疼很疼，声带简直快碎掉了，挣扎着发出的声音也是嘶哑的："放过我可以吗？"

他仿佛平静了许多，不再像刚才那样怒不可遏，他冷冷地看着我，就像是看着什么厌恶的东西。他的声音更冷："你欠我的。"

他站起来往外走，我终于觉得绝望，扑上去拉扯他："莫绍谦你讲不讲理？就算当初是我求你放过我舅舅，我也陪了你三年，我大学就要毕业了，我想过正常人的生活。你有钱有势有太太有情人，你什么都有，比我漂亮比我聪明比我善解人意的女人多得是，你随便挑一个都比我强……"

他终于摔开我的手，眼神锋锐如刀："我从来不打女人，但你别逼我。"

我终于歇斯底里："你到底要怎么样？你有没有一点人性？当初你用迷药强暴我，后来又强迫我做你的情人，我忍了三年，三年来我一直忍耐，我希望有一天你可以良心发现放过我，我的舅舅该死，我却从来不欠你什么，就算是还债，我也还得够了……"

他突然一下子将我挥开，连声音都变了调："滚！"

我被他抡得撞在了床边的柱子上，额头正巧磕在花棱上，顿时痛得我都蒙了，眼前一黑只差没有昏过去。我抱着柱子，额角火辣辣地

疼，我从来没见他生这样大的气，平常哪怕他再生气也不过是阴阳怪气地对着我，或者不咸不淡地讽刺我几句。今天他气得连脸都青了，他额角上那根青筋又暴出来了，我只怕他又扑过来掐死我，可是他没有。他只是用那样厌憎的目光看着我，就像我是他最厌恶的东西，可是为什么他不放过我，既然他这么讨厌我，为什么他不放过我。

我被莫绍谦关在卧室里一整天，事实上我伤痕累累，全身的骨头都像是碎掉了，也没有力气起床。佣人送饭来房间里给我吃，我动也没动。晚上的时候管家来劝我，隔着门说："就算是和莫先生怄气，饭也要吃的啊，吃了饭才有力气和莫先生吵架嘛。"

管家还在说俏皮话，他从来没见过我和莫绍谦顶嘴，因而把我当成金丝雀，觉得哄哄我就好了。

我别过脸去看卧室的窗子，如果从这么高跳下去，一定会摔得连骨头都粉碎吧。

莫绍谦再没有到我房间里来，我想他大约打算冷待我。

我和莫绍谦僵持了整整三天，三天里我大致处于一种昏睡中，睡了醒，醒了睡。我不停地做梦，大部分是梦到父母。我还很小很小，他们牵着我的手，带我去春天的河边，河畔开满了金灿灿的油菜花，到处都是馥郁的芬芳，温暖的风吹动我的发，爸爸端着相机，妈妈逗我："小雪笑一个，笑一个……"

童年的我咯咯地笑出声来，扑向那片灿烂的花海。植物的柔韧负荷着我身体的重量，父母的脸占据我的视野。爸爸把我抱起来，背在背上，妈妈跟在后面，用温暖的手指抚摸我汗湿的额头。

我们一路唱着歌回家……

我梦到萧山，他带着我在溜冰场滑冰，他拉着我的手，溜了一圈又一圈，寒风凛冽地吹在脸上，刮得我的脸颊微微生疼，可是他拉着我，一直在冰场里转来转去，我觉得很开心，有一种近乎眩晕的幸福……

我醒了睡，睡了醒，我大约把这辈子所有的梦都做完了，那些甜蜜的，永远不会再来的美梦。

三天后我饿得头晕眼花，躺在床上一动不动。莫绍谦上楼来打开房门，对我说："你走吧。"

我不知道他是什么意思，所以我闭着嘴并不作声。

"你终于成功地让我对你彻底败了胃口。"他的话语几近讥讽，"你这种不死不活的样子我没兴趣了。"

"我舅舅……"我喃喃说着，判断着他话里头的意思。他已经一手把我拖起来："滚出去，我以后再不想见到你！"

这算是他答应不再拿舅舅来威胁我吗？

他用那种眼光看着我，我看不懂，我从来猜不到他究竟是什么意思。从他眼里，我看到更多的是鄙夷和不屑，我迫切地想得到我想要的，只要一个承诺，一个承诺就好。

我半信半疑地看着他，他俯下身来，目光中仍旧是鄙夷："你放心吧，你真的让我觉得厌烦了，我再也不想浪费时间在你身上了。"

他的语气里唯有不屑，可是一个字一个字钻进我的耳中，简直无异于天降纶音。他的动作简单而粗暴，与他平常风度翩翩的样子大相

径庭。自从我从T市回来，我一直觉得他像变了个人似的，以前他从容地将我玩弄于股掌之上，现在他已经非常不耐烦，大约对我真的没兴趣了。

我被他逐出了公寓，我还穿着睡衣，可是大门"砰"的一声在我身后合上。

我渐渐回过神来，我自由了，我再也不用来这里了。

连我自己都有点难以置信，莫绍谦说他再也不想见到我，我想，他这种人言出必行，应该不会后悔。

可是有这么轻易吗？

这三年我盼望了无数次的事情，当它真的来临的时候，我忐忑不安地觉得，是真的吗？

那扇门沉静地闭着，我回头看了它一眼，这一切应该是真的吧。

我搭电梯到楼下保安的值班室，把值班的保安吓了一跳，我借了电话打给悦莹，她立刻带着衣服拦了出租车来接我。

我一边穿外套一边对着悦莹笑，笑得她都心酸起来："你看看你这样子，你还笑得出来？"

为什么不？

我真的很开心，非常非常的开心，虽然三天滴水未进，我连走路脚步都发虚，可是莫绍谦说他再也不想见到我了。

一切都结束了，我再也不用担惊受怕，我再也不用忍辱负重，我再也不用过那种日子。

上了出租车看到后视镜中的自己，我才吓了一跳。原来我头发乱糟糟的，脸上的颧骨都瘦得突出来，黑眼圈跟熊猫一样，两只眼睛更是深深地窝进去，脖子上还有被掐出来的瘀青，简直像是孤魂野鬼。

怪不得悦莹会觉得心酸，饿了三天的人果真难看极了，悦莹把她的围巾帽子都给我裹上，我只有眼睛和鼻子露在外头，果然显得正常了许多。可是我心情很好，我想大吃一顿。

悦莹带着我去吃砂锅粥，我胃口好极了，粥烫得要命，烫得我舌尖发疼，我一边吹气一边对她说："我没想到还可以等到，我原来真的都绝望了，你看，我二十岁了，终于可以摆脱这场噩梦……"

滚烫的砂锅发出"噗"的一声轻响，原来不知道什么时候我的眼泪已经掉下来了，瞬间蒸发得无影无踪。更多的眼泪掉在砂锅里，粥面泛起微小的漪涟，我平常很讨厌自己哭，可是今天实在是忍不住。悦莹陪着我默默流泪，她忘了给我带鞋来，我还打赤脚穿着拖鞋，我们俩的样子一定很奇怪，因为隔壁桌子上有人不断地回头看我们。我的眼泪成串地落下来，我才二十岁，而一颗心早已经千疮百孔。

悦莹带我去买鞋袜，她执意要带我去最大牌的旗舰店。那些鞋子贵得吓死人，从前我进这种店从来不看价签，今天仔细看了看只觉得头脑发晕。悦莹拖着我试了一双又一双。店员半跪在那里替我试穿，悦莹也半跪在那里帮我细看，我觉得特别不好意思，拉她她也不起来。

"别买了，这么贵。"

"我送给你。"悦莹特别固执，她仰起脸来看我，眼底盈盈犹似有泪光，"藤堂静说过，每个女人都应该有一双好鞋，它会带你走到

想去的地方。"

我鼻子发酸，看着悦莹，她是我最好的朋友，在我最无助的时候她选择了原谅我，选择了相信我，选择了帮助我。在我绝望逃走的时候，她明明对我痛心失望，却还在网上替我说话，帮我争取舆论。

我总觉得我是这世上最不幸的人，我父母早逝，我失去萧山，我遇上莫绍谦，我什么都没有，可是上帝终于怜悯我，给我留了一个最好的朋友。

我还有悦莹。

# 【十四】

我穿着新靴子和悦莹回到学校，赵高兴正在八舍楼下，一见着我们就说："你们跑哪儿去啦？"

悦莹搂着我笑："我陪童雪买鞋子去了。"

赵高兴说："哎，童雪你脸色真差，是不是不舒服？网上那些胡说八道你就别生气了，有人就是嘴欠。"

悦莹白他一眼："我看你才是嘴欠，好好的还提那些破事儿干吗！我陪童雪上去换衣服，你在这儿再等一会儿。"

我说："不用了，我自己上去就行，你跟高兴去吧。"

悦莹说："他又没事，让他等着。"

赵高兴说："谁说我没事，我还要去机场接慕振飞呢。"

听到慕振飞的名字我才想起来，这次的事情多亏了他。不管网上的帖子是谁发的，但没有他的默许，别人也不敢指出我是他的女友，幸好有他插手，事情才得以平息。

我于是告诉高兴："替我向慕振飞道谢。"

赵高兴一高兴就口没遮拦："道谢就行了？他为了你连他自己的真实身份都豁出去了，你不知道这几天网上八卦他们家说得有多玄乎，只差没形容是只手遮天。他们家老爷子为这事大发雷霆，专门把他叫回香港去臭骂。嘿，人家今天往返飞了几千公里都是因为你呀，你要真有诚意，跟我去机场接他吧。"

我怔了一怔，没想到事情还有这样的内情，也没想到这事给慕振飞带来这样大的麻烦。赵高兴这么一说，我好像真的不能不去机场。

我和悦莹回寝室换了衣服，就和赵高兴一块儿去机场。

赵高兴不知道从哪里搞来一部车，开得还挺稳当："放心，我驾照都拿了三年了。"

其实我根本没心思注意他车开得怎么样。

我有好几个月没见过慕振飞了，自从上次和他一起吃饭之后，我就下意识躲着他。今天看到我他似乎也挺意外的，赵高兴说："童雪硬要来，我拦都拦不住，红颜祸水啊！"

我有些狼狈地看了赵高兴一眼，其实这事真是我对不住慕振飞，本来不关他的事，却把他也牵扯进来。

　　回去的车上悦莹坐了副驾驶的位置，我和慕振飞坐后排。大约是回家见过长辈，慕振飞穿得比较正式，上次我也就是在餐厅见过他西装革履。同样是有钱人，他和莫绍谦的气质却是迥异。莫绍谦的优雅掩盖不住骨子里的那股霸道，而慕振飞的从容却有一种阳光般的和煦。

　　我找不出来话跟慕振飞说，我想以后我和他见面的机会肯定也不多了，所以我说："谢谢。"

　　他的语气很疏远，也很客气："不用谢，并不是因为你。"

　　我知道，也许是因为他姐姐，他不想把这事儿闹出来，所以才会出头，默许旁人爆料我是他的女友，硬把公众的视线转移。不过不管怎么样我都得谢谢他，我已经和莫绍谦再没有任何关系了，以后我大概和慕振飞也没有任何关系了，做不成朋友很遗憾，不过好在将来的日子很长，我的人生重新开始。

　　我不知道我高兴得太早，我错误地估计了事态的发展。

　　上帝一直不怜悯我，它冷眼看着我在命运的怒海中拼命挣扎，每当我觉得自己的指尖就要触到岸边的岩石，每当我觉得自己终于就要缓一口气的时候，它就会迎面给我狠狠一击，让我重新跌回那绝望的大海，被无穷无尽的深渊吞噬。

　　我怀孕了，过完整个春节我才发现自己月事没有来，和莫绍谦在一起的时候，我一直服长效避孕药，吃药时我也没有避着他，我想他应该是默许的。我不知道是哪里出了差错，我偷偷去药店买了试纸，当清晰的两条红线出现的时候，我像是挨了一记闷棍，重新陷入绝望。

我们学校校风严谨，绝不会允许未婚先孕这种事情，如果我不在开学之前偷偷解决，我就面临着退学。

离开莫绍谦后，我把他给我的所有副卡全都快递了回去，现在我手头连几百块钱都没有。

我只能向悦莹借钱，她回老家去过春节，我打电话给她，她问我："你要多少？"

我也不知道需要多少钱，于是我说："三千吧。"

悦莹疑惑起来："开学还有一周，再说你不是已经申请了助学贷款，现在你要钱做什么？"

我说："我要动个小手术，医院说要三千块。"

"什么手术？"

"鼻中隔弯曲。"

"那等开学再做吧，到时候我也回学校了，还可以照顾一下你。再说这个可以报销啊，你拿医保卡去。"她忽然停顿了一下，仿佛想到了什么，"童雪，你到底要做什么手术？你告诉我实话！不然我马上飞回来！"

我不知道她会这样敏感，我还在支支吾吾，她已经连声调都变了："你怀孕了对不对？"

我不知道该怎么说，她在电话那端已经破口大骂："浑蛋！禽兽！真是禽兽！他怎么能这样对你！禽兽不如！"

我想这事和莫绍谦没有多大关系，是我自己运气太差，连避孕药

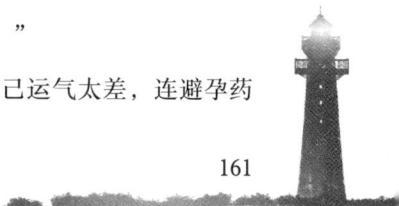

都会失效。

悦莹当天就赶了回来，她坚持打消了我去小诊所的念头，她找朋友打听了几家私立医院，对我说："这些私立医院设备很齐全，还是去那里做手术吧。"

其实我很害怕，我从来没有想过自己会遇上这种事，曾经看过的书上都写得非常可怕，我上网查了下资料，有些描述更是令我恐惧。

悦莹帮我预约了手术时间，她安慰我："是无痛的，应该不会很痛。"

我不是怕痛，我只是害怕未知的一切，我不知道还会有什么事情等着我。去医院那天我都在发抖，悦莹陪着我。我们两个做梦也没有想到，会在医院遇见萧山和林姿娴。

当我看到萧山的时候，我的整个人都已经傻了。

萧山看到我的时候，他的脸色也变得十分苍白。

我知道他是陪林姿娴来的，可是他显然万万没有想到会在这里遇上我，而我无法对他再说一个字。我再也不想见到他了，说我自欺也好，说我鸵鸟也好，我再也不想见到萧山。

少年时代的爱恋已经成了隽永的过去，如今只余现实狼狈的不堪。我不敢，或者不愿意再见到萧山，以免自己想起那些锥心刺骨的痛楚。尤其是今天，在这种难堪的场合遇见他，似乎是冥冥中命运在提醒我，那些曾经美好的东西再也不会属于我，我和他再也没有机会回到过去。

我从萧山面前走过去，反倒是林姿娴叫住了我。

我也不想和她说话，悦莹很机敏地拦在我们俩中间，对林姿娴说："童雪陪我来做个检查。"

林姿娴看着我的样子，似乎是若有所思。

我做完B超检查，医生告诉我说现在Foetal Sac（胎囊）还太小，要再等一周才能做手术。悦莹在一旁冲口说："再过一周就开学了啊！"

医生看了她一眼，用中文慢条斯理地重复："再过一周才能手术。"

我觉得很气馁，再过一周就开学了，到时候我也许要缺课，学校里人多眼杂，肯定有很多的不方便。

悦莹安慰我："没关系，到时候我给你找套房子，你在外边住一段时间。"

我们走出医院，我看到萧山站在马路对面，他一个人。隔着滔滔的车河，或许就是隔着难以逾越的天堑，虽然离得这么远，我仍可以觉察到自己的灰心与绝望。既然没有缘分，为什么还要让我再看到他？

悦莹也看到萧山，她对我说："我回学校等你。"

她不知道我和萧山之间发生了什么事，她还以为那几天是萧山搭救了我，她以为我和他需要时间才能重新在一起。她不知道我和萧山之间出现了不可逾越的障碍，我和他再没有将来。

我根本不想和萧山独处，我不想再次让自己陷在无望里，萧山站在街那边，就如同站在天涯的那头。我心底深处有个地方在隐隐作痛，每当看到萧山的时候，我总是无法用理智来约束自己。

我不知道萧山还想对我说什么，我跟在他身后，默默地低头走

163

路。人行道上人很多，我们一前一后地走着，他走得很慢，我也走得不快。最后他转过身来看我，原来我们已经站在一家麦当劳的门口，他问我："进去吃点东西？"

我什么东西都不想吃，可是他也许只是想找个地方谈话吧。快餐店里人不多，萧山给我买了套餐，他自己只买了饮料，事实上那杯饮料他一口也没喝。我也没有碰那些吃的。历史总是一次次地重复，我还记得第一次在麦当劳里请他吃饭，多年前那个飞扬洒脱的大男生早就不见了，而那个敏感天真的我，也早就被命运扼死在生活的拐角处。

"有很多话我一直想对你说，可是好像我们的时间总是太少。"

萧山的声音有一种奇异的平静，我抬起眼睛来看他。

"我一直等了你三年，也许只是下意识，我想你终有一天会回来。高考之后我知道你填的志愿，那时父母都建议我去H大，因为我的分数足够拿到H大的奖学金。但我执意留在了本市。因为我觉得这样离你近些，每次路过你们学校的时候，我就想如果有缘分，我还可以见到你。"

那些事情零零碎碎，然后又阴差阳错，高中时代的一切已经成了模糊而遥远的片断，连同单纯而执着的恋情，被往事吹散在风中。我非常非常难受，我不想再听萧山提起。

"不用再说了，反正都过去了。"

可是萧山没有理我，他说："我没有刻意去找过你，因为害怕你早就已经忘记一切，那我不过是自取其辱。那天正好是林姿娴的生日，我一直想要避开她，所以才接受赵高兴的邀请去吃饭。我没想到……我想我的运气太差了，毕业后我第一次见到你，你却和慕振飞在一起。即使站在最优秀的人身边，你竟然会毫不逊色。你和他嘻嘻哈哈说笑话，整个高中时代，我从来没有见过你脸上有那种笑容。我回到学校去，林姿娴还在我们寝室楼下等我，我和她一起出去，喝得烂醉如泥。我生平第一次酗酒，因为我知道我可能永远等不到你了。

"醒来的时候我在林姿娴租的屋子里，事情坏到了不能再坏，我要对她负责任。那时候姥姥病得很重，我觉得我已经站在了悬崖的边上，无论是往前还是往后，都是万丈深渊。直到赵高兴说你病了，我才忍不住去看你。我在你的病房里一共待了四分钟，出来之后我看过表。一共只有四分钟。或许你永远不知道，这四分钟对我有多奢侈，我想如果再多一会儿，也许我就会忍不住说出什么可怕的话来。我一想到你，就觉得要崩溃。姥姥死后我把自己关在T市的屋子里，我一遍遍地想，为什么我们之间没有缘分，是因为我爱得不够，还是因为我的运气太差？可是我明明那样爱你，用尽了我全部的力气。当你给我打电话，当你说要走的时候，我毫不犹豫地带你走了。如果要下地狱就去地狱吧，如果要死就死在一起吧。我带着你走了。你在屋子里睡觉，我在网上看到那些帖子，我觉得我自己真可怜。但我没办法控制，我装作什么都不知道，直到晚上你做噩梦，你大喊大叫，叫着另一个男人的名字，我想我再也控制不了自己，我对你说出刻薄的话，然后你就走了。

"我到楼下追着你，那时候我真的知道，我这一辈子是完了。就算你爱上别人，可我停不了。不管你怎么样，我停不了爱你。我做梦也没想到你受过那样的罪，你对我说的时候，我的心里像被刀子剜一样。我才知道这些年，原来不仅仅是我一个人，还有你。"

他的声音渐渐轻下去："我只是要你知道，我不会骗你。我知道你很灰心，但我一定要告诉你，我从来没有想过骗你。"

我看着萧山，看着我爱了这么多年的人，从高中那个意气风发的男孩子，变成今天心事重重的男人，他的眉头微微皱着，连昔日俊朗的眉眼都显得阴郁，我想，如果我可以伸手抚平他的眉峰，该有多好。

我和他都这样可怜，在命运的起伏中跌跌撞撞，一路走来，我终于失去了他，而他也终于没有能够抓紧我的手。不是我们爱得不够，只是我们的时间总是太少，我们相遇得太早，那时候我们不懂得珍惜。等我们知道对方对于自己有多重要，却已经再也找不到机会。

这世上的事情，都没有办法重来一次。

餐盘里垫的那张纸被我叠来叠去，却叠不出形状来。这么多年我都没有学会叠纸鹤。他把我手里的纸接过去，叠了一只纸鹤给我。

我怔怔地看着他，萧山对着我笑，就像很多年前，他总是这样对着我笑。

"你还记不记得，你第一次请我吃麦当劳，我从洗手间出来，看到你把纸鹤偷偷放进大衣口袋里。你的神色那样胆怯，那样仓皇，就像是小偷一样，你明明并没有偷东西。那时候我就想，我要你觉得安全与幸福，这一生我会尽我所有，给你幸福。"他的眼底有迷茫的水雾，"童雪，对不起，我没有做到。"

# 【十五】

我不知道我是怎么回到学校的。悦莹在寝室里等我，萧山的笑容一次次出现在我眼前，令我神色恍惚，仿佛是幻觉。如果他不再爱我有多好，如果我从来不曾遇上他有多好。我宁可他是变了心，我宁可他是骗了我，我宁可自己是被他抛弃了，我宁可他不曾对着我笑。那是怎么样的笑啊，他的嘴角明明上扬，却有着凄厉的曲线。他眼底的泪光如同一把刀，一下一下，戳进我的心里。

我这样爱他，我是这样的爱他，命运却掰开我的手指，硬生生将他抢走。他说他的运气太坏，他不知道真正运气坏的是我，是我的坏运气连累他，是我让他受了这么多的罪，是我让他良心不安，是我让过去的事成为他的负担。我根本就不应该去找他，我自私地从来没有想过，他会和我一样痛苦。

我整夜整夜地失眠，睡不着，然后又吃不下饭。悦莹不知道该怎么安慰我，她以为我是为着手术的事担心。她到处替我找房子，学校附近的单间公寓都很紧俏，年前都被租定了，她成天在外头跑来跑去

看房子，我把自己关在寝室里，躺在床上发呆。

手机响起来我也懒得接，可是手机一直响，一直响，我只好爬起来，看到号码很陌生，我还以为是打错了。

是个女人的声音，语气温柔委婉，她称呼我为"童小姐"，我不知道她是谁，她问我："可以出来见个面吗？我是莫绍谦的妻子。"

我被这句话吓得连气都屏住了，这世上我唯一觉得愧对的女人就是她，过了半晌我才结结巴巴地说："我和莫先生……已经没有任何关系了。"

"我知道。"她坚持，"我只是有事情想和童小姐谈谈，可以吗？"

该来的躲不掉，我深深吸了口气，还有什么好怕的，反正我和莫绍谦的事已经过去了。

我换了件衣服去见莫太太，她比照片上的样子更美，令我自惭形秽。这样宁静美好的女人，为什么莫绍谦还要在外边养情人？难道说男人永远是这样不知足，或者说男人永远觉得自己的太太没有别的女人漂亮？

她对我微笑说："我叫慕咏飞，童小姐你可以叫我咏飞。"这名字让我想起慕振飞。她举止优雅，与慕振飞气质颇有几分相似，只是五官和慕振飞并不怎么像。如果说慕振飞的俊秀如阳光般灿烂，她的美貌就如月色般皎洁，这一对姐弟真是人中龙凤。

我只觉得很尴尬，像是小偷坐在失主面前，虽然我不是故意，可是我和莫绍谦毕竟有一段不正当的关系。

"绍谦就是那个样子，有时候男人压力大，在外面玩玩，我从来不说他什么。"她的神色黯然，"嫁给他之前我就知道，他并不会只属于我一个人。"

"我和莫先生……"我有点讪讪地向她解释，"并不是你想的那样子，其实他也不喜欢我，只是可能他……"

我也不知道怎么向她描述我和莫绍谦的古怪关系，慕咏飞叹了口气，说道："我们的婚姻起初只是出于商业利益，可是后来我渐渐发现他竟然真的爱我。他做了很多事情，想要引起我的注意，前几个月有个苏珊珊——可能你并不知道……"

苏珊珊，其实我知道。原来是这样，我有点恍然大悟的感觉，当然，慕咏飞长得这么美，气质又如此出众，我要是个男人一定也会身不由己地爱上她吧。

"我觉得非常抱歉，关于网上的流言，后来又牵涉到舍弟。家父十分震怒，我这才留意到一切。莫绍谦向我坦然承认，你们一直有交往，我才知道舍弟其实是在替他遮掩。我这个弟弟也挺傻的，总怕我会受伤。"

她对着我微笑，目光温柔，我忽然很羡慕她。并不是羡慕她出身优越，而是羡慕她有这么多的人爱，有这么多的人尽力保护她，不让她受到伤害。至于莫绍谦，他一贯别扭，连对妻子的爱都表达得如此变态。

"有件事情，在我知道的时候我就想帮助你，可是出于顾忌，我一直犹豫不决，今天我终于下了决心。"她带着歉意温柔地看着我，"我不知道要对你怎么说，今天见到你，我才知道你是这样很单纯很

可爱的女孩子，我替绍谦向你道歉，这件事根本不应该牵涉到你。如果可以，我愿意替他给你我力所能及的补偿。"

那个下午我神色恍惚，她对我说了很长一番话，长得让我都觉得听不懂了。来龙去脉渐渐铺展在我面前，原来是这样，原来是因为这样，莫绍谦才会找上我，他才会那样对我。

我一直以为是我自己运气不好，我永远也不曾想到事实后面还会有另一个真相。

我想他应该是故意接近我，这一切原来都是他故意。

只因为还牵涉到上一代人。

我只觉得作呕，背心里全是冷汗，我真是觉得侥幸，侥幸自己可以逃出一条命来。

慕咏飞十分留意我的脸色，她问我："童小姐，你还好吗？"

我很好，我没有事，我虚弱地对着她笑，喃喃地感谢她告诉了我一切。

我在下地铁站的时候摔了一跤，没有人扶我，所有的人行色匆匆，我艰难地爬起来，膝盖很痛，我还可以走路。我坐过了地铁站，然后又折返到换乘的地方，我在路上浪费了快两个小时还没有回到学校。我给悦莹打了个电话，我告诉她，我想去看看我的父母。

悦莹似乎能理解我，她说："也好，路上注意安全。"

春运刚刚结束，火车票比我想象中要好买，只不过没有卧铺。我买了硬座，一路向南。车上的人并不多，整晚我可以伏在桌板上小睡，列车员推着小车，叫卖着从我身边经过。我迷迷糊糊地睡着，熬到天亮的时候，车窗外的景致已经变了。大片大片的良田被纵横的河道分割成支离破碎的绿色，是我离别已久的江南，天正下着小雨，雨点飞快地撞上来，敲打着车窗，在列车污秽的玻璃上划出长长的水痕。

火车站似乎永远都人山人海，我出了火车站，换了两趟公交，最后又租了一辆的士，到陵园的时候已经是近午时分，陵园里很安静。

我把买的花束放在父母的坟前，五年前是我捧着两只小小的匣子，将他们安放在这里。舅舅赶过来替我料理的丧事，那时候我已经悲恸得绝望，根本不知道自己将来是否还有勇气活下去。

墓碑上妈妈温柔地凝睇着我，她是个特别传统的女人，从初中开始她就婉转地对我说，女孩子要自尊自爱，不要随便和男孩子交往。我懂得她的意思，如果妈妈知道我经历过的事情，不知道会怎么样难过。

跟着爸爸她也吃了很多苦，因为爸爸的桀骜不驯。我还记得在我很小的时候，遇上父亲单位最后一次福利分房，按条件我们家是够格的，可是因为爸爸跟单位领导关系不好，那次分房硬是没有我们家的指标。那天晚上爸爸一直躲在阳台上抽烟，而妈妈就在厨房里一边做饭，一边默默流着眼泪。

那时的我就决定好好学习，我要考上最好的大学，要让妈妈不再发愁，让爸爸不再觉得难堪。

爸爸说，他会让我们过上好日子，他辞职去了民营企业。

我们家的日子真的一天天好过起来，在我念初中的时候，我们家买了大房子，还买了车。

171

那时候我在班上是老师的宠儿，同学们羡慕的对象。我成绩好，家境小康，我似乎拥有这世上的一切。

我不知道爸爸那些钱是从哪里来的，我一直以为是他凭着自己的本事挣来的。他说过他的老板很赏识他，他是正经的科班出身，做了很多年的工程。

我没想过大人的世界是那样的虚伪，我没想过我最亲爱的爸爸也会骗我。

他做了不该做的事情，做了违背职业操守的事情。

或者连妈妈也被他蒙在鼓里。

不过，这样也好吧，我们一家人，这样辛苦，到了今天，总算是解脱。

我不要欠任何人，妈妈教过我，不要欠任何人。

我努力对着妈妈微笑，我很好，我没有事。我会努力重新开始，过自己真正的生活。

开学后的第三天，悦莹陪我去的医院。手术是无痛的，我也确实没有感觉到痛苦，因为有麻醉剂，我睡着了片刻，醒来的时候手术已经做完了，我躺在病床上挂点滴，悦莹在一旁守着我。

我对悦莹笑了笑，幸好还有她，幸好还有她一直在我身边。悦莹给我在手腕上系了串菩提子，然后碎碎地告诉我说："这是我那暴发户的爹巴巴儿替我从五台山上请下来的，据说很灵验，我现在把它转送给你，以后你可得太太平平的，不要砸五台山那位高僧的招牌，好不好？"

我温柔地注视着她："你真像我妈一样啰唆。"

她噗地笑了一声。

悦莹给我找了家酒店，从医院出来后悦莹陪我去酒店睡的，第二天她才回学校。早上她走后没多久，我又迷迷糊糊地睡着了，听到门铃我还以为是悦莹忘了什么东西。我爬起来，牵动腹内深处的伤口，隐隐作痛。疼得并不厉害，好像是痛经一样，可是我心里很难受，有些伤痛我想我一辈子也没办法忘记了。

我刚打开插销门就被人用力推开，门外站着的竟然是莫绍谦。

我连害怕都忘了，只是吓呆了，站在那里怔怔地看着他。

莫绍谦的样子很可怕，他像是一整夜没有睡，眼睛里全是血丝，我从来没有见过这样子的他。他看着我，就像看着个什么怪物，我被他看得心里直发毛，他说过再也不要见到我，可是他怎么会找到这里来？

我终于往后退了一步，我一动他就抓住了我的手腕，我的骨头都要折了，他手上力气真大，我几乎疼得要流泪了。他下颚紧绷的曲线看上去真是可怕，全身都散发着戾气，一个字一个字像是从齿缝里挤出来："你为什么——"

我从来没见他这种样子，连上次我从T市回来和他提分手的那次，他的反应也不像今天这样失态。我明白他在说什么了，我只觉得又急又怒，我没想到他会这么快知道，我更没想到他会找到这里来，我最没想到的是他会有这样激烈的反应，我口不择言，本能地想要撒谎："不为什么——孩子根本就不是你的！"

没想到这句话会狠狠气到他，我清楚地看到他的瞳孔在急剧地收

缩，他一把就扼住了我的脖子，五指的关节因为用力而泛白，我被掐得顿时喘不过气来。他几乎是要扼死我："为什么——为什么！"

为什么？我也想知道为什么！为什么我们之间有这样的孽缘纠葛，为什么他明明深爱他的妻子，还要用这样的方式去伤害她，为什么他明明有真爱在身边还不珍惜，为什么他不干脆掐死我……

我真的快被他掐死了，我拼命地想要拨开他的手，那简直是一把索命的铁钳，我的视线模糊起来，我看到他的脸有了重影，没想到我终究还是逃不掉，在我以为一切噩梦都已经结束之后，在我以为人生可以重新开始的时候。我因为窒息而出现了幻觉，他的脸扭曲变形，眼睛里竟然似有一层水雾。

我一定是真的要死了，肺里再没有一丝空气，所有的一切都黯淡下来——妈妈，我想你。

黑暗如同母亲，对我张开了温暖的双臂，将我温柔地包容和接纳。

我醒来是在医院里，点滴管里吊着药水，不知道是什么药，我有些疲倦地在枕上转过头，看到病床前站着一个人。

病房里光线很暗，只有床头有一盏灯，我却几乎吓得要跳起来。

莫绍谦！

莫绍谦他还在这里。

他一定有很多次都想真的杀死我吧。

他整个人都隐在黑暗里，我看不清他的表情，我像一只见到猫的耗子，怕得连牙齿都在发颤。

他一动也没有动，我只觉得倦意沉重，这样的日子我过够了，我忍了又忍，以为忍到了最后，以后再不用忍耐。可是偏偏有这样的意外，我想我真的够了。

"随便你怎么样吧，我从很久之前就不想活了。要杀要剐都随便你，我很想我妈妈，早一点见到她，也是种幸福。"

他仍旧隐在黑暗里，并没有动弹，也没有作声。

"我没想到我真的是欠你的……我一直觉得你不可理喻，我又不漂亮又不聪明又不可爱，为什么你就是不放过我。我不知道你父亲的脑溢血是因为我爸爸。我爸爸他一直教我做人要有操守。他总是因为得罪领导升不上去，所以后来才跳槽去民营企业。在我心里，他是个好父亲，我不知道大人的世界这样虚伪，真是可怕……我替我父亲向你道歉，他和我妈妈在五年前出了车祸……如果说是报应，这报应也够了。

"从前我恨你，我一直恨透了你，我觉得是你把我毁了，现在我才知道，如果父债子还，我也算是活该。其实你对我还是挺好的，既没打过我，也没骂过我。如果我有杀父仇人，我一定是日日夜夜都想一刀杀了他。你这样对我，我也是活该。"

我和这男人终于没有关系了，就算是噩梦，梦也该醒了。

"让一个人痛苦，并不用让他死去，因为死亡往往是一种解脱，只要让他绝望，就会生不如死。"莫绍谦的声音似乎已经恢复平常的冷静，可是我猛吃了一惊，连后头的话都漏听了一句。

他的声音在黑暗里渐渐冷去："你放心吧。"

我不知道他最后这句话是什么意思，是某种威胁抑或是某种承

诺？他说完这句话就掉头走了，病房的门被他拉开，走廊里的灯光照进来，淡淡的白炽灯影勾勒出他高大挺拔的身影，他似乎在那光线里停顿了一秒钟，然后头也没回，走出去带上了门。

我摸索到自己的手机，给悦莹打电话，她已经快急疯了，正打算报警。我告诉她我现在在医院里，她马上赶过来看我，我脖子上的瘀青让她再次破口大骂。

我说："别骂了，就算我死在他手里，也是活该。"

悦莹瞪大了眼睛看着我，我对她笑了笑，这个故事太狗血了，悦莹看了那么多本小说，一定会大骂这是狗血恶俗泛滥吧。莫绍谦恨我原来真的是有原因的，他这样对我原来真的是有原因的，我的爸爸出卖了他的父亲，把商业机密泄露给对手。

从第一眼看到我的时候，从知道我是谁的女儿的时候，他就想要报复吧。

他很轻易就毁了我的一生，我想他现在应该觉得满意了。

# 【十六】

我留院观察了二十四小时就出院了，因为年轻，恢复得很快。两个星期后我就回去上课了，照悦莹那个传统思想，我应该一直养上一个月，可是我想没有关系，我怕落下的课太多会赶不上来。

赵高兴在我面前说漏了嘴，说慕振飞回香港去了，因为他家里好像出了点麻烦。我本来没留意这件事情，可是后来上网看新闻，无意间发现某间投行倒闭的消息。在经济不景气的今天，投行倒闭也不算惊人，我知道这间投行莫绍谦有不少股份。

资本家也有水深火热的时候，全球在次贷危机的影响下日子都有点难过，不过普通人生活受到的影响有限，尤其像我们这些学生，每天忙忙碌碌，除了上课下课，就是做实验写报告。

周三的时候我们学院的小演播厅有一场学术报告，是一位著名的材料学专家主讲，院里很多人都去听，演播厅里座无虚席，我和悦莹也去了。

那位材料学专家是位姓蒋的教授，典型工科出身的女人，年逾五旬，衣饰整洁，讲起专业来细致入微，头头是道，与学生们的互动非常多，讲座显得很热闹。她在德国尖端材料研究室工作多年，有丰厚的学术经历，所有研究实例都是信手拈来，每个人都听得很入神，我也不例外。

讲座在中午时分结束，比预计的还多出了二十分钟，因为提问的人太多。讲座结束后我和悦莹刚刚走出座位，走道里的老师叫住我："童雪，你留一下。"

我不知道是什么事，大约又是端茶送水什么的，有时候老师会把礼仪队的学生当服务员使唤，我把书包给悦莹带回去，自己留了下来。

没想到老师把我留下来，竟然是那位蒋教授的意思。她没带助手来，有些抱歉地看着我："能找个地方边吃边聊吗？"

我想了想，带她去了明月楼。这座星级酒店是学校出资兴建的，用于招待上级领导和学术专家，这里的餐厅自然也比学校食堂强上N倍。蒋教授要了个包厢，服务员拿来的菜单她只看了一眼，随便指了几个菜，然后服务员退出去了。

我捧着茶杯有点惴惴不安，不知道这位旅德多年、在专业领域颇有名声的教授，为什么会莫名其妙找上我。

要是她打算招我为研究生就好了，我可以去德国，到一个完全陌生的环境，从此离开这里，把一切难堪的过往统统抛下，再不回来。

可惜不会有这样的美事，想到这儿，我不由得微微叹了口气。

蒋教授一直在仔细地打量我，听到我叹气，她微微皱起眉头："年轻人唉声叹气做什么？"

我不由得挺直了腰，恭敬地听着她的教诲。

"绍谦最近和慕咏飞闹得很僵，绍谦坚持要求离婚，你要知道他的婚姻并不像普通人那样，尤其与慕氏的联姻，基本上是出于商业利益的考量。"

我瞠目结舌地看着这位蒋教授，她到底在说什么？

"我不喜欢慕咏飞，这个女人一贯心机重重，而且手段圆滑，当初如果不是迫不得已，绍谦也不会答应与她结婚。"蒋教授摘下眼镜，她的目光渐渐变得温柔，"对于一位母亲而言，最难过的事情，是孩子得不到幸福。"

我想我一定是糊涂了，或者是我没有听懂她的话。

"绍谦小的时候就是个很特别的孩子，我和他父亲性格不合，在他很小的时候我就和他父亲离婚了。我常年在国外，一年难得见到他两次，每次他都非常沉默，也非常懂事。现在想想我觉得很心痛，他几乎没有童年，从小被他父亲带在身边，唯一的游戏是他父亲在公司开会，他旁听。他和我一样，对化学最有兴趣，可是因为他父亲的期许，最后他选择了工商管理。二十岁的时候他父亲去世，他被迫中断学业回国，那时候我就想，他可能这辈子也不会快乐了。

"他非常早熟，又非常敏感，他对他父亲的感情异于常人，他把全部的热情都放到他父亲留下的事业上。当时的情况很坏，几个大股东联合起来想要拆散公司，最后他艰难地获得了慕氏的支持，代价就是与慕咏飞结婚。

"我不支持他这样做，可是他对我说，如果失去父亲留下的事业，他这一生都不会原谅自己。那时候他才二十三岁，我回国来参加他的婚礼，在结婚前的一天晚上，他对我说：'妈妈，这一生我都不会幸福了。'我觉得非常非常难过，他的婚姻几乎是一种殉难，他不爱慕咏飞，可是慕咏飞又总是试图控制他。他们在新婚之夜大吵了一架，从此开始分居，慕咏飞几乎用遍了各种手段，但绍谦无法爱她。他是个执着的人，我知道他事业上可以做到最好，可是他永远不会幸福。

"前两年他染上依赖药物的恶习，我发现的时候已经非常迟了，我把他带到国外半年，力图使他戒掉。最痛苦的时候他抱着我哭，

他说他没有幸福，一个没有幸福的人活在世上有什么意义？可我是母亲，我无法放任自己的儿子沉溺在那些东西里，我送了他一样礼物，是只刚满月的萨摩耶，我取的中文名字叫可爱，我希望这样的小动物能让他感知可爱，能让他觉得快乐。"

她的每一句话都如同晴天霹雳，我无法接纳，也无法消化。我觉得这一切太不可思议了，著名的材料学家竟然会是莫绍谦的母亲，她正与我谈话，而且谈的是莫绍谦。在她的描述中，莫绍谦简直完全是个陌生人，他那样无坚不摧的人，他那样无情冷血的人，竟然会痛苦，竟然会哭，竟然有依赖药物的恶习……这根本不是我认识的那个莫绍谦，她的描述也与慕咏飞的一些说法大相径庭，或者这对婆媳的关系并不好。我想起莫绍谦某次给我吃的镇痛剂，突然觉得不寒而栗。

莫绍谦对我而言，只是一场噩梦罢了。

我本能地不想听到他的名字。

服务员开始上菜，蒋教授又说了许多话，大部分是关于莫绍谦的，可是我一句也不想听，我只想远离这个人，如同远离危险与灾难。他带给我的除了羞辱和伤痛，再没有别的。

最后，蒋教授终于叹了口气，问："你不打算原谅他？"

原谅他？

不，有生之年，我唯愿自己的生命不要再与他有任何交集。我只希望他可以放过我，原谅我父亲做过的事情，然后永远不再想起我。

蒋教授看着我，仿佛十分唏嘘，最后她只是叹喟："好吧，请你忘记今天我说过的话。"

从明月楼出来后，我沿着湖畔小径慢慢走回寝室去。明月湖畔有不少学子在读书，也有的在闲聊，或者晒着太阳。早春二月，杨柳仅仅是枝条泛出的一缕青色，而坡上的梅花还没有绽开。

我沿着明月湖走了大半圈，觉得腿很软，于是选了个向阳的长椅坐下来。

初春的太阳照在人身上暖洋洋的，光阴如箭，春天已经来了。再过大半个月，坡上的梅花就会盛开，到时，这里就是香雪十里，然后人声鼎沸，到处都是赏花的人和拍照的情侣。

现在自然是游人稀疏，谁会这么早来寻找梅花呢？

我不愿意动弹，太阳晒得我太舒服了，我很想睡一觉，然后把这三年来发生的事情统统忘掉，不论是萧山，还是莫绍谦。

我都想忘记。

周末的时候我没有回舅舅家去，这两年我刻意地疏远自己和舅舅一家的关系。起初只是因为和莫绍谦的关系，我怕舅舅看出什么端倪，后来表妹出国读书，舅妈办了内退跟过去陪读，于是我更不方便去舅舅家里。

双休日寝室里没有人，连悦莹都和赵高兴约会去了。我一个人索然无味地背着单词，除了学习我不知道自己还可以做什么，去年的雅思我考得不错，或者今年还应该再考一次，因为成绩的有效期是两年，去年我也只是试水。我们专业的大部分毕业生都会出国，远走他乡也是我目前最希望的事情，我宁可到一个陌生的地方，没有任何人

认识我，我可以重新开始自己的生活。

手机被我调到震动，它一直在桌子上抖个不停，我耳朵里塞着MP3，过了好久才发现。来电是个很熟悉的座机号，我不想接，直接按了关机。

没过一会儿，寝室的座机也响起来，寝室里大家都有手机，座机很少有人打，但现在它惊天动地地响着，我看了看来电显示，把电话线拔掉了。

五点半我下楼去打开水，顺便买饭，双休日的校园也显得比较冷清，打水都不用排队。我提着开水瓶和饭盒往回走，远远看到寝室楼下站着一个人。

我想转身，但那人已经看到我，并且叫住我："童小姐。"

我面无表情地说："对不起，我不认识你。"

莫绍谦的管家对我说："可爱死了。"

可爱死了？

那又怎么样，反正我从来不喜欢那条狗。

"莫先生病了。"

那又怎么样，我从他手指缝里逃出一条命来，是，就算我欠了他的，可是我也已经还清了。

"他不肯去医院，能不能麻烦童小姐，请您去看看他？"

我看着面前的这个人，他衣线挺括，站姿笔直，似乎从来没有改变过。我跟了莫绍谦三个年头，连这个人到底姓什么都不知道，他总是恰到好处地出现，处理种种家务，把所有的一切打理得井井有条。

莫绍谦用的人一贯是这样，总带着几分他自己的做派。

我终于开口："你不是受过所谓的英式管家训练吗？他要是病了你们就抬他去医院，再不然把医生请到家里去，反正莫绍谦有钱，你怕什么？"

管家的神色一点也没有变，他还是那副彬彬有礼的样子，连求起人来都说得格外委婉："童小姐，麻烦您去看看他吧。"

"我和他已经没关系了，我不想再见他。"我觉得很厌倦，为什么这些人还硬要把我扯进我极力想要忘却的过往？莫绍谦哪怕病得要死，和我又有什么关系？我没有拍手称快，是因为我知道我父亲有负于他，但那已经是上一辈的事情，我已经偿还了，我不欠他的了。

"你回去吧，莫绍谦又不是小孩子，他要是真病了你把他弄医院去就行了，放心，他不会扣你薪水的。"

"莫先生不知道我来。"管家似乎有点黯然，"是我自作主张，其实家里没人敢提起您。可爱死了，莫先生抱着它在宠物医院坐了一夜，第二天他对我说，把香秀辞掉吧。并不是因为香秀失职，而是因为他再也不想看到她，因为看到她他会想起可爱。他从来就是这样，谁也不敢在他面前提可爱，就像谁也不敢在他面前提到您，这次要不是真的没有办法了，我是不会来麻烦您的。"

我不想再和他继续这种谈话，我说："我的饭都要冷了，我要上去吃饭了。"

"童小姐。"管家的脸色似乎带着某种隐忍，"您申请了助学金和助学贷款。"

183

我回过头来看着他。

"助学金最终是由基金会审核发放，莫先生是其中的董事，至于您申请助学贷款的那家银行，也许您并不知道他也是股东之一。"

我忘了很久的脏话终于又忍不住要蹦出来。莫绍谦的手下从来就和他一样浑蛋，除了威胁利诱，再干不出来别的。

我气急败坏："我换家银行申请，姓莫的不可能只手遮天。"

"童小姐，我只是希望您去看看他，您不用做任何事情，只要看看他就可以了。"管家似乎无动于衷，"这比您重新申请助学贷款要省事得多。"

好吧，就算是威胁利诱，我也不得不低头，因为他说得有道理，如果重新申请助学贷款，能不能批下来是一回事，光那复杂而漫长的手续和审批就会让我绝望。

我和管家回公寓去，踏入大门的瞬间我仍有掉头逃跑的冲动。我好不容易从这里逃掉了，再次回来令我有种再次进入牢笼的错觉。

"莫先生在楼上。"管家不卑不亢地引路，"主卧里。"

主卧的门紧锁着，管家敲门，里面寂然无声，没有任何动静。管家又敲了几下，说："莫先生，童小姐回来了。"

我很厌恶他这种说法，所以狠狠瞪了他一眼，他犹如不觉，只是屏息听着室内的动静。

没有任何声音，我觉得莫绍谦估计是睡着了。

管家问我："童小姐，我能不能让人把门撬开？莫先生从昨天晚上就没有出来过，他一直在发烧，没有吃药也没有吃任何东西，我怕会出事。"

问我做什么？这事根本和我没关系，我冷淡地说："你愿意撬就撬。"

管家去叫了水电工来，一会儿工夫就把门撬开了。

屋子里很黑，没有开灯，所有的窗帘又都拉着，一时什么都看不到。管家在我后面轻轻推了一把："进去啊。"

我被迫往里面走了两步，很小心地观察，提防这是不是个圈套。莫绍谦做得出来，他素来喜怒无常，再说我是他杀父仇人的女儿，他也许觉得折腾我折腾得还不够。

我走近了才看清莫绍谦没有睡觉，他一个人坐在床边，脸朝着窗子，一动不动，像尊雕塑。可是窗帘是拉上的，他坐在那里干什么呢？

我想这也算交代得过去了吧，反正管家只说见见就可以了。我回头看，管家在门口朝我打手势，我只好有点僵硬地走过去："莫先生。"

他没有动。

"麻烦您高抬贵手，我不知道连助学金您都有生杀大权，至于贷款，那更是可以随便找个理由不批。"我的语气几近讥诮，"我懒得换银行了，他们让我来，我就来了。您有什么吩咐尽管开口，要我再陪您一次也行，反正我也被作践得够了，多一次少一次无所谓，只要您满意就好。还有，您母亲也跟我见过面了，她把您描述得像个小孩子一样可怜……"

我提到他妈妈的时候，他才有一丝震动，他抬起头来看我："可

爱死了。"

哦，我倒忘了，那狗还是他妈送给他的呢。

不过为条狗伤心成这样，还真不像是莫绍谦。事实上，他孤零零地坐在这里，和我从前认识的他简直判若两人。从前的莫绍谦在我心里就是生杀予夺的浑蛋，从来没像今天似的六亲无靠，而且看上去竟然有点可怜。

算了吧，一条毒蛇可怜？我又不是农夫！我仔细观察着他。屋子里光线很暗，但我还是看清了他的脸颊微红，仿佛喝过酒，管家说他是在发烧，发烧倒也可能脸色发红，何况他的嘴唇有细微的龟裂，起了白色的碎皮，倒还真有点像发烧的样子。

大约我盯着他的样子太久，他的眼睛里也慢慢有了焦距，他看了我一会儿，问："你怎么在这儿？"

"你忠心耿耿的管家怕你死了，非要我来看看。"

他移开目光，语气平静："那是他多事，现在你可以走了。"

很好，这才是我认识的莫绍谦。

不知为什么我松了口气，不过这浑蛋阴阳怪气的样子最能气死人，好在我可以走了。

我刚走出了两步就听到身后"咕咚"一声，回头一看，莫绍谦竟然栽倒在了地上，一动不动。

我被吓了一跳，看门外，管家却不在了。我想了想还是走了回去，莫绍谦双目微闭，胸膛微微起伏，连脖子都是红的。我伸手试了试他的额头，被他的温度吓了一跳。看来他还真是病了，管家没撒谎。

我跑下楼去叫管家，他马上打电话给司机，两个人上来抬莫绍谦去医院。我打算回学校去，管家却朝我软语相求："童小姐，你也去医院好不好？"

"你说过我只来看看就行了。"我只觉得忍无可忍，"你给他太太打电话，或者给他妈妈打电话，我又不是他什么人，你为什么非逼着我做这做那，再说他也不想见到我。"

"你受伤的时候莫先生送你去医院，他连鞋子都没有换，是我带着鞋子和衣服去的医院。你在手术室里缝针，他也在急诊室里清理伤口——其实碎瓷片把他的脚也给扎了。他还抱你下楼，他伤的是右脚，还一路开车踩油门，最后那个瓷片扎进去有多深你知道吗？他那天走路的样子一直不对，你知道吗？他能这样对你，你为什么就不能陪他去医院？"

我都有点傻了，被管家这一连串咄咄逼人的质问逼得哑口无言。我想起来自己被台灯弄伤的那次，他确实穿着睡衣就把我送到了医院，可我没留意过他的脚，我更不知道他也受了伤，他也从来没有说过。

我讨厌他，我恨他，所以他的脚伤了，我是真的不知道。那天晚上他还嫌我吵，我说伤口疼，他硬是给我吃了颗止痛剂。我这才知道那种止痛剂原来是他自己用的——他有药物依赖，普通止痛剂根本不起作用。

管家的话我反驳不了，我和莫绍谦的关系是一笔烂账，我父亲

欠他的，他欠我的，我欠他的，纠缠不清，我也不知道应该怎么样去算。

我们去了医院，医生说是肺炎，情况很危急，需要马上住院治疗。

安顿好病房，管家就赶回家取东西，要我留下来临时照顾莫绍谦。我担心回学校迟了寝室要关楼门，所以坐在病房里，隔一会儿就忍不住看表。

"你走吧。"

低沉喑哑的嗓音响起，我抬起头，才发现原来莫绍谦已经醒了。他躺在病床上，又挂着点滴，下巴上有些微泛青的胡茬儿，在病房灯光下猛一看，几乎瘦得不成样子，令人觉得有些突兀的陌生。

我告诉他："管家说他十点前可以回来。现在十点半了，估计是遇上意外堵车。"

他没有理我，只是又说了一遍："你走吧。"

"我知道你不想看到我，说实话我更不想看到你。"我说，"你放心，他一回来我就走。"

莫绍谦一定又在生气，我知道他生气的样子，我发现他手背上又暴起了青筋。他望着天花板不再看我，其实我又不愿意待在这里，他嫌我碍眼，我更不愿意见到他。

"我见过你妈妈，她说过可爱的事，你也别伤心了。到时候再买条小狗养，反正你有的是钱，买什么样的狗都没问题。"我觉得有点滑稽，我竟然开导起莫绍谦来，我最讨厌的人，我最巴不得永世不再见的人。大约是他这样子让我觉得很意外，为条狗伤心到得了肺炎，还不肯看医生。他前所未见的软弱的一面让我觉得他也是个普通人,是个会伤心会生病的普通人,而不像从前,他永远是那副无坚不摧的样子。

他没有理睬我。

我很知趣地闭上嘴,资本家的情绪不是我可以左右的,他连生病都生得这样兴师动众,连我这个早就跟他没关系的人都要被迫来陪他。

病房里很安静,静得几乎可以听到他腕上手表走动的声音,我知道这是自己的幻觉。那块陀飞轮就像他的人一样,每个零件都精确到了可怕的地步,似乎永远不会产生误差。我觉得他会生病简直是奇迹,就像名表突然出了故障,连名表都会坏掉吗?

"可爱就是可爱。"他终于开口,声音冷淡得像是没有任何感情,"换条狗就不是可爱了,你永远都不会懂的。"

我有什么不懂?

这世上没有人比我更知道什么叫作失去。我失去父母,失去萧山,失去我原本应有的生活。那些锥心刺骨的痛苦我全都忍了下来。

我眼圈都要发红,这个人,我恨透了这个人。他总是在我要忘却的时候偏要提起,他总是在我以为逃离的时候还要牵扯。我几乎是狠狠地说:"有什么不一样,不就是条狗!"

他的声音像是毒蛇游动:"有什么不一样,萧山不就是个人。"

他提到萧山,我痛得几乎要发狂,我不允许,我尤其不允许他提到萧山。我站起来捏紧了拳头:"别在我面前提他,你还想怎么样?"

"怎么，又觉得痛不欲生了？"他的眼睛仍旧望着天花板，唇边却有恶毒的微笑，"你那初恋不要你了？嫌弃你了？我猜就是这样的结果。哪个男人受得了？你跟了我三年呢，还打掉一个孩子……"

我扑过去掐他，点滴管缠在我身上，我几乎是用尽力气想要掐死他，我恨透了这个人，他夺走我的一切，竟然还如此地嘲笑我。

他只用一只手就抓住了我的两只手，他手背上的针头早就歪了，点滴管里回着血，可是他只是盯着我的眼睛，带着仿佛痛意的微笑："现在轮到你想掐死我了？我一直都想掐死你！有多痛，你终于知道有多痛了？"

我用尽了全身的力气，他却揪掉了那碍事的针头，然后一把将我抓住。我的手被他狠狠推在了我的胸口上，他的唇边仍旧是那种残忍而痛意的笑："知道有多难受了吧？你爱的人根本就不爱你的时候，你爱的人根本就厌恶你的时候……有多痛，你终于知道有多痛了？"

"莫绍谦！"我快被他气死了。天晓得他不受慕咏飞待见关我什么事，他爱他老婆爱得发狂关我什么事，为什么总要拿我出气？

"这种时候你倒肯叫我名字呢。"他将我扭得痛极了，我脸上痛楚的表情似乎正是他想看到的，他整个人俯瞰般压视着我，"每次歇斯底里的时候，你倒肯叫我的名字。有时候我真想逼你，把你逼到绝境里，看看你会不会再叫萧山，叫他来救你。我真是想把你碾碎了，看看你的心是怎么长的。哦，你没心，你的心在萧山那儿，可惜他不要你了。"

最后一句话让我觉得痛不欲生，我终于哭出声来："你还要怎么样？就算我父亲欠你的，他早就死了，我爸爸妈妈都死了。这三年也够了，你还要怎么样？你说过你厌烦我了，你说过对我没兴趣了，你说过不要再见我了……"

他只是冷笑："你以为我稀罕你？倒是你舅舅，当初看到我手里的那些东西，立刻对我说，我想把你怎么样都行。连让你去补课这种主意，都是他主动提出来的。有这样的亲舅舅，你可真幸运。这三年你觉得你自己很伟大吧？你觉得你是为亲人牺牲吧？你觉得是你救了你舅舅一家吧？你就没想过，当年是他拱手把你送给我的。你是什么东西啊，不过是我玩腻了的玩物，你以为我真稀罕你？"

他的话像是战场上的子弹，又密又急，一颗颗朝我扫过来，把我已经伤痕累累的身体再次扫成千疮百孔。我连挣扎都忘了，只是呆呆地看着他。

他笑得很愉悦似的："没想到？这世上有什么是钱买不来的？这世上有什么人是不自私的？就你傻呢，就你像个傻瓜一样，被人玩得团团转。"

我的嘴唇在发抖，所有的一切都在眼中旋转，我根本就不信："你骗人。"

"对，我骗你。这世上谁不骗你？"他痛快地冷笑，"像你这样的傻子，死一万次都有余了。"

我被他气得发抖，我的声音也在发抖："我死一万次也是我活该，我活该天真幼稚！被你骗，被别人骗，甚至被自己的亲人骗。可是有一个人他永远也不会骗我，哪怕他不能和我在一起，可我知道他

绝不会骗我。而你没有，你这一辈子活该被人骗，没有人会真心对你，没有人会爱你！"我想起慕咏飞，我吐出最恶毒的诅咒，"如果有报应，活该你这一生一世都没有人爱！反正你也不在乎，反正你这样的人，永远不懂什么叫爱，什么叫善良，什么叫美好！"

他死死地盯着我，一刹那，我想他也许又想掐死我了。但他终究没有动，只是眼里的目光凌厉得惊人。我毫无顾忌地狠狠瞪着他，他的双颊还有病态的红晕，热热的呼吸喷在我的脸上，他的手抓着我的手，还有滚烫的温度。我想如果他真的再要扼死我，估计我是再也逃不掉了。可是他终究没有动。

最后他放开了我的手，筋疲力尽地躺回了病床上，似乎闭上了眼睛。

我也不想再待在这里，我走出病房，我想回学校去。

我想悦莹，我想见到她，我唯一的朋友，她不会出卖我。

一想到莫绍谦说的那些话我就忍不住发抖，一想到舅舅我就忍不住发抖，这三年我真的以为自己的牺牲是值得的，可是如果是真的……不，莫绍谦说的话，不会是真的。

他因为我父亲而迁怒于我，他在茶里下了药，他强迫我做他的情妇，他毁掉我的一生。

我唯一应该恨的人是他，只是他而已。

# Chapter 03
## 相见了无期

# 【十七】

我不声不响地回到学校。

我没有去求证任何事情，因为我不愿再触及自己的伤痛，我唯愿一切都已经过去。

这仿佛是我生命中最漫长的一个季节。每年梅花盛开的时候，整个校园都会显得格外嘈杂热闹。我把自己湮没在那种热闹里，来来往往，不引人注目，像任何一个正常的学生。事实上，这一天我盼了很久了，不必再担心手机响起，不必再遮遮掩掩。我很努力地记下老师说过的每句话，很专注地做实验，很认真地写报告。我比对国外所有的知名的不知名的大学，研究自己符合申请条件的专业，我想考到奖学金，可以出国去。

整个春天，时间对我而言都是凝固的，从周一到周五，上课下课，重复而简单。双休日的时候寝室通常没有人，我一个人去图书馆，自习室里永远放满了占座位的书，我的座位一直靠窗边。

我喜欢窗前的那些树，它们郁郁葱葱，一些是洋槐，另一些也是洋槐。等到暮春时节，这些树就会绽开洁白芬芳的花串，一嘟噜一嘟噜，像是无数羽白色的鸽子。有时候复习得累了，我会抬起头来，那些葱茏的绿色就在窗下，放眼望去，隐隐可以看到远处市郊的山脉。

远山是紫色的，在黄昏时分，漫天淡霞的时候。而天空会是奇异的冰蓝色，将云翳都变得瑰丽绚烂，美得令人出神。通常这个时候我也饿了，背着书包下楼去食堂。一路上经过操场，永远有很多人在踢球。春天是这个城市最好的季节，春天也是这座校园最有离愁别绪的伤感季节，林荫道上不断有人成群结队高歌而过，他们是大四的毕业生，要去西门外的馆子吃散伙饭。

　　晚上五食堂有紫心红薯，食堂的菜永远是那样粗枝大叶，红薯也不过用蒸饭机一蒸，倒在很大的不锈钢盘子里卖。我买了一个配粥吃，掰开一半，看到它的紫心有细微的纹路，比心里美萝卜要漂亮得多。我咬了一口，才想起以前可爱挺喜欢吃这个，香秀每隔几天总要为它预备。我一直觉得奇怪，它为什么放着狗粮不吃，爱吃红薯。我一直不喜欢那条狗，它也并不喜欢我，可是有一次它救了我的命，就在我割开静脉的那次。如果不是它叫起来，也许我已经死了。

　　可爱是怎么死的呢，我都没有问过管家。

　　晚上的时候自习室的人比白天更多，窗外的树生了一种很小的飞虫，从窗户飞进来，落在书上。白炽灯照着它小小的透明翅膀，隐约带着青色。翻页的时候如果不留意，它就会被夹在书页里，成了小小的袖珍标本。我总是吹口气，将它吹走，然后用笔继续划着重点的横线。

　　远处的寝室楼上又有歌声传来，是那些疯狂的大四学生，他们就要离开这里了，所以总是又哭又笑又唱又闹。我觉得我的心已经硬得像石头一样，百毒不侵。我离开的时候一定不会有任何感触吧，因为

我现在都已经想要走了。

四月的时候我又考了一次雅思，这次成绩比上次好很多。悦莹说："童雪，你简直要疯了你，考这么高的分数干吗？"

我对她笑："你要考的话，说不定比我分还高。"

悦莹已经放弃了雅思，因为赵高兴不打算出国。悦莹最近的烦恼比我多，她的爸爸反对她和赵高兴交往，理由是赵高兴是体育生，而且对商业完全没兴趣，最重要的是，他要求将来赵高兴做上门女婿。

"我那暴发户的爹简直是旧社会封建思想余孽。我气得叫他去生个私生子，他气得大骂我不孝。"

"那你打算怎么办？"

"跟他斗到底。"悦莹愤然，"我谅他也生不出来私生子了，就算现在生也来不及了，他总有一天会服输，乖乖同意我和高兴的事。"

悦莹和她那暴发户的爹斗得很厉害，她爹把她所有的信用卡全停了，连她本来挂在她爹的全球通账户下的手机号也停了。

悦莹立马跑去买了个新号，然后短信通知朋友们换号了。她一边发短信一边恨恨地对我说："我就不告诉我爹，看他找得着我吗。"

我知道劝她是没有用的，所以我只是很伤感："你还可以和他怄气，多幸运。我想和爸爸怄气也是不可能的了。"

悦莹怔了一下，然后说："别这样了，咱们快点想个招挣钱去吧。"她比我更伤感，"我就快没生活费了。"

真的要找兼职机会还是很多的，我们学校是金字招牌，在网上那些家教信息，只要注上校名基本上可以手到擒来。唯一更强大的竞争对手是师大，悦莹恨恨道："谁让他们学的就是教书育人，我们学的全是配剂啊分子啊……"

我对做家教有种恐惧感，所以我从来不找家教这类兼职，我只留意其他的。

我和悦莹找着份展会的临时兼职，工作很简单也不需要任何技巧，就是把资料不断地补充到展台。我们在库房和展台之间跑来跑去，还得临时帮忙派发传单、填写调查表、整理客户档案……半天下来就累得腰酸腿疼，忙得连中午吃盒饭都是风卷残云。悦莹比我想的要坚强得多，她一声都没吭，我一直觉得她是大小姐，吃不来苦，结果却是她让我刮目相看。

赵高兴根本不知道我们出来打工的事，悦莹说："要是告诉他，他一定心疼拦着，我才不要花他的钱。"

我觉得很庆幸，我的朋友比我要幸福得多，她可以遇到她真心爱的人，而那个人也真心爱她，两个人可以坚持下去，不离不弃。

这是个大型的展会，很多公司都有展出间，来参观的人也特别多，尤其是周六的下午，简直忙到脚不沾地，我连嗓子都快说哑了。隔壁左边展位是家卖滤水机的公司，他们拿了无数杯子，请客人喝水。等到人流稍减，那边展台有人跟我们打招呼："过来喝杯水吧！"

悦莹跑过去端了几杯水过来，每个人都有了一杯。悦莹一边喝着水，一边悄悄对我说："要是右边展位是卖烤面包机的就好了，说实话我都饿了……"

只有她在这种时候还可以苦中作乐，逗得人哈哈笑。

到晚上收拾下班的时候，悦莹差点从简易椅子里起不来："哎，从来没有穿高跟鞋站这么久，还不停地跑来跑去。"

负责展位的经理是个女人，也是她招我们来做临时兼职的。她下意识地看着悦莹的脚笑了笑，忽然又低头看了一眼，脱口问："你这鞋子是Chanel的双色？"

悦莹大方地抬起脚来给她看："淘宝上买的A货，仿得很像吧？"

我很佩服悦莹撒谎的本事，简直脸不红心不跳。

第二天中午吃盒饭，隔壁展位也在吃盒饭，这次悦莹不用对方招呼就跑过去蹭了几杯水过来。我看她站在那里和隔壁的人说了好一会儿话，于是问她："你跟人家说什么呢？"

悦莹朝我挤眉弄眼："人家问我要你电话呢。"

"瞎说！"

"是真的！"悦莹悄悄指给我看，"就是那个男的，眉清目秀，看上去还不错吧。"

"你别把我号码乱给人。"

"当然没有，没你同意我敢给吗？"悦莹一边扒拉盒饭一边说，"不过你也可以试下，新恋情有助身心健康。你那个萧山也真是的，竟然石沉大海了，你白惦记他这么多年了。"

我拿筷子的手抖了一下，隔了这么久，提到萧山的名字，仍旧是痛，这种痛深入了骨髓，浸润了血脉，成了不可痊愈的绝症。

抑或我这一生都无法再爱上别人了，我已经灰心。

做了几天兼职，我们每个人挣到几百块钱，对悦莹来说这只是杯水车薪。她从来没有在钱上头烦恼过，而她现在每天都学着记账，无论买什么都小心翼翼。她那暴发户的爹打过一次电话到寝室，悦莹不肯接电话，是我接的，我撒谎说："伯父，悦莹上自习去了。"

"哦……"电话那端的声音听上去没有任何感情起伏，"那你告诉她，这星期她要是再不回家，就永远不用回来了。"

为什么资本家都是这种似曾相识的做派，我心里凉凉的，对方已经"啪"一声把电话挂了，我老实把这句话转告了悦莹，悦莹不以为然："不回就不回，他气死我妈，这笔账我还没跟他算呢。"

悦莹出事的时候我都不知道，我以为她和赵高兴出去玩了，直到赵高兴打电话给我，我才知道她那暴发户的爹等了大半个月看她还不肯低头服软，竟然派了几个人来直接把她绑回家，一路驱车千里扬长而去，等我们发现的时候，他们已经快到家了。

赵高兴非常愤怒，买了张机票就追到悦莹老家去。我非常担心，可是悦莹的手机估计被他那暴发户的爹没收了，怎么拨都是"已关机"。她爸爸派来的人还拿着医院证明向校方请了假，说悦莹身体不好，申请休学几个月。校方自然答应得爽快，我们连报警都没有理由。

我很担心赵高兴，不停地发短信问他见着悦莹没有，他一直没有回我。第二天我才接到他在机场给我打的电话："我已经回来了。"

"见着悦莹没有？"

"见到了。"

我不由得松了口气，可是赵高兴一点也不高兴："等我回学校再跟你说。"

原来，赵高兴找到悦莹家里去，悦莹那暴发户的爹倒也不拦不阻，任凭他们见了一面，然后开出最后条件："想和我女儿在一起可以，但你要证明自己。"

"他要你怎么证明自己？"

赵高兴苦笑："他给了我三份合同，让我任意签到其中一份，就算是合格。"

我一听就知道肯定不会是太简单的事，等拿到合同一看，更觉得悦莹的爸爸简直是在异想天开地刁难他。三个合同，一个是煤矿转让，一个是钢厂合并，另外一个则是化工厂建址。

"这年头谁会转让煤矿？煤矿就是金矿，就算有转让，我能跟对方谈什么？拿着这份合同请人签字？我什么都不懂……钢厂合并这种合同，我在机场等飞机的时候上网搜索了一下，这种案子基本得要一个律师团，还得跟国资委打交道。最后那个化工厂更难了，那得跟地方政府谈，甚至还要涉及城市规划……"

我也知道这很绝望，不管哪个合同都不可能是赵高兴可以谈下来的，我们只是学生而已。而这些事情牵涉到的不仅有商业，更要有复杂的人脉网络。

"他爸爸说，要做他的女婿就得有本事，我要是一个合同都谈不下来，就永远别想见悦莹了。"

"悦莹怎么说？"

"她说她爸爸不讲理，拿这样不可能完成的任务来糊弄我。她爸爸也黑了脸，说接受我们俩的事情才是不可能的。最后我怕悦莹难受，还是一口答应下来。"赵高兴从来不曾这样无精打采，"就算是万分之一的希望，我也会去努力的。"

　　慕振飞在香港，赵高兴说已经给他打过电话了，我问赵高兴："慕振飞怎么说？"

　　"他非常为难，在商业方面他不可能左右他父亲的决定，毕竟这些都不是十万百万的事情。"

　　赵高兴的家境只是小康，他的父母更不可能帮他谈成这样的合同。赵高兴绞尽脑汁，抱着头痛苦地说："我要是有一个亲戚是大资本家就好了……起码能介绍我认识一下那些资本家们……"

　　我没有作声，因为我想起来我其实认识一个资本家。

　　可是这个资本家，我永远都不想再见他了。

　　晚上的时候我一个人睡在床上，看着对面空荡荡的床铺。那是悦莹的铺位，悦莹其实一点都不张扬，大部分时间她都和普通学生一样，她爹起初曾专门给她在学校附近买了一套公寓，她都逼着她爹挂牌租出去了。

　　悦莹说过："走读哪有住寝室好啊，住寝室才叫念大学呢！"

　　我也爱住寝室，因为寝室里有悦莹。我和她在刚进校门搞军训的时候就一块儿被晒晕过，那时她就慷慨地把她的防晒霜借给我用，整个军训我们用掉整瓶名牌防晒霜，最后还是晒得和炭头一样黑；我们一起买饭打水，上课做实验，去西门外吃烤鸡翅喝鸳鸯奶茶；冬天的

时候我们避着管理员用暖宝宝，夏天的时候用电蚊香；我去自习总会替她占座，上大课的时候她也会给我留位置。我们都是独生子女，可是在我心里，她像我自己的姐妹一样。

她从来没有瞧不起我，即使我骗她，即使她妈妈的死让她耿耿于怀，可她仍旧选择相信我，并且在网上替我辩白。

这样的朋友我只有一个。

我一直觉得庆幸，她比我要幸福得多，她可以遇见她爱的那个人，并且两个人携手同心。我一直觉得她的幸福就是我的幸福，我这一生已经非常惨淡了，幸好我的朋友要比我幸福得多。

我失眠了整夜，第二天早晨我爬起来就用冷水洗了个脸。

我看着镜子中的自己，眉眼已经黯然，看不出任何青春的气息。这三年来的经历比三十年更难熬，我二十一岁了，可是心已经老到如同七八十。从前我一直恍惚觉得，总有一天一觉醒来，我会生出满头白发，然后这一生都已经过去了。

我走回桌子边坐下，出了一会儿神，然后把手机拿过来，拨打电话。

这个号码是我第二次打，上次他没有接，这次也没有。

我收拾书包上课去，上午有四节课，排得满满的，每一节都是必修课。

第三节课后我的手机在书包里震动起来。屏幕上的号码非常熟悉，我从来没有存也知道是谁。

我看了眼讲台前的老师，他正在奋力书写计算公式。

我从后门溜出去，一直跑到走廊尽头才接电话。我跑得有点喘，听到莫绍谦的声音时还有点恍惚，觉得自己重新陷入某种梦境。

我一直以为他不会再接电话了，没想到他还会打过来。

他单刀直入地问我："什么事？"

我有点讪讪的："你有没有时间？我有点事想和你见面谈。"

电话那端有短暂的静默。我想他大约打算挂断电话了，毕竟我们的关系从来就不愉快，而且上次我还在病房里那样痛恨地骂他。

过了一会儿我才听到他问秘书，似乎是在问行程安排。这个时间他应该是在办公室，背景非常安静，连秘书的声音我都可以隐约听见。

"我明天下午过来，你如果有重要的事情，可以到机场来见我。"

我急着问他："你大约是几点的航班？"

"三点或者四点。"

他说完就挂断了电话，明天下午我没有课，可以去机场，可是三点是航班起飞还是降落时间？我拿不准主意，只好决定到时候吃过午饭就去机场守株待兔。

我向赵高兴要三份合同的复印件，我说我有个亲戚是做生意的，想拿给他看看想想办法。赵高兴估计也是病急乱投医，没多问什么就把合同都复印给我了。

第二天中午一点我就到了机场，一直等到天黑也没有等到莫绍谦。我不知道他会从哪个航站楼出来，我去柜台查，不知道航班号也不知道航空公司，什么都查不到。我打他的电话，已经转到了全

球呼。

天黑的时候我坐了机场快线回去，他放我鸽子也是应该的，毕竟我现在和他没有任何关系，上次我还把他气得连话都说不出来。

机场快线坐到了终点，我才觉得肚子饿。本来想去吃东西，又觉得没有胃口。地铁出口有不少的士在那里兜客，有人招呼我："姑娘，坐车不？"

我本来摇了摇头，忽然又点了点头。

我打车到了公寓楼下，这里是酒店式的管理。门童上来替我开的车门，他显然还认识我，对我露出一个职业笑容："晚上好。"

大门密码我还记得，搭电梯上去后我却有点迟疑了。不过既然已经来了，也没必要再犹豫。我按了门铃，没一会儿门就开了。


# 【十八】


开门的是佣人，后面跟着管家，见着我似乎也不甚意外，甚至还笑眯眯的："童小姐回来了？"

我很讨厌他的这种说法，可是我又不能不问他："莫先生回来了没有？"

"莫先生刚从机场回来，现在在洗澡，童小姐要不等下他？"

我坐在客厅里等莫绍谦，佣人给我端了盅燕窝来，这还是原来的做派，原来晚上的时候厨房总预备有。燕窝是专门给我的，我有时候吃，有时候不吃。

我很客气地对佣人说："麻烦给我换杯茶。"

茶端来我也没有喝，我只是怔怔地想着事情，连莫绍谦下楼我也没发现，他走到我面前我才被吓了一跳，抬起头来看他。他明显还要出去，穿着西服外套，转头问管家："司机呢？"

我硬着头皮："莫先生，能不能麻烦你给我十分钟。"

他不置可否，在我对面的沙发上坐下来。我抓紧时间将事情简单地向他描述了一下，然后把那三份合同都拿了出来。

"我知道我的要求很过分，但我也没有别的朋友。如果可能，能不能麻烦你看下，哪个比较有操作性，起码可以让赵高兴少走点弯路。"

他连眼皮都没有抬一下，更没接那三份合同："我没兴趣多管闲事。"

我几乎是低声下气："我知道你很讨厌我，但我只有悦莹一个朋友……"

"我说了我没兴趣多管闲事，你可以走了。"

我咬了咬牙，到如今山穷水尽，还有什么退路可言？

"如果你答应帮忙，你要我做什么都可以。"

我低着头不敢看他的脸，地上铺的地毯很深，一直陷到脚踝，茸茸的长毛像是一团团的雪，我知道自己送上门来也不过是让他羞

辱罢了。

果然，他在短暂的静默后，忽然放声大笑："童雪，你可真是看得起你自己。你把你自己当成什么？天仙？你觉得我离不了你？你从前对着我恨不得三贞九烈，光自杀就闹了好几回，没想到为了所谓的朋友，你还会跑来对我说这种话。"

我知道结果就是这样。我并没有抬起头来看他，省得让自己更难堪。我甚至牵动嘴角，想要苦笑："你说得对，我真是太看得起我自己了。"

我抓着那几份合同，有些语无伦次地向他告别："对不起，莫先生，打扰你了。"

我并不觉得后悔，能想的办法我都已经想过了，我尽了自己最大的努力，哪怕得到的只有羞辱。我有点筋疲力尽地想，也许赵高兴自己还能想出别的办法来。

我搭电梯下楼，这附近全是高档住宅区，基本没有出租车过来。我也没有心思等出租车，只是低着头沿着马路往前走。

走了不知道有多远，忽然有人抓住了我的胳膊。我回头一看，竟然是莫绍谦，他的眼睛在黑暗里显得越发幽冷，声音更冷："你还打算去找谁？"

"没有谁。"我丧失了一切希望，只觉得心如死灰，"我自己命不好，谁也不会帮我的。"

他摔开我的手，我不知道他为什么生气，反正他也不会帮我，我转头走了两步，回头看他还站在那里。路灯将金色的光线洒在他身上，他还是衣冠楚楚一丝不苟的样子，即使站在路灯下都不显得突兀。我不知道他为什么站在那里不动，我也不知道他为什么会追下来。我从来都不懂他，他太高深莫测，心思不是我等凡夫俗子可以去揣度的。

我刚走了一步就被他重新拽住了，几乎是将我整个人拖到他怀里，没等我反应过来，他已经狠狠地吻住我。

从前他也会吻我，就像今天这样，带着野蛮的掠夺气息，霸道席卷得令人心悸。我闭起眼来任由他为所欲为，反正三年我都忍了，再忍一次也没有什么。

他停了下来，我睁大眼睛看着他。

"一个月。"他的声音里隐隐带着某种厌憎，仿佛是在痛恨什么，"你再陪我一个月。"

"你看下合同吧，"我根本没有情绪起伏，"三个合同都不是那么简单，要不找你的律师看看。"

他的胸口微微起伏，我知道自己很贱，我觉得已经无所谓了。他或者需要拿我来气慕咏飞，他或者现在仍旧需要我。但我和他的交易从来都不愉快，从一开始到现在。我是他杀父仇人的女儿，他拿我的舅舅来威胁我，三年里我们无数次假惺惺，在对方面前互相压抑着杀死对方的冲动，直到最后撕破脸。

可爱死后，在医院里，我们彻底撕破了脸，但我没想到自己还是不得不回来求他。

我没有指望他好好待我，我反正已经自暴自弃了。

令我意外的是，当天晚上他并没有碰我。他睡主卧，我睡在自己的那间卧室里。

离开这里太久，我无半点睡意。

衣柜里还挂满了我的衣服，连梳妆台上都还放着我的化妆品和梳子。我原以为他会让人把这些东西都扔掉，没想到一切依旧。桌上花瓶里面插着满满的紫色风信子，莫绍谦似乎很喜欢这种花，可是他的房间里从来没有花，倒是三年来我的房间永远都插着这种花，我都看得腻了也不曾换过。有时候他就是这样霸道，非要将所有的一切烙上他的印记。

或者他早就想过我会回来，甚至悦莹的事情根本就是个局。资本家与资本家是一伙的，谁知道悦莹的父亲是否与他相识。

我已经不再相信任何人了。

但哪怕是圈套，这一切也是我心甘情愿。

早晨我起来的时候，莫绍谦已经走了。合同他并没有看，也没有留下半句话。我觉得很忐忑，事情不像我预想的样子，我一点把握都没有。司机送我去学校，在去学校的路上我想出了一个主意。

这天的课上完后我就跑到宠物市场去，但令我没想到的是，萨摩耶竟然那么贵，小小一条幼犬就要一千多，将近两千块。

我卡里的钱不够，还差三百，磨了半天人家也不肯卖给我。最后看着我都要哭了，老板倒噗的一声笑了："算了算了，你这么喜欢这只，我贴点利润卖给你得了。"

我把那只还在哆嗦的小狗抱在怀里，一路兴冲冲地回去。

那天晚上莫绍谦却没回去吃晚饭，大约是有应酬吧。厨房给我做了饭，我也没多少心思吃。我一直看电视看到十二点，他也没有回来。

我只好上楼去洗澡睡觉，刚睡下没多大会儿，忽然听到楼下有动静。我知道是莫绍谦回来了，所以连忙爬起来，抱起已经睡着的小狗迎出去。我在走廊里遇见莫绍谦，他走路的样子不太稳，明显是喝高了。

我从来没见过莫绍谦喝高，所以一时有点发呆。

他也有点意外地看着我，看着我怀里的那条狗："你怎么在这儿？"

"我买了条萨摩耶……"我把小狗抱起来给他看，"你看，和可爱小时候很像吧？"

他突然就翻了脸："别提可爱！你以为你是谁——你买狗做什么？你想拿这个来讨好我？你把我当傻瓜？知道我会当傻瓜，你知道我会当傻瓜所以你才来找我。"他的眼中怒火幽暗，似乎对我有着某种切齿的痛恨，"你别欺人太甚，也不要太得意，我是傻瓜我自己知道，用不着你来提醒我！"

我有点呆呆地看着他，我没想到他会生气。我以为他会喜欢狗的，可是他一伸手就推开了我："滚开！"

我被他推得撞到墙上去，小狗也被撞醒了，睁大了眼睛在我怀里呜咽着。我的肩膀被撞得很痛，他再没有看我一眼，径直走进主卧"砰"的一声摔上了门。

我不知所措地站在那里，小狗舔着我的手，一下一下，热乎乎的

小舌头，它挣扎着想要把脑袋从我胳膊里挤出来，我低头看着它，它漆黑的眼珠也看着我。我确实不招莫绍谦待见，连累得它也不招他喜欢。

第二天，管家倒是把香秀招回来了，小狗在原来可爱的房间住下来，香秀非常喜欢它。香秀絮絮叨叨说了很多话，我才知道原来可爱是被车撞死的。香秀那天带可爱下去遛，结果可爱看到莫绍谦下楼来，突然挣断了绳索疾冲过马路，没想到正巧驶过来一部车，可爱就被撞了。

"先生脸色变了，他送可爱去医院，可是已经没有办法。"

我还不知道香秀会说中国话，我一直以为她只会说英文。

给小狗洗澡很好玩，我负责按住它，香秀负责给它洗。小狗用它两只爪子拼命扒着我的手，当花洒的温水淋到它身上的时候，它只差哀嚎了，两只眼睛泪汪汪地看着我，让我觉得负疚极了："是不是很烫？"

"小狗不喜欢洗澡。"香秀用她那生硬的中国话说，"洗完好。"

洗完澡后的小狗被包在大毛巾里，软软的像个婴儿，香秀用吹风机把它的毛吹干。瘦弱的小狗渐渐变回圆白滚胖的模样。香秀突然说："没有名字！"

我也想起来，小狗确实还没有名字。因为一连三天，我见着莫绍谦的时间都不超过半小时。我本来是想让他给小狗取个名字的，可是他根本就不理我，也压根不理这只狗。

第三天晚上我有些沉不住气了，因为我不知道这样僵持下去，他是否会真的帮忙合同的事，我下定决心想要求得一个保证。晚上他照例回来得很晚，我等他进了浴室就悄悄溜进主卧的衣帽间，我记得这里也有扇门是通往浴室的。

衣帽间到浴室的门果然没锁，我在衣帽间里把衣服换了，然后找了件他的衬衣套上。我记得去年有天晚上他睡在我房里，早晨我随手捡了他的衬衣穿去洗手间，出来后被他看到，他缠着我不肯起来，害得我旷掉整整半天课。我有点忐忑地拉了拉衬衣的下摆，男式衬衣又宽又大，这样子够诱惑了吧。

我小心地将门推开一条缝，看到莫绍谦躺在浴缸里，眼睛微闭像是睡了。他今天应该没喝酒吧，我悄悄把拖鞋也脱了，赤足小心翼翼地走过去。

一直走到浴缸边，我忽然看到LED显示屏上闪动的画面，那是《网王》。我做梦也没想到莫绍谦会在浴室里看《网王》，这也太滑稽了，他这样的大男人，怎么会看这种片子？可是我顾不上想为什么莫绍谦会看卡通了，因为他忽然像是觉察到什么，已经回过头来。他的目光像刀子一样，既冰冷又无情，更多的是一种拒人千里的冷漠。我有点尴尬，站在那里进退不得。

"谁让你穿我衣服的？"他的声音也十分冷漠，"出去！"

我看到他搁在浴缸边的手都捏紧了拳头，也不知道是不是因为生气。我心一横就豁出去了，在他打算赶我出去之前，我决定豁出去了。我像只鸭子般扑腾进了水里，我本来是想去抓他的胳膊，但因为浮力我有些站不稳，最后狼狈而本能地搂住他的脖子。他很厌恶地想

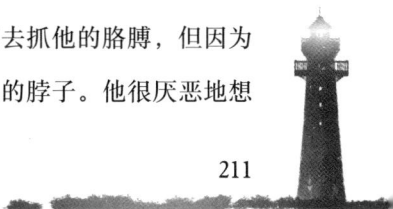

211

要挣脱，我们在浴缸里几乎打了一架，结果就是全身都湿透了，我像八爪章鱼一样扒着他就不放，他气得连眉头都皱起来了。我死皮赖脸地亲他，从下巴到脖子，他终于被我亲得不耐烦了，反客为主按住了我。

最后我累得在浴缸里就睡着了，连怎么从浴室出来的都不知道。

后来其实我醒过一次，因为有人在拨弄我的头发，我的头发全都湿了，今晚我好几次差点没被淹死或者呛死，幸好每次扑腾到最后莫绍谦还能记得把我捞起来。

我睡得迷迷糊糊，只知道有人坐在床边给我吹着头发，因为我听到吹风机在耳边嗡嗡地响，温热的风拂在脸上，然后温暖的手指拂过我的脸，轻轻将我的头转到另一个方向。

我被那暖风吹得很舒服，小时候妈妈也会拿着吹风机替我吹头发，她总是说不要湿着头发睡觉，不然会头疼的。这种嗡嗡的声响很让我安心，仿佛还是很小的时候就在家里，我喃喃叫了声妈妈，我想自己或者是在做梦吧，没过几秒钟就重新睡着了。

醒来的时候我发现自己脖子发麻，因为没有睡在枕头上，而是枕着莫绍谦的胳膊睡了一夜。他身上还有熟悉而清淡的香气，那种我最讨厌的气息。而我竟然窝在他怀里，毫无知觉，像只猪一样睡了整夜。

我觉得很可耻，也许一次次出卖自己，我已经麻木甚至习惯，到现在竟然觉得自然而然。我不作声悄悄溜回自己房间，换衣服去上课。

我倒了两次公交，结果迟到了。没有人帮我占座，悦莹不在，我独自坐在最后一排，觉得非常孤独。整堂课我都有点心不在焉，抄笔记的时候我总看到手腕上的菩提串。我记得悦莹当时说话的样子，病房灯光下，她的侧脸温柔而美好。我不后悔自己做的事情，我想如果真的可以帮到悦莹，什么都是值得的。

晚上我回到公寓去，莫绍谦难得在家里。我们两个一起吃了饭，我有点食不知味，这样家常的气氛真让我觉得格格不入。早上他没醒我就跑了，不知道他会是什么态度。不过他一直没搭理我，我也不好跟他说话，吃完饭后香秀来跟我们打招呼，她要去遛狗了。小狗连走路都还有点歪歪扭扭，就会拿湿润润的眼睛看人，一脸的天真无邪。套上颈圈后不太习惯，它一直用爪子挠啊挠，香秀想阻止，它还是挠个不停。

莫绍谦皱眉看着那只狗，我趁机问他："要不取个名字吧……"

他还是没什么表情，不过终于开口说话了："就叫讨厌。"

我有点讪讪的，缩回去不作声。香秀却很高兴，以为讨厌是个和可爱一样的词。

我知道他的意思，他讨厌这只狗，就像讨厌我一样。可是谁让我有求于他。

我和莫绍谦的相处似乎陷入一种僵持，他对我不冷不热，而我在他面前显得很心虚。从前他虽然对我不怎么好，虚情假意总是有的，比现在这种冷冰冰的样子要让我好受得多。我担心的是他不肯履行协议，虽然他从前还算是言出必行，但他这样翻脸无情的人，万一要反

213

悔也是易如反掌，反正我也被他骗了不知道多少次了。

幸好快要放假了，我主动提起来陪他出去玩，他也好像没什么兴致似的："随便你。"

我觉得很气馁，这一个月的日子显得很难熬。他似乎工作挺忙的，我不太能见到他，因为他回来得晚，我在家他也不怎么搭理我，我几乎都有点担心了。等到放假的时候，莫绍谦终于问我："上次你说要出去，想去哪儿玩？"

我很知趣："你说去哪里就去哪里。"

# 【十九】

我没想到他会把我带到海滨去，下了飞机我就开始觉得害怕，等看到海边那幢别墅时，我简直都快发抖了。

别墅和上次来的时候没多大改变，我只是不愿意回想起在这里发生过的事情，海浪声让我觉得眩晕，关于这里的一切记忆都让我觉得难受。我勉强对莫绍谦说："我就住一楼好不好？"

没想到他说："一楼没有睡房。"

我痛恨二楼的那间卧室，哪怕落地窗帘关着，刚刚走进去的时候，我仍旧有种想逃的冲动。

这边别墅里没有佣人，一切要自己动手，我把行李箱打开把衣服挂起来，我没带什么东西来，不过是换洗衣物。收拾好了后，我才鼓起勇气拉开窗帘。窗外是宁静的海，极目望去还可以见到岛屿隐约的影子。沙滩上有鸥鸟在散步，海浪泛着白色的花边，扑上沙滩，然后又退下去。我坐在床上发呆，三年过去了，我以为我再没有勇气对着这片海。或者时间真是最好的良药，让我把曾经的一切都淡忘。过去是从这里开始，他是想再在这里结束吗？

有人在开着的门上不轻不重地敲了几下，我回头看，原来是莫绍谦。大部分时间他都彬彬有礼，像个君子。他已经换了休闲的衣服，他问：“我要去买菜，你要不要一起？”

买菜？

上次来的时候好像全是吃的外卖，我都不太记得了。那是一段太不堪的记忆，我被迫将它从脑海里抹去，所有不愉快的回忆我统统用忘记的方式去处理。我不愿意一个人待在这里，所以我老实地跟他去买菜。

我做梦也没想到资本家没有车在这里，不，还是有车的。当莫绍谦从地下室里把自行车推出来的时候，我都要傻了。

他看了我一眼：“你想走着去？”

这么大的太阳，这么热的天气……好吧，我坐上了自行车后架，让他带着我一路沿着林荫道骑过去。

在碧海蓝天的林荫路上骑自行车，听上去还是挺有美感的一件事。

只是骑车的人是莫绍谦，他还带着我，这事怎么都让人觉得别扭。

没骑多远就是一个很长的大坡，并不太陡，可是一直是上坡。虽然是暮春时节，不一会儿莫绍谦的T恤就汗湿了贴在身上。我一直觉得他不会流汗——除了某种情况下。可是现在他背心里汗湿了好大一块，看上去像幅写意画，平常他太衣冠楚楚了，看到他这样子我觉得简直太别扭了。

我忍不住用手把黏在他背心上的衣服轻轻扯起来，风从他的衣领里灌进去，他的衣服像帆一般鼓起来。海边的风吹得人很舒服，我的裙子也被吹得飘起来，我一手按着自己的裙子，一手扯着他的衣角，觉得又滑稽又可笑，起先还想忍住，可是没过一会儿我就忍不住了，我并没有笑出声，但莫绍谦却仿佛后脑勺上也长了眼睛，他头也没回地问："你笑什么？"

"我没见过你骑自行车……"

自行车已经踩到了坡顶，他似乎也放松下来，口气里仿佛带着某种愉悦："你没见过的事儿多着呢！"

没等我反应过来，他忽然就撒开了手。车子因为惯性笔直地朝着坡下冲去，风呼呼地从耳畔掠过，迎面撞来海的腥咸气息。这样冲下去的速度实在太快了，所有的树一棵棵飞快地后退，吓得我抱住了他的腰。

莫绍谦却异样轻松般吹起口哨来，我从来没听过他吹口哨，也从来没见过他这种放松的样子。他说得对，我没见过的事儿多着呢。

菜场里各种海鲜我有一大半不认识，虽然这两年跟着莫绍谦吃的东西挺多，但我只知道那些东西做熟后的样子，而且常常对不上号。

莫绍谦挑海鲜倒还蛮内行，他砍起价来也是真狠，我觉得他可能把商务谈判的技巧都用上了，最后砍得小贩对着他直叫大哥。

我喜欢菜场，比超市好得多，东西也更新鲜，全是附近渔民供的货。我们住的地儿太偏僻了，离市区还有几十公里。

回去的路上当然还是莫绍谦骑车带我，而我拎着好几只黑色塑胶袋，里面全是鱼虾蟹之类，还有一大把绿绿的油麦菜。还有一只袋子里则全是油盐酱醋，让我有种过家家的错觉。只是过家家的对象是莫绍谦，这也太诡异了。可不知道为什么我的心情也好起来，或许因为这里天特别的蓝，云特别的白，阳光特别的灿烂，空气特别的清新；或许因为来时冲下坡的那一刹那，风拂过我的脸，让我觉得有种撒手般的痛快与洒脱。

等莫绍谦再次放手任凭车往坡下冲去的时候，我抓着他的衣角笑出声来。我好久没有这样轻松地笑过了，把一切烦恼都暂时抛却，在碧海蓝天之下，在艳阳高照之下，所有的心事都被蒸发了。

回到别墅我也汗湿透了，而且晒黑了一层，我忘了搽防晒霜就跟他买菜去了。等我洗完澡，莫绍谦已经在厨房里忙活开了。我一点也不诧异他会做饭，莫绍谦是万能的，他会骑自行车，他会吹口哨，他会跟小贩砍价，他什么都会。

我觉得不好意思坐享其成，于是把一张藤制的桌子搬到了院子里，然后又扛出去两把椅子。晚饭在外边吃比较凉快，总比开空调好。果然，没一会儿莫绍谦从落地窗里看到我在折腾，他在百忙之中给我另一个指示："把蚊香先点上。"

从来都是所谓烛光晚餐，从来没有过蚊香晚餐这种东西。不过事实证明莫绍谦是英明的，因为真的有蚊子，而且点了蚊香我还被咬了好几个包。

莫绍谦的手艺不错，当然比起专业厨师差远了，可是比我强多了。这顿饭吃得我受宠若惊，不过莫绍谦胃口非常好，我的胃口也挺好，我们吃了一大只海蟹，两斤虾，一条清蒸的苏眉，连那碟清炒油麦菜也吃光了。

吃完后莫绍谦下了另一个指示："去洗碗！"

我很老实地去洗碗，这差事不难做，厨房有洗碗机，把碗碟放进去就行。只是厨房被他弄得很乱，到处都是菜叶和水渍，我忍不住拿起抹布收拾了一下。收拾到一半的时候莫绍谦走进来了，忽然从背后抱住我。他已经洗过澡了，身上有浴液的清淡香气，而他的动作近乎温柔，把我吓了一跳。拿不准是回头主动亲他好，还是就这样任由他抱着好。

厨房对着大海，太阳已经落进了海里，可是满天还有紫色的霞光，天就要黑了。这里的景色非常美，连厨房都有这样好的海景。我一动不动地站在那里，身体有点发僵，他把我的脸转过去，很温柔地吻我。

三年来我们有过无数次接吻，他从来没有吻得这样温柔，将我拥在他怀里，用双手捧着我的腰，缠绵的唇齿纠葛几乎像水一般，可以将人溺毙。我终于想起来，为什么今天我会觉得高兴——因为萧山，我和萧山曾经有过这样的日子，在遥远的T市。那时候我们的快乐，那时候我们的情形，几乎是一种重温。

我有点透不过来气，莫绍谦的眼睛很黑，非常黑，瞳仁里面甚至可以清楚地看到我自己的倒影。我突然觉得害怕，不是平常害怕他的那种恐惧，而是另一种莫名的恐慌，仿佛有什么灭顶之灾即将来临。我不敢想是什么事，只觉得仿佛是黑洞，非常可怕、可以吞噬一切的黑洞，让我的思维稍稍接近就恐惧得退缩回来。我闭上眼睛，却抑制不住微微发抖，他从来都非常敏感，立刻停下来，问我："怎么了？"

我勉强对着他笑："没什么。"

我笑的样子一定很难看，因为他连脸色都变了。过了好一会儿，他才冷笑："装不下去了？"

我不想解释什么。最后一缕霞光消失在海面上，没有开灯，厨房里的光线渐渐暗下去，他的整个人也陷入那种混沌未明，可是他的声音清楚得近乎森冷："哪怕是敷衍我，你也敷衍得用点心。哦，我忘了，你没有心——你根本就没有心。你以前不是挺能忍吗？就这么几天就忍不住了？还有十二天呢，再难受也还有十二天。我知道你最恨这里，我偏要带你来。你不是一直在忍，一直在装吗？怎么，忍不下去了？真是连一点耐性都没有，我还没在合同上签字呢，你就忍不住了？忍不下去你现在就给我滚，你愿意上哪儿就上哪儿去！"

他转身就走了，我呆呆地站在那里，听到远远传来他摔上大门的声音。

我不知道他到哪里去了，偌大的屋子只剩下我一个人。我不知道

怎么又弄成这样，我其实一直想要讨他的欢心，可是讨他的欢心太难了。我没装，今天我是真的很高兴，可是后来我不应该想起萧山——我不应该。萧山是这个世上最奢侈的事情，并不属于我的，我不应该去想。只是似曾相识的一切让我忍不住，如果莫绍谦对我坏一点，或者我又会清醒些。可是今天他偏偏特别温柔，让我有种恍惚的错觉与恐惧。

我一个人站在黑暗里，觉得很害怕，摸索着把灯打开了，也不敢上楼去。我把客厅里的灯都打开了，然后把电视也打开。我的腿上被蚊子咬了好几个包，一直又痛又痒，让我坐立不安。更让我坐立不安的是我又惹莫绍谦生气了。本来他今天心情似乎挺好的，可是我又惹他生气了。

我不知道莫绍谦到哪儿去了。海浪的声音渐渐响起来，外面的风越刮越大，风声、浪声像是某种不知名生物的啸叫，我无法去想别的，因为对这种声音的恐惧占据了我的心。我把自己缩到沙发的角落里，我连电视也不敢看了，仿佛那屏幕里会爬出一个怪物来。我害怕，怕得瑟瑟发抖。我觉得这屋子里藏满了怪物，我觉得再也受不了了。

我抱着电话开始拨打莫绍谦的手机，但手机在茶几上响起来，原来他没有带电话。他连手机都没有带，会到哪儿去了？

这四周都是荒芜的海滩，只有零零星星的别墅，连邻家的灯光也看不到一盏。我害怕地把他的电话紧紧攥在手里，却无意间触动了键盘。那是通讯录的快捷键，我看到他的手机里，整个通讯录只有两个联系人，一个是"妈妈"，还有另一个孤零零的名字，而那个名字，竟然是我。

我本能地按动着翻页，翻来翻去只有这一页，我的名字下面记着三个号码，一个是我的手机号，一个是我寝室的座机号，最后一个是公寓的座机号。我知道他还有一个手机是公事用的，这个手机只是私人号码，但我没有想到，他的私人号码除了他妈妈，就只有我。

我知道我不应该动他的手机，我也从来没有碰过他的东西。现在我也应该把手机放下来，搁得远远的，他怎么样都和我没有关系，我回来就是一个交易而已。可是我管不住自己，我的手指机械地按着，最近三十次通话记录：童雪1，童雪2，童雪3。

我一直翻到最后，看到的仍旧是自己的名字。

也许他老婆的电话他都已经记熟到不用存在联系人里。我有点仓皇地安慰着自己，可是手机里存着两张照片，唯一的两张：一张是我，另一张仍旧是我。

第一张我闭着眼睛睡着，照片拍得很近，连我的眼睫毛似乎都历历可数。第二张我在笑，笑得很灿烂，两个酒窝都露出来了，我都不记得自己什么时候在他面前这样笑过，也不记得他什么时候有机会拿手机拍下来。这画面让我恍惚，这一切都让我觉得恍惚，他手机里的这一切痕迹，就像是凭空捏造，不，是我的错觉，我不可能看到这些，他也根本不应该存这些。

我一个功能一个功能地翻下去，我翻到邮件信箱，收件箱为空，发件箱为空，回收站里有一则短信，我调出来看。

日期还是几个月前，一个字一个字排在屏幕上：

"莫绍谦，你不接我的电话你会后悔的。童雪怀孕了，不过你别高兴。第一，你知道她和她的小男友旧情复炽，这孩子八成不是你的；第二，是你的你也见不着了，她已经去医院拿掉了。"

没有落款，发信人的号码非常陌生，我从来没有见过。

这个人是谁，我已经没有力气去想。我把手机扔开，像扔开一个烫手山芋。莫绍谦从来对我都不好，我是他杀父仇人的女儿，他恨我，恨透了我，所以他轻易就毁掉了我的一生。慕咏飞说过，他因为爱她做过很多事情，而我不过和苏珊珊一样，是他信手拈来的一颗棋。

他一直恨我，而我一直恨他。

我一直没有想明白，他是怎么突然找到酒店去的，现在才知道是有人告诉了他。可是这个人是谁，我根本没有力气去想。我只想离开这里，走得远远的。这里的一切都让我觉得害怕，也许他是故意——故意让我看到手机。他骗我骗得还不够，他折磨我折磨得还不够。他毁了我的一生还不够，他还贪婪地想要更多。我知道他有多恨我，我一直都知道。

我终于从房子里跑出去，仓皇得像是落荒而逃。我沿着路一直往前跑，一直到跑不动了才停下来喘气。隔很远才有一盏路灯，有薄薄的雾正从海上飘过来，远处的一切都是漆黑一片，只有海浪噬蚀沙滩的声音。我觉得更害怕了。这里太僻静，走很远才看得到一幢别墅，大部分房子没有人住，没有灯光，路上连一部车一个人也没有。

我连自己的脚步声都觉得害怕，我想妈妈，我想悦莹，我想有人来。可是不会有人来的，我跌跌撞撞地朝前走，像走在噩梦里，这一切都像是噩梦，我不知道怎么走出去。莫绍谦把我一个人扔在这里，我也不知道他到哪儿去了。如果他在，或者会好点，虽然他可怕，但没有比我一个人在这里更可怕的了。

路面上有细微的石子和沙粒，我的脚被硌得很疼。我只是迫切地想要找到人，可是我更害怕雾气里会冒出个妖魔，海浪声令我不寒而栗。我的背心发凉，冷汗直冒，我连走路都不敢大声，觉得一切漆黑的地方都会跳出个鬼怪来。

妈妈不会来救我，悦莹不会在这里，我想我快要哭了，只有莫绍谦。但他也不知道去了哪里，我走了很久仍旧没看到另一盏灯光。我怕得要命，路灯是坏了吗？是我走错了路，还是这附近已经没有路灯了？

我害怕极了，我听到自己的脚步声，却觉得更害怕。突然看到前方有个黑乎乎的影子从雾气里冒出来，四只蹄子踩在石子上嗒嗒作响，眼睛竟然发着红光。我吓得大叫一声，掉头就跑。我听到身后有急促的脚步声，那怪物竟然在追我。我越来越觉得恐惧，一切不好的念头全冒了出来，我跑得越来越快，终于跑到了路灯下，那怪物嚎叫起来，我才听出来是狗，原来是一条大狗。我一边跑一边回头，它朝着我直冲过来。路灯下可以看见它尖利的牙齿和身上斑驳的皮毛，这是一条野狗，不，这是一条疯狗！

我吓得要哭了，我大声地尖叫，可是没有人理我。我拼命往前

跑，疯狗一直追在后面，我慌不择路，根本不知道跑出了多远。我脚下全是软绵绵的沙子，我逃到了沙滩上，沙滩上也没有人。四处都是嶙峋的怪石，被海浪侵蚀得千奇百怪。我一直哭一直逃，远处礁石下似乎有人，没有月亮，海面反射着细碎的星光，我看不清楚那是个人还是块大石头，我抱着最后的希望朝着那方向奔去。我胡乱地叫喊着什么，也许是在叫救命，也许是在叫妈妈。但沙子里有石头，我被重重地绊倒，摔在了地上。

膝盖钻心一样地疼，我来不及爬起来了，我根本都不敢回头看，只会尖声大叫。那个黑影动了，是人，原来真的是人。他朝着我直冲过来，一定是听到我在叫喊。而那条疯狗终于追上来。我胡乱地抓起沙子朝它掷去，它退了两步，然后又扑过来。有人挡在了我面前，我只看到他一脚朝疯狗踹去，然后又拾起石头，砸得它呜呜乱叫。

# 【二十】

疯狗夹着尾巴逃走了。我还上气不接下气，那人伸手拽住了我的胳膊，他的声音熟悉而焦急："有没有咬到你？"

莫绍谦！竟然是莫绍谦！

我从来没有这样迫切地想要见到他，我从来没有这样庆幸是他。

我扑到他怀里，把脸藏在他胸口。他的心跳得又急又快，我的也是，我根本喘不过来气。但几乎是马上，他就把我抱起来了，抱到亮一些的地方。我的膝盖流血了，他按着我的骨头："怎么样？这样疼不疼？"

我还在哽咽："不疼。"

"骨头应该没事。"他问，"你怎么跑出来了？"

"我害怕。"我哽咽着说，"屋子里只有我一个人，我害怕。"

他还在仔细观察我的伤口："是摔的还是狗咬的？"

"是摔的。"

"它没咬到你？"

"没有……"我吸了吸鼻子。

他突然停下了一切动作，然后冷冷地说了句："活该！"

我的膝盖还钻心地疼，他已经扔下我要走开。我还抓着他的衣袖，他这么幸灾乐祸我都没觉得，我低声下气："你别生气了。"

"谁说我生气了。"他淡淡地说，把我的手拨开，走到一边去看海浪。

我哭得有些不好意思了，我的脚踝也崴了，根本站不稳。我刚跳了一步，就听见他说："你要再乱动，等脚肿起来，你就一个人待在这里。"

我只好讪讪地蹲下去，重新坐在沙滩上。

他不再理我，我也只能默默地坐在那里。

漆黑的海面上看不到任何东西，细碎的星光偶尔一闪，远处的岛

上有灯塔，笔直的光柱朝着悠远的大洋。海风吹拂着海浪，一波一波地叠向岸边，我觉得很冷，冻得发抖。

莫绍谦好像完全不为之所动，他就站在沙滩上，无数浪花碎在他脚前咫尺。夜风吹拂着他的衣袖，仿佛黑色的羽翼。因为高，我从来都是仰视他，现在他站着我坐着，我更是仰视。

"你看什么？"

他的声音还是那样不冷不热，我一直怀疑他后脑勺上也长了眼睛，都没有回头，就知道我在看他。

我含含糊糊地说："我在看……你在看什么……"

他回过头来，忽然对我笑了笑，我不是很确定，因为太黑了。他伸手指着灯塔的方向："很不错的天然良港，对不对？"

这就是普通人与资本家的区别，资本家无时无刻不在想赚钱，而我这种人，永远只能惴惴不安地猜着他的心思。我一点也不懂港口，更看不出什么是良港。

"当年我的父亲就是看中这里，希望做一个油轮港。因为在附近沿海的省市，已经有了几个大型的深水港，但那些基本是集装箱码头。如果可以在这里兴建大型油轮码头，所有从印度洋来的国际油轮，将比到宁波更节省航线。"

我有点听不懂，但他的声音中有种讥讽："四十万……不过是区区四十万。我父亲那样信任你爸爸，你爸爸却为了四十万就出卖了他！"

我瞠目结舌，我一直不知道原来就是这片大海，原来就是在这里，我们的上一辈开始了恩怨纠葛。

"前期工程已经开始，而他们煽动村民闹事，抗议油轮码头会有污染，然后说服政府改变规划，重新选址建码头。一环套着一环，计划真严密对不对？我父亲顶着酷暑飞来飞去，试图阻止或改变这个进程，最后他倒在机场里……再没能睁开眼睛。

"最终在离这里二百公里的地方新建了油轮码头。招标被独揽，整座岛变成了一座大油库。整个投资比我父亲当年的标底还要多出几个亿，在商言商，这一仗他们赢得真是漂亮。

"每当走到这里，每当看到这片大海，我就觉得我这辈子也无法原谅，原谅害死我父亲的那些人。"

我知道其中也包括我，因为我父亲，他永远不打算原谅我，所以才会对我说出这些话。他的眼中有闪动的泪光，或许是我看错了，因为他很快转过脸去。面对那一片漆黑的大海，波浪的声音像是一场疾雨，唰唰轻响着。

他一个人站在那里，又高，又远，天与海都是辽阔的背景，而他只有孤零零一个人。

我说不出来任何话，我从来没有想过太多，我一直觉得他是最恨我的那个人。可是他的手机里只有我的照片，那还是我睡着了他拍下来的。

我还记得他给我吹头发，那样暖的一点点风拂在我的脸上，我一直以为那是做梦。

他极力地压抑，压抑到我都觉得绝望，但现在我终于知道，比我

更绝望的原来是他。

我抬起眼睛来看他。

而他只是看着海面。

我不知道自己对这个男人抱有怎么样一种感情，从前我恨他，单纯而纯粹地恨他，后来我们互相厌憎，都希望对方可以在自己面前死掉。现在我不知道自己在想些什么，我爱过萧山，那样深沉那样无望，可是所有的一切都化成了命运的灰烬。

而我和莫绍谦，或许只是一场注定了纠葛不清的孽缘。

我们在沙滩上一直坐到天色发白，大海渐渐露出它广阔的天际线。海和天的分别渐渐明显，大海是深蓝近乎墨黑，而天空是墨黑近乎深蓝。

东方有很刺眼的彩霞。

我的脚踝肿到老大，根本不敢落地。

清晨的风比午夜的风更冷，我冻得都麻木了，试图自己站起来，努力了几次都是徒劳。他终于走过来，在我面前蹲下。我看着他的背，有点说不清道不明的情绪。可是总不能在这里坐一辈子。我被他背在背上，背回别墅去。海浪还是一声迭一声地压上来，身后的沙滩上只留下他的脚印，清晰地烙在湿沙里，然后被海浪渐渐舔舐干净，再也看不见。我搂着他的脖子，被他摇晃得像个小孩子，快要在他背上睡着了。

我的脚用冰块敷了大半天，没有明显的好转，也没有明显的恶化。莫绍谦去买了正红花油，擦得我泪眼汪汪，他的手不是一般的重。

可是也不知道是正红花油有效果，还是他那手重的按摩有效果，到晚上的时候我的脚终于敢落地了。

但我感冒了，在海边被冻了大半夜，开始只是嗓子疼，第二天起来就头晕发烧咳嗽，窝在床上软绵绵像煮熟的面条。莫绍谦很快被我传染，我们两个各自捧着大杯子喝冲剂，然后根本懒得去买菜，只是煮白粥来吃。

没有任何佐菜的白粥其实是甜的，我喝了三天的白粥，几乎喝得都快升仙了，感冒终于有好转的趋势了。吃过感冒药做什么事都晕乎乎的，我一时勤快把莫绍谦换下的衣服塞进洗衣机，结果把他的钱包也洗了。

莫绍谦午睡起来的时候，我正把湿透了的钞票贴得满落地窗玻璃都是。

我对他讪讪地笑："银行卡估计没有事……"

我把他的照片也洗了。他放在钱包里很小的一帧合影，年轻的父母抱着小小的婴儿，婴儿漆黑的眼睛依稀可以看出成年后的影子，没想到莫绍谦小时候是个胖乎乎的苹果脸，脸上竟然还有红晕，看上去像个小女孩。这也是我第一次看到莫绍谦的父亲，成年后的莫绍谦长得非常像年轻时的他，两人都是典型的北方男子，眉宇间有种凛冽的气质。

我本来把那张照片贴在玻璃窗上晒干，但晒到一半它就掉在了窗台上。莫绍谦将它拾起来看了看，出人意料地没有对我发脾气。

我有些不安地看着他，终于鼓起勇气，对他说："对不起。"

这声"对不起"或许已经迟了十余年。莫绍谦没有回头看我，他只是低头注视着那张照片，过了很久，他才说："和你没有关系。"

在海滨的这段时间，可能是我和莫绍谦之间相处最平和的日子，虽然感冒占去了大部分时间，但难得不再吵架。我想他大约懂得我的意思，我们之间也不过只有十二天了，这十二天像是凭空多出的一截生命，让我们可以心平气和地与对方相处。虽然我看到那片广阔的海域就会有种莫名的歉疚，如果我爸爸没有做出那样的事，或者这里早已经成了大型的港口码头，一切都会变得不一样，包括我和莫绍谦的生活。

我没有在他面前提过他手机的事，我更没有在他面前提起慕咏飞，他也不提，我想如果他与慕咏飞的婚姻真的只是一场交易，那么这肯定是他最难过的地方。

而我和他也只有这十二天而已。

天气晴好的时候莫绍谦会去海边游泳，我被海边的太阳晒得又黑又瘦，但我学会了捉沙蟹，还学会了挖蛤蜊。这些东西每天都被我们吃掉了，莫绍谦做蟹粥简直是一绝，我觉得他大有当厨师的前途。我虽然笨，也学会了用微波炉做蛤蜊，淋上一点点酱汁，非常鲜美。

莫绍谦应该非常喜欢我系着围裙的样子，因为每次我在厨房做事的时候，他总会从后面抱住我，那是他待我未曾有过的温柔举动。从落地的玻璃里我可以看到自己的影子，我系着围裙的样子，或者像个最寻常的家庭主妇。而他的怀抱，其实很温暖。

我们没有继续分房睡，好像是最自然而然的事情。我终于习惯了和莫绍谦同床共枕，或者说，他终于习惯了床上多了一个我。有时候深夜我偶尔醒来，他总是还没有睡着，眼睛看着天花板。我的睡相老是不好，大半个人压在他身上，他肯定是被我压得睡不着。我觉得歉疚，往床里面挪了挪，问："你怎么不睡？"

他通常并不回答我，只是让我快点睡。

在海滨的最后一晚，我照例在半夜醒来，莫绍谦却不在房间里。落地窗帘虽然拉上了，可是仍旧听得到隐约的海浪声。卧室里格外寂静，听得见我自己的呼吸和心跳。我以为他去了洗手间，等了一会儿不见他回来，我终于忍不住伸手把台灯打开，温暖的橙色光晕中，窗帘被晚风吹得微微拂动，海风腥咸的气息我早已经习惯，海浪在安静的夜晚声声入耳。我不知道莫绍谦到哪里去了。

我在楼下找到他，他一个人坐在黑暗里抽烟。客厅比二楼卧室更漆黑一片，如果不是他烟头上的那点红芒，我差点都看不见他。

我穿着拖鞋，走路几乎连自己都听不到任何声音，他却偏偏看见了："醒了？"

我摸到沙发前，藤制家具有种特有的清凉触感，我摸索着坐下来，看他将烟掐熄了，又点上一支，于是问："你怎么不睡觉？"

他说："我坐一会儿，抽支烟。"

我磨磨叽叽蹭到他旁边，看他没有赶我走的意思，于是我胆子也大了点，把他嘴上的烟拔了下来，我试着吸了一口，微凉，很呛。

他在黑暗里笑，因为我感觉到他胸腔的震动。我靠在他身上，软软的是他的肚皮，硬硬的是他手臂的肌肉。

232

"原来就是这味道……"我把烟捻在了烟灰缸里，"一点也不好闻。"

"那你以为是什么味道？"

我没有说话，只是抬起头来吻他。这是我第一次心甘情愿地主动亲吻他，不沾染情欲，没有动机，只是纯粹地想要吻他而已。烟味带点苦苦的，他身上的气息永远是清凉的芳香，那种香水的味道很淡，被海风的味道淹没了。我抱着他，像无尾熊抱着树，他的胸膛宽阔，让人非常有安全感。

过了很久，我才听到他微微沙哑的嗓音："好女孩子不应该这样。"

"你这是什么古董观念？你没听电影里说，90后都出来混了，我都多大年纪了。"

"我是说抽烟。"

"我也是说抽烟。"我很鄙薄地斜睨了他一眼，反正黑漆漆的他也看不见，"你想到哪儿去了？"

他没再跟我斗嘴，而是用行动告诉我他想到哪儿去了。

早晨的时候我醒来，发现自己还睡在沙发上，却是独自一个人。我睡得头颈都发僵，全身的骨头都似乎散了架。我真的老了，在沙发上趴一夜原来这样难受。我爬起来上楼去，却看到莫绍谦已经把行李收拾好了。他看到我站在门口，连头也没抬："走吧，去机场。"

原来十二天已经过去了。

我看着他的样子都有点发怔，他已经换了衬衣，虽然没有打领带，可是与海边休闲的气氛格格不入。我终于知道，一切都结束了。

我一直以为这个月会非常漫长，直到一切结束，我才觉得没有我想象的那样长。我不知道自己是一种什么样的心情，如释重负？也并不觉得，反而有种异样的沉甸甸，甚至带着一些失落。他很轻易就从这一切中抽离，而我就像演员入戏太深，到现在还有些回不过神。我想我大约是累了。最近这几个月，我经历了太多的事情，我真的累了。

我们回到熟悉的城市，下了飞机有司机来接。天空下着小雨，北方的暮春难得会下雨。司机打着伞，又要帮我们提行李，莫绍谦自己接过那把黑伞，阻止了司机拿我的行李箱。他对我说："你回学校去吧。"

我跟学校多请了一周的病假，可是今天也到期了。

"我选了化工厂那份，我手头有个化工项目，正好谈得七七八八了，你可以直接拿过去，余下的事自然有人办。"

我看着他，他没什么特别的表情，语气也淡淡的，像在说件小事："合同在你的行李箱里，你拿给刘悦莹的父亲，他是内行，一看就知道了。"

我怔怔地站在那里，雨丝濡湿了我的头发，有巨大的波音飞机正在腾空而起，噪音里他的声音并不清晰。而细密的雨中，他的脸庞似乎也变得不甚清晰。

"童雪，这是最后一次。"他稍微停了停，"我希望你以后再也不要来找我了。"

他转身就上了车，司机接过雨伞替他关上车门，车子无声无息地

234

驶离，在我的视线里，迈巴赫渐渐远去。细密的雨丝如同一张硕大无朋的玻璃帘幕，将天地间的一切都笼在浅灰色的薄薄水雾里。

我看着我脚边小小的旅行箱，雨水丝丝落下，它上面全是一层晶莹的水珠。这只箱子还是三年前莫绍谦买给我的，他说这箱子女孩子用刚刚好，正好可以装下衣服和化妆品。其实他买给我的东西真的挺多的，这三年里，我拥有所有最好的一切，在物质上。所有的东西我都留在公寓没有带走，当时我一心只想摆脱与他的关系，再不愿意与他有任何交集。

# Chapter 04

念去去经年

# 【二十一】

我拎着行李搭机场快线回学校，中间要换两次地铁。不是交通的高峰时段，人也不多。车厢里难得有位置可以坐，我这才想起拿手机给赵高兴打电话："合同我签到了。"

赵高兴没有我想象中的高兴，他只是说："童雪，谢谢你，不过现在不需要了。"

我的心猛然一紧，我问："怎么了？出什么事了？"

我追问他几遍，他只是说："你回来就知道了。"

我出了地铁就打车回学校，出人意料的是悦莹竟然在寝室里。她一见到我就给了我一个大大的拥抱，捶着我的背说："这几天你跑哪儿去了，你的手机一直关机，担心死我了！"

因为怕辅导员发现我不在本地，所以在海滨的时候我把手机关了。一个多月没见，悦莹似乎一点也没变。我又惊又喜地抱着她："你怎么回来了？"

"先别说这个，我正想吃西门外的烤鱼，又没人陪我。走，快点，我们去吃烤鱼！"

悦莹拖着我跑到西门外去，等到香喷喷的烤鱼上桌，悦莹才似乎异样轻松地对我说："我跟赵高兴分手了。"

我惊得连筷子都掉在了桌子上，连声问："为什么？"

"我爸得了肝癌，现在是保守治疗，医生不推荐换肝，说是换肝死得更快。"

我傻傻地看着她。

悦莹语气平淡，像是在讲述别人的事情："我那暴发户的爹还一直想要瞒着我，直到我发现他在吃药，才知道原来他病了快半年了。"

我握着悦莹的手，不知道该说什么才好。

"我回家一个多月，天天跟着他去办公室，我才知道他有多累。这种累不是身体上的，完全是各种各样的压力。那么大一摊子，公司内内外外，所有的事都要操心。我现在才知道他有多不容易，以前我老是跟他怄气，恨他不管我，恨他那样对我妈，我妈死了六七年了，我一直以为他会娶别的女人，所以我拼命花他的钱，反正我不花也有别人花。我就是败家，我就是乱花。二十岁的时候他问我要什么生日礼物，我说要直升机，我料定这么贵的东西他会不舍得，可是他还是买给我了。

"我叫他别拼命赚钱了，他说我这么拼命也就是为了你，我就你这么一个女儿，我把事多做点，将来你或者可以少做点。这一个多月我陪着他一起，才知道做生意有多难，他这么大的老板了，一样也得看别人脸色。所有的矛盾还得处理，公司的高管们分成好几派斗个不停，外头还有人虎视眈眈，冷不丁就想咬上一口。而我什么都做不了，只能在办公室陪着他。他说：'乖囡啊，侬要嫁个好男人，爸爸就放心了。'

"我和赵高兴在一起，真的是很轻松很开心，可是我知道高兴不适合做生意。我以前觉得谁也不能拆散我和赵高兴，但是现在我终于知道，我出生在这种环境，注定要背负责任。公司是我爸一辈子的心血，我怎么忍心在自己手里败掉。他现在顶多还有三五年好活，这三五年里，我只有拼命地学，学会怎么样管理，学会怎么样接管公司。我妈死的时候那样灰心，因为对她而言，最重要的是我和我爸。而对我爸而言，最重要的是事业和我。我已经没有妈妈了，因为妈妈我恨过我爸，可我不希望我爸死的时候也那样灰心。"

我想不出任何语言安慰悦莹，她这样难过，我却什么都没法做。她默默地流着眼泪，我陪着她流泪。过了好一会儿，悦莹才把餐巾纸递给我："别哭了，吃鱼吧。"

我们两个食不知味地吃着烤鱼，悦莹说："我打算考GMAT，我想申请商学院，多少学点东西，然后再回国跟着我爸一段时间，能学多少是多少。"

"跨专业申请容易吗？"

"不知道，不行就拿钱呗。"悦莹似乎重新轻松起来，"我那暴发户的爹说过，这世上可以拿钱解决的问题，都不是问题。"

回到寝室我整理行李，衣服全都拿出来，箱子底下果然有份合同。我蹲在那里，拿着它不由自主地发呆，悦莹看见了，有些诧异地接过去："怎么在你这里？"

我没作声，悦莹已经翻到最后，看到莫绍谦的签名顿时瞪大了眼睛："你怎么又去找他？"

我看着这份合同，我再次出卖自己出卖尊严签回来的合同，到现在似乎已经无用了。

悦莹说："谁说没用了，你这么下死力地弄回来，再说莫绍谦本来就欠你的！我拿走，我给你提成！你别申请什么贷款了，这个合同签下来，我那暴发户的爹该提多少点给你啊！"

她拿手机噼里啪啦地按了一会儿，给我看一个数字，然后直摇我："童雪！童雪！有这钱你连将来出国的费用都够了！"

我没有想过是这样的结果。

晚上的时候我躺在床上，睁大了眼睛看着天花板。我没有想到悦莹会放弃赵高兴，在我心目中，真正的爱情是永远不能被放弃的，可是悦莹的语气非常的平静："我是真的爱他，可是真的相爱也不能解决实际的问题。我选择的时候很痛苦，非常非常痛苦。离开赵高兴，或者我再找不到可以这样相爱的人了，但我没办法放弃我爸用尽一生心血才创立的事业。"

从她身上，我想到了莫绍谦，当年他中断学业回国的时候，是不是和悦莹一样的心态呢。

蒋教授对我说过，结婚的时候莫绍谦说，他这一生也不会幸福了。

一生，这么绝望，这么漫长，是怎样才能下定决心，牺牲自己的一生。

我的胸口在隐隐发疼，在T市离开萧山的时候，我也觉得我这一生不会幸福了。只有经历过的人，才知道那是怎样的一种痛苦。

我没有想过，莫绍谦也经历过这样的痛苦。

可是我和他的一切已经结束了，孽缘也好，纠葛也好，都已经结束了。

悦莹的爸爸还真的挺慷慨，没过几天悦莹拿了一张银行卡给我："你的提成。"

我不肯要，悦莹没好气地塞在我手里："就你傻！为了我还跑回去找那个禽兽，别以为我不知道你受过什么样的委屈。"

"也没什么委屈。"

悦莹说："这样的合同莫绍谦肯随便签字吗？亏你还敢回头去找他，你也不怕他把你整得尸骨无存！"

我说："也别这样说，真的算下来，总归是我欠他的多。"

悦莹戳我脑门子："就你最圣母！"

悦莹现在跟她父亲学着做生意，在我们学校所在的城市，也有她爸爸的分公司。悦莹没有课就去分公司实习，一直忙忙碌碌，商业圈内很多事情她渐渐都知道了，有时候她也会对我说些业内八卦。

可是有天她回学校来，逮着我只差没有大呼小叫："原来莫绍谦是慕振飞的姐夫，天啊，这消息也太震撼了，我当时都傻了，你知道吗？"

我点点头。

悦莹又问："那慕振飞知道吗？"

我又点点头。

悦莹一副要昏倒的表情，说："这简直比小言还狗血，这简直是豪门恩怨虐恋情深，这简直是悲情天后匪我思存……幸好我和赵高兴分手了，很少有机会和慕振飞碰见了，不然见了他我一定会忍不住……"

她话说得非常轻松，可是我知道她还没有忘记赵高兴。

有天晚上我和她到西门外吃饭，远远看到了赵高兴，我都还没看到，结果她拖着我就跑，我们俩一直跑到明月湖边，她才松开我的手。

她笑着说："这叫不叫落荒而逃？"

我看着她一边笑一边流眼泪，不知道该怎么安慰她，只能抱着她，拍着她的肩。

那天晚上悦莹靠在我的肩头哭了很久很久，我们坐在初夏湖边的长椅上，湖中刚刚生出嫩绿的荷叶，被沿湖新装的景观灯映得碧绿碧绿。无数飞蛾绕着灯光在飞舞，月色映在水面，也被灯光照得黯然，湖畔偶尔有两三声蛙鸣，草丛里有不知名的小虫在吟唱。校园四季风景如画，而我们正是绮年锦时。

我一直觉得我运气真的太差，可是也没想到不仅仅是我自己，连悦莹都没有办法和她所爱的人在一起。

有关莫绍谦的消息也是悦莹告诉我的："听说他真的要和慕咏飞离婚了。"

我很漠然地说："和我没关系。"

悦莹白了我一眼，说："这么大的事，能和你有关系吗？你又不是陈圆圆，难道是为了你冲冠一怒为红颜啊？不过我觉得莫绍谦这次真是犯傻了。对慕家而言也是一样。商业联姻互相参股，到了最后，其实是一损俱损一荣俱荣。要是真的闹翻了脸，对他和慕家都没好处。"

悦莹不再像从前那般没心没肺，说起话来也总从商业角度或者利益角度考虑。我觉得她也许可以做到，将来真的成为一个女强人。

我想起蒋教授说过的那些话，她让我忘记的话，现在我却都清楚地记起来了。蒋教授说慕咏飞总是逼迫他太紧，总是试图控制他，结果终于闹成了眼下的僵局。

周末悦莹和一堆企业家吃饭去了，我独自在寝室里，却接到了萧山的电话。

看到他的号码时，我几乎以为自己看错了。

他似乎站在非常空旷的地方，他的声音显得非常遥远："童雪，你能不能来下附一医院？"

我猛然吃了一惊，连说话都变得磕磕巴巴，我只顾得上问他："你还好吧？怎么在医院里？出了什么事？"

萧山说："我没事，是林姿娴想见见你。"

我不知道林姿娴为什么要见我，萧山在电话里也没有说，他只告诉我他在医院大门口等我。我满腹狐疑，匆匆忙忙就跑到医院去了。

从我们学校北二门出去，隔着一条马路就是附属第一医院，我站在马路这边等红灯，远远就看到了萧山。他站在医院临着马路那幢五六十年代苏联式红砖楼前，路灯将他整个人照得非常清楚，虽然远，可是无论在什么时候，我总是可以一眼看到他。

萧山也看到了我，他往前走了一步，可是被连绵不断的车流隔断了。身边的信号灯在"噔噔噔"地响着，终于换了绿灯。

我被人流挟裹着走过了马路，一直走到他的面前，我问他："怎么了？"

他的脸色非常疲惫，仿佛遇上什么不好的事情。

我知道事情很糟，可是我做梦也没想到会糟到这一步。

我在单人病房里见到林姿娴，她吞下整瓶的镇静剂，然后又割开了静脉，如果不是萧山发觉不对，旷课赶过去砸开门，她大约已经死掉了。

她躺在病床上，脸色苍白得没半分血色，她看到我后笑了笑，笑得我都觉得心酸。

我安慰她："你别想太多，现在科技发展这么快，说不定三五年后新药就出来了……"

"我这是活该，我知道。"她的声音还算平静，只是显得有些呆滞，"这是报应。"

"你别胡思乱想了……你又没有做错过什么。"

她径直打断我："你怀孕的事，是我告诉了慕咏飞……"

我做梦也没想到，会从林姿娴嘴里听到慕咏飞的名字，她们本来是八竿子打不到的两个人，她们应该素不相识。

"那张照片也是慕咏飞给我，让我发到你们校内BBS上的。她说你再没脸见萧山，她说你贪慕虚荣被莫绍谦包养，你破坏他们夫妻感情，是可恨的小三。我一时糊涂，就用代理IP发了，然后又发帖说你是有钱人的二奶……可是后来你一打电话，萧山就走了。我怎么都找

243

不到你们，慕咏飞说……让一个人痛苦，并不用让他死去，因为死亡往往是一种解脱，只要让他绝望，就会生不如死。我听了她的话，被她鼓动，我去找你们……"她的脸上有晶莹的泪水缓缓淌下，"童雪，这一切都是我的报应。萧山他真的非常爱你，那天晚上他喝醉了，我把他带回去，他抱着我说：'童雪，我错了。'说完这句话，他就睡着了。他根本就没有碰过我，就在我那里睡了一夜，仅仅那一夜，他也没有碰过我。从那个时候我就知道，我永远也无法赢你。

"我自暴自弃，每晚泡吧，跟很多陌生人交往……我怀孕了，却不知道孩子的父亲是谁……我一直觉得厌倦，厌倦自己为什么要这样……在T市的时候，我对着你和萧山说我怀孕了，我看到你们两个的脸色，我就知道我错了……童雪，这是我的报应……是我对不起你和萧山……是我的报应……"

我看着她恸哭失声，这样优秀的一个女孩子，其实也只是为了爱情，一失足成千古恨。

我还一直记得在高中时代的那个她，那时候她是多么的可爱，多么的美丽。她和所有的人都是好朋友，连我这样孤僻的人，都能随时感受到她的热情与活泼。

怎么会变成这样呢？

不过是区区三年，怎么会变成这样呢？

我没有办法再安慰她，因为医生进来催促她转院，理由是这里只是附属医院，希望她转到更为专业的医院去。

医生穿着防菌衣，戴着口罩，口口声声说道："我们不是歧视，只是这里大部分病人都是学生和老师，为了更多病友的安全……"

林姿娴哭得连头都抬不起来，我很冲动地抱住她的肩，拍着她的背。萧山很愤怒："你还是医生，你比我们更懂得医学常识，你怎么能说出这样没医德的话来？"

"请到办公室办理转院手续。"

医生抛下我们走了，林姿娴像个孩子一样，在我怀里哭得喘不过气来。

我和萧山帮她办转院，一直弄到半夜才弄妥。大医院的床位总是没有空余，最后还是萧山想起来，林姿娴帮他姥姥找医院的时候，给过他一个熟人的电话。

最后靠那位熟人打了个电话，我们才等到救护车把我们接走。

林姿娴暂时没有生命危险，入院手续办完后，医生说她再观察几天就可以回家，可是看到她凄惶的眼神，我知道她再也回不到从前。她像孩子般苦苦地哀求我："你不要怪萧山，他是被我骗了，你们本来就应该在一起。求你了，你不要怪萧山。"

我从来没有怪过萧山，哪怕他当年说要分手，年少气盛的时候，我们都以为对方不会离开。

可是只是一瞬的放手，我们就被命运的洪流分散，再也无法聚首。

我知道我和萧山即将再次分开。横在我们之间的，不止有三年时光，不止有我那不堪的三年，现在还有了林姿娴。

我们无法再心安理得地站在一起。我知道萧山，萧山知道我，我们都知道。

从医院出来已经很晚了，北方初夏的凌晨，夜风掠过耳畔，仿佛秋意般微凉。萧山在人行道上站住脚，问我："想不想喝酒？"

我点点头。

我们随便找了家小店，是个四川馆子，大半夜了只有几个民工模样的人在店里吆三喝四，吃得有滋有味。我们点了盆水煮鱼，老板娘很厚道地说："行了，你们吃不完。"

真的很大一盆，满满的不锈钢盆端上来，果然两个人吃不完。小店里没有太多种白酒卖，我说："就二锅头吧。"

清亮的白酒倒进一次性的塑料杯里，萧山一口将杯子里的酒喝去了大半，他喝酒真的像喝水一样啊。我说："别这样喝，这样喝伤胃。"

他对我笑了笑："伤心都不怕，还怕伤胃？"

我不知道还能对他说什么，所以我也喝了一口酒，火辣辣的感觉从舌尖一直延伸到胃里，几乎是一种灼痛。

我们两个沉默地吃着水煮鱼，很辣，味道挺不错的。酒也辣，鱼也辣，我被辣得连眼泪都快流出来了。我连忙低头，可是一低头眼泪像是更忍不住，于是我又抬起头来，吸了口气。

萧山看着我，似乎是喃喃地说："你别哭。"

我胡乱夹了一大筷子豆芽："谁说我要哭了，是辣得。"

萧山说："别吃豆芽了，那个更辣，吃点鱼吧。"

因为中学时代我又高又瘦，所以有个绰号叫雪豆芽。这还是林姿娴开玩笑给我起的外号，因为那时候我很白，这个绰号也没什么恶意，那时候我们班上大部分人都有绰号，就像萧山叫罗密欧，林姿娴叫朱丽叶。

想到林姿娴，我的眼泪终于落下来了，她和我一样，今年才二十一岁而已。

萧山没有再劝我，他只是慢慢地把酒喝完，然后又给自己斟上一杯。

我胡乱地把眼泪抹了抹，也一口气把酒喝掉了。

以前总听人说借酒浇愁，今天晚上才知道在积郁难挨的时候，能喝酒真是一件好事。我们两个都喝得很快，没一会儿一瓶就见底了，萧山叫来老板娘，又拿了一瓶来。

这瓶酒喝没喝完我不知道，因为后来我已经喝醉了。

我还能知道自己喝高了，萧山跟老板娘结账，我还听到这盆水煮鱼要八十八块，后来他上来搀我，我说："没事，我自己可以走。"话音没落，我就撞到店门玻璃上去了，幸好玻璃结实，我也就是被碰得闷哼一声。到了人行道上被冷风一吹，我两条腿都不知道该怎么迈了。

最后我是被萧山背回去的，幸好凌晨两三点钟，路上没有什么人。我觉得晃晃悠悠，被他背在背上，还惦记着："别回学校，被人看到了不好。"

我觉得这晕晕乎乎的感觉似曾相识，也许小时候跟着父母去看电影，也曾被爸爸这样背回家。我脑子里什么都没有，整个思维都像是被掏空了，我觉得累极了，这一年来发生的事情比一辈子还要多，我

真的觉得累极了。我趴在他背上睡着了。

悦莹经常在我耳边念叨，大学女生宿醉醒来只需要注意两件事，钱包和贞操都在就行。我从宿醉中醒来，看到陌生的天花板，只觉得头疼。上次喝得这样醉，好像还是陪莫绍谦吃饭，我还吐在他车上。

酒店的床很软，而我穿着紧绷的牛仔裤睡了一夜，连脚都肿了。我爬起来，看到自己的包放在床头柜上，包上搁着张便笺纸，我认出是萧山的笔迹："童雪：我先回学校了。林姿娴的事你别难过了，你自己多保重。"

我和萧山就是没缘分，连酒后都乱不了性。

我用冷水洗了个脸，看着镜中的自己。我的眼睛肿着，整个脸也是浮肿的，我二十一岁，眼神却比任何人都要苍老。因为相由心生，我的心已经老了。

# 【二十二】

我忍着头疼回到学校，周六的上午，整个校园都充满了慵懒的气氛，我走进宿舍楼里，连这里都安静得异常。有迟起的女生打着哈欠在走廊上晾衣服，有人耳朵里塞着耳机，踱来踱去似乎在背单词。我们寝室静悄悄的，另外两个女生都是本地人，她们昨天就回家去了。

悦莹似乎也没有回来睡，我倒在自己床上，蒙上被子。

我补了一场好觉，睡到悦莹回来才醒。她说："你双休都不出去玩？"

其实我觉得自己也蛮可怜的，双休日都没有地方可以去。悦莹一走我就落了单，现在她经常很忙，所以我总是孤零零一个人。

我没有告诉她林姿娴生病的事，因为她也认识林姿娴，我想林姿娴不想任何人知道。

悦莹却一脸正经，坐在我床前："有件事我不知道应不应该告诉你。"

我勉强打起精神："你昨晚的饭局认识帅哥了？"

悦莹推了我一下："去你的！我现在一心打江山，哪有工夫理会美人。我是听说莫绍谦他们公司最近的财务报表有点问题，而且是很大的问题。"

资本家做生意也会亏本吗？

我向来不懂生意上的那些事，我对此一点天分也没有，最后悦莹跟我讲了半天，我也只听懂了目前莫绍谦处境困难，而且是内外交困。

"听说他和他太太闹得很僵。你知道慕家在商业界的地位，哗——上次网上八卦慕振飞他们家，那才八出来九牛一毛……"

我不想听到"慕"这个姓氏，一点也不想。我想到慕咏飞三个字就害怕，真的，我害怕她。虽然只和她见过一面，虽然她是个大美人，但我一想到她那温柔的笑容，我就直起鸡皮疙瘩，我情愿一辈子

也不要再见这位美人。

这世上的事从来就是怕什么来什么，等见到慕咏飞的时候，我才知道自己有多傻。

慕咏飞和上次我见到她时一样，仍旧光鲜亮丽、温柔款款，而我实在不明白她还要约我做什么。

慕咏飞说话还是那样和气，她甚至替我点了栗子蛋糕："童小姐，这家店的这种蛋糕最有名。"她的语气似乎是在向闺密推荐心爱的甜点，我却有种莫名的恐惧，仿佛是警惕。我很客气地向她道谢，拿着勺子却对那块色香味俱全的蛋糕毫无胃口。

慕咏飞漫不经心地呷了一口红茶，忽然对我嫣然一笑："放心，这蛋糕不会有毒的。"

我抬起眼睛来看着她，上次我一直觉得心虚，都没敢正视她。这次我非常仔细地观察着她。她的瞳仁是漂亮的琥珀色，整张脸庞五官非常的柔美，是个标准的美人。可是她实在是高深莫测，比较起来，我觉得更多的是害怕，我本能地害怕她。

我很直接地告诉她："上个月我只是有件事情不得不请莫先生帮忙，现在交易已经结束了。你放心吧，以后我不会再找他，他也不会再理我。"

她对我露出迷人的笑容："我知道你是为了什么事情，我也知道你已经达成了你的目的。至于更具体的，我没有兴趣知道。但有件事情你或许不明白，我和莫绍谦之间的关系不仅仅是婚姻那么简单，他要做蠢事，可不能拖着慕家陪着他一起，我也不打算奉陪，所以我会用最有效的方式来解决这件事。童小姐，我希望你可以知趣。"

我脱口说："他要离婚这件事与我没有任何关系。"

我看到慕咏飞的瞳孔急剧收缩，在这一刹那她几乎失态，但她旋即笑起来："童小姐，我还真是低估了你。原来我觉得你就是个傻瓜，现在看来，你比傻瓜倒还强一点点。"

她的用词非常尖刻，我无动于衷。反正在他们这种聪明人眼里，我一直就是笨蛋，笨也没什么不好。

"是，他确实是要和我离婚，我的父亲几乎震怒。当年是慕家将他从绝境中拯救出来，是慕氏提供给他资本，让他完成对其他股东的收购。他现在这样做，明显是忘恩负义。"

我说："如果你要骂莫绍谦，请当面去骂他。"

慕咏飞笑起来，她的笑声又清又脆，她的笑容也非常美，可是她的声音就像是插进冰块的刀子，又冷又利："你可撇得真干净，有时候我一直在想，你到底是真傻，还是在装傻。不过我也不想和你多说废话了，莫绍谦现在的情形你大概还不知道吧？我可以坦率地告诉你，现在的局已经布得七七八八，随时可以将他兜进网里。这还得谢谢你，本来他在金融业上亏了一点钱，也不算动摇根本，可是这当头你拿了一份合同来，莫绍谦竟然还真的签了。这可真令我想不到，我不得不承认，他还真是对你不错，竟然心甘情愿地做这种蠢事，你知道这意味着什么吗？"

她的话就像是一把剑，慢慢地一点一点刺进我的心口，让我吸了一口气："你和悦莹的父亲是一伙的？"

"你是说刘先生？哦，说你傻吧，你也不傻，说你不傻吧，你还真傻。"慕咏飞露出满是嘲弄的笑容，"不过看到你助了我们一臂之力，让我有机会将莫绍谦逐出董事会，我想我会很感谢你的。"

我的心揪起来，我怎么也没有想到自己又中了圈套，我一直以为即使合同的事是圈套，也会是莫绍谦设下的，但我没有想过慕咏飞会这样。我知道事业对莫绍谦意味着什么，当初他就是因为他父亲留下的事业，才答应与慕咏飞结婚。如果失去这一切，可能比杀了他还难受。

"你明明爱他，为什么还要这样对他？"我看着慕咏飞。

慕咏飞出人意料地大笑起来，她似乎笑得畅快淋漓："爱他？是，在这世上，只有我最爱他。十年前我对我父亲说，如果你不让我嫁给莫绍谦，我就死给你看！我逼迫我父亲动用财力帮助他，可是他是怎么对我的？从新婚之夜开始，他就从来没有碰过我！对于一个女人而言，对于一个妻子而言，还有比这更大的侮辱吗？"

我看着她近乎失态的模样，一时说不出话来。

"他觉得他的婚姻是一种牺牲，而我又何尝不是？我忍了十年，在这十年里，我想尽了一切办法，可是他根本就是恨我。他觉得慕氏当年的帮助其实是一种奇耻大辱，而他被迫接受这种帮助，更是奇耻大辱。为了这种荒诞无稽的逻辑，他将我拒在千里之外。因为爱他，我一直忍，我一次次满怀希望，然后又一次次失望。到现在我忍无可忍——既然如此，我成全他！"

我不知道自己是种什么样的心情，对着这个近乎疯狂的女人，我内心五味杂陈。我一直不知道莫绍谦与她的关系原来是这样，上次她对我说的那些话，我还一直信以为真。可是她真的做了这样的事，那就是将莫绍谦逼入绝境。我喃喃地说："你这样，他会死的。"

她已经渐渐恢复那种从容和镇定的模样，谈笑间甚至有种异样的妖媚："是啊，莫绍谦是多么骄傲的人，十年前为了收购，他肯和我结婚，已经是他这一生最大的耻辱。如果这次我真的下狠手，没准他会从写字楼顶跳下去。"

我心里猛地一缩，看着慕咏飞，她噗地一笑："别这样可怜兮兮地看着我，你这样子真是我见犹怜。其实他死不死跟你有什么关系呢？你仇也报了，钱也到手了，现在他死了，你正好远走高飞。是你亲手推了他最后一把，他摔得粉身碎骨，你不也正好称心如意？"

我吸了一口气，觉得非常非常难受："我没有这样想过。"

"我知道你爱的是那个萧山。"慕咏飞闲闲地道，"你们有情人应该终成眷属。其实我也不想做得太绝，只要你去跟莫绍谦说，合同的事是你故意骗他签的，而且你打算毕业后就和萧山结婚。你做了这件事，我就会放过莫绍谦这一次。"

我完全不懂她的所作所为："为什么？"

她笑盈盈地看着我："你去明明白白地告诉莫绍谦，你和萧山要结婚，还有合同的事情是你骗他，这样你们就再没有死灰复燃的可能，我就是图个心安。"

我本能地非常反感："我不会去对他撒谎。"

慕咏飞看着我，她笑起来的样子真美，可是从她唇间吐出的每一

个字都是那样寒气逼人："我给你十天时间，这是你最后的机会。你要是不肯去，我也可以坦然地告诉你后果。我自幼受到的教育是，已经无法掌控的事物，要么彻底放弃，要么干脆毁掉。你猜猜对于莫绍谦，我会选哪种？"

我犹豫了几天拿不定主意，悦莹非常忙，我也不忍心问她。我甚至不敢去想她的父亲到底是真的病了，还是在骗她。她放弃了自己和赵高兴的感情，如果她和我一样，被至亲至敬的人出卖，一定会觉得痛不欲生。

这世上我们都不是聪明人，我们总是以为自己能够坚持做对的事情，但在现实面前，悦莹和我一样，都天真得可怜。

我在网上搜索新闻，因为金融危机，出口业遭受沉重打击，一连串的反应导致全球航运、码头吞吐等都受到很大的影响。我能找到的资讯有限，唯一能显出蛛丝马迹的，就是某上市公司挂牌，公告莫绍谦出让了大笔股份，他一定是真的缺钱。我实在忍不住了，想给莫绍谦打电话，可是每次拿起手机，总会想起那天在机场他对我说："我希望你以后再也不要来找我了。"

我也希望自己永远不要去找他。

晚上我做了一个噩梦，梦到莫绍谦真的从摩天大楼楼顶跳下来，摔得血肉模糊。他的脸上全是血，我努力想把他扶起来，他却一直对我笑，血流了他的满脸，他的笑容那样诡异，而我双手沾满了他身上的血……我一直哭，一直哭，直到哭醒。

这或许是我第一次为了他而流泪，当我醒来的时候，整个人仍旧在痛楚中心悸。我无法承受这样的场景，如果不是我，他不会落到这步田地。我爸爸出卖了他的父亲，然后我又出卖了他。

我下定决心，去见莫绍谦。因为慕咏飞给的期限已经过去一半了，我知道她什么都做得出来，她是我见过的最可怕的人。

事实上这非常困难。莫绍谦的私人号码一直是关机，我不知道是什么原因，或者就像他说的那样，他再也不想见到我，所以连号码都换掉了。我去了一趟公寓，结果被尽忠职守的保安拦在大堂里要求登记，然后非常客气地告诉我说，业主已经将那套房子挂牌出售，现在暂时没有人居住。

我想他真的不想再见到我了。

我最后还是找到了他，方法比较笨，我打电话给司机，除了莫绍谦我只有他司机的手机号码。司机迟疑了一下，还是告诉了我今天晚上莫绍谦会去的地方。我跑到那里，果然在停车场见到了熟悉的迈巴赫。司机靠在车边吸烟，看到我连忙把烟掐了。

我来过这里，三年前我第一次请莫绍谦吃饭，就是在这里。楼上的1601是私房菜小馆，非常好吃，因为地方小，完全是住家，所以每天只订一桌，而且并不贵。

司机对我说："童小姐，这次是我自作主张，我替莫先生开车快七年了，我倚老卖老多嘴说一句，您别和他怄气了。"

我勉强对他笑了笑。

他说："童小姐您上去，他肯定会高兴。"

我忽然没有了面对莫绍谦的勇气，但司机已经帮我按了电梯，鼓

励似的对着我直笑。

我从来都没有留意过莫绍谦身边的这些人，比如管家，比如司机，可是他们都是一心为他打算，忠心耿耿。他应该是个不错的老板，这种忠心应该不是薪水可以买来的。

电梯在飞快地上升，四壁都是冷冰冰的镜面，我看着镜中的自己，带着一种近乎茫然的神色。事到如今连退缩都没有办法，我活得这样狼狈，却一次一次被人逼入死角。

我站在1601门前，积蓄了一点力气，才按下门铃。

门很快就开了，是小馆的老板，事隔三年，他竟然还认得我，笑眯眯地说："啊，是你呀！莫先生正在里面！"

我忽然有掉头而逃的冲动。

但是已经听到莫绍谦的声音在问："老迟，是谁？"

"是你那个漂亮的女朋友。"老迟笑眯眯地说，然后轻轻推了我一把。玄关那边就是餐厅，我已经可以看到独自坐在桌边的莫绍谦。

"惊喜吧？"老迟很高兴似的，"你刚刚还说又要一个人吃我做的菜，看看，她不是来了？"

莫绍谦根本没有看我，就像是没有听到老迟说话。

老迟终于觉得有点不对劲了，他朝我看了一眼，然后说："蚝油没了，我下楼去买。"

大门在我身后咔嚓一声轻响，被合上了。

我看着莫绍谦，也许我从前从来没有像今天这样认真地看过他。他的眉宇间隐隐似有疲色："我说过叫你别再找我。"

"我有事想和你说。"

他终于放下筷子，显得非常不耐烦："我不想知道。"

我几近艰难地开口："那个合同……"

他粗暴地打断我："我不想知道！"

再难受我也要说完，这一切都是我做错的事，我没有办法，只能一错再错。

"我骗了你，我骗你签了字。我利用了你，我就想害死你，我就想看着你死。因为我一直爱萧山，毕业后我会跟他结婚。莫绍谦，我一直恨你，恨你对我做过的一切。但现在，我们扯平了。"

我不敢看他的眼睛，只能看着他的嘴，他的唇线刚毅，嘴角微微下沉。我不知道他会有什么反应，也许将我往窗外一推，一了百了。

过了很久，我才听到他的声音："你就是专门来跟我说这个？"

我用了很大的力气，才点了点头。

"那你可以走了。"他的声音平静得骇人，"你说完了，可以走了。"

我站在那里一动不动，他忽然伸手抓着我的胳膊，将我推得一个趔趄。我还没有站稳，他已经再次抓住了我，他的指甲深深陷入我的皮肤，而他的眼睛像是最可怕的深渊，再看不到半分光与热。他不再看我，只是将我一直推出了门外，然后关上了门。

我慢慢蹲下来，直到今天我才知道自己会这样难受，我从前那样恨他，而今天，我这样难受。

因为他的样子实在太让我觉得难受了，我以为他会骂我，我以为

他会动粗，我没想到他没有任何表情。可是当他抓着我的时候，我感到他连手指都在发抖。他这样厉害的人，我从来没有见过他发抖，我也从来没有想过他会发抖。

在这个世上，我总是最懦弱、最没有用的人。莫绍谦威胁我，我就乖乖听令；慕咏飞挟制我，我就不得不从。我就像个木偶，缚手缚脚，被无数丝线羁绊，身不由己，不由自主。

我难受得想要哭，上次我觉得这样难受，还是在T市，当林姿娴说出那句话的时候，我知道我和萧山，再也回不到从前。

可是这次我这样难受，却是因为一个从前我恨之入骨的人。

我不希望他死，所以我到这里来，亲手往他心口捅了一刀。

这样也好吧，我和他的开始就是那样不堪，这注定是一段没有结果的孽缘，就这样也好吧。斩断他的最后一丝想念，我想他从今后会真的纯粹恨我，然后再不用在矛盾中记起我。

在回去的路上，我给慕咏飞打了个电话："我已经办妥了，你答应的事情也要做到。"

慕咏飞轻轻地笑："那当然。我就知道你一定会做到，所以我预备了一份大礼送给你。"

我不想和这个女人再多说一句话，我把电话挂断了。

# 【二十三】

我回到学校，搭的公交到站是在南门，那一片马路的两旁全是高楼，在夜色中无数冷光霓虹，都是打着学校招牌的各种公司的广告。我想起很久以前，莫绍谦到这里来剪彩，那是家什么公司，我都忘了名字。

如果他没有剪到我的手，如果我不是我爸爸的女儿，或许我们至今还是陌生人，素不相识。

从那时候起就注定这是一条死胡同，不论对于我，还是对于他。

南门外停了不少电瓶车，这些电瓶车专在校园内往返，充当校内公交，上车只要两块。

南门离我们寝室最远，可是我一路走回去了。

我需要一点机械的运动，来抛开脑子里充斥的那些东西。我走到脚底发麻，然后坐在路边的石椅上。无数同学从我面前经过，步履匆匆。我听到不远处四教的铃声，那是告诉大家，已经是晚上十点了。

我难受得只想哭。

但我没有哭，这一切都是我自作自受，我没有资格哭。

过了两天，辅导员忽然打电话通知我去趟系里，我原本以为是助学金批下来了，没想到系里的老师开门见山地对我说："现在有个美国C大交换留学的名额，因为你成绩一直不错，所以这次系里打算推荐你。今天叫你来，是想先问问你本人的意见。"

我怔怔地看着老师，他非常和蔼地对我笑："要不你回去考虑一下？"

走出办公室的时候，我掐了自己一把，才确认这不是做梦，我是醒着的。

C大，它有全球名列前茅的化学系，交换生，这简直是天上掉下来的馅饼！

悦莹知道的时候，狠狠地倒吸了一口凉气，然后掐着我的脸："你还说你自己命不好，你这命也太好了！C大啊，牛得吓死人的C大！"

可是我一点也高兴不起来，我虽然笨，却在回寝室的路上就已经想明白了，这个交换生名额是怎么来的。

我的成绩是不错，可是我们专业还有成绩比我更牛的人，再说这种交换留学的名额从来紧俏，我们学校的牛人太多了，每次有好事都是八仙过海各显神通，何况还是C大，怎么都轮不到我。我知道是慕咏飞，我按她说的去做了，她说过她要给我一份大礼。

悦莹看我蔫蔫的，问："你都高兴傻了？"

"我不想去。"

悦莹看了我两秒钟，同情地说："我知道了，你是真的高兴傻了。"

"这名额是慕咏飞给我弄的，所以我不想去。"

"慕咏飞？那不是慕振飞他姐——她干吗这么好心？"

我闭嘴不说话，我不想告诉悦莹，很多事情，我决定全都烂在自己心里，反正我觉得自己都已经快烂透了，由内而外。

"你干吗不去啊！"悦莹真的急了，又伸出指头狠狠戳我的脑门子，"真是！该有气节的时候没气节，这种时候学什么高风亮节。慕咏飞弄的名额怎么了？你更应该去，她既然给你弄这个名额，就说明她想把你打发得远远的。你到底有没有看过言情小说啊？收拾狐狸精的最佳办法就是把她往天涯海角一送，让她和男主再见不着面，任她去自生自灭……我不是说你是狐狸精啊，我真是都被你气糊涂了！"

一直到熄灯睡觉，悦莹还在骂我榆木脑袋。

我独自窝在床上，窄窄的单人床，原来我最喜欢寝室，最喜欢这张床，哪怕它是硬木板，垫着薄薄的棉絮，怎么睡都不舒服。这里没有莫绍谦，所以一直被我视作真正的家，避风的港湾。每次只要一窝到这张小床上，寝室里的卧谈会即使大家说得叽叽喳喳，我也可以呼呼大睡。

我第一次在寝室的床上辗转反侧，我不愿意接受慕咏飞的施舍，或者说，我不愿意接受慕咏飞的这种"礼物"。我去对莫绍谦说那些话，已经够让我自己觉得难受，如果还接受这个名额，那会让我更难受。

虽然我一直想走，想要离开这里到国外，去没有人的地方，虽然我们这个专业的学生最憧憬的就是C大。可是我还是莫名地感觉如果我接受了它，我就背叛了什么。

我背叛了什么？

寝室的窗帘微微透出晨光，走廊上已经有早起的女生经过，我终于停止了胡思乱想。我怕我自己禁不住C大的诱惑，所以上午的课一上完，我就决定到系里去。

悦莹看我收拾东西就追出来："这么早就去吃饭？我跟你一起。"

"你先去吧，我还有点事。"

"你有什么事？"

我没有说话，径直下楼梯，悦莹一直跟着我："童雪，你去哪儿？"

走下教学楼后，一直走到僻静的树林里，我才停下脚步，对悦莹说："我知道你又要说我傻，但我不能去，不能去就是不能去。我宁可自己去考，哪怕是三流学校半工半读，我自己也心安。"

悦莹气得都发抖了，她把手里的书包都扔在地上："童雪！你以为你这样就叫有原则？因为名额是慕咏飞弄的，所以你打算放弃C大？全系有多少人做梦都想去你知道吗？你能不能别这样自以为是了？实话告诉你，这个名额是我那暴发户的爹，当初费尽心思弄给我的，现在好不容易弄到了，我却去不了了。所以我要他跟学校打招呼，把这个名额让给你。我不愿意对你说，是因为我觉得还不如不告诉你。我知道你有心事瞒着我，那份合同有问题，我知道！因为前阵子慕咏飞找过我那暴发户的爹！是，是我对不起你，可是我拿走合同的时候，根本不知道慕咏飞会找我爸爸！我没有骗过你，我从来没有骗过你！我爸爸是真的得了癌症，我陪他去过四家最权威的医院，看过无数次CT，找过很多很多的专家。我一直希望是误诊，我一直希望是他骗我！可是他是真的病了，没几年好活。我阻止不了他和慕咏飞联手，我也没有理由阻止，因为这事根本和你没有关系。莫绍谦欠你的，我觉得他是欠你的，所以我放任他们这样做。我不知道你为什么还要放弃这个名额。你为什么成天无精打采？你为什么连C大都不想去？你在想什么？你到底在做什么你自己知道吗？难道你竟然爱那个禽兽？难道你宁愿为了他不去C大？你难道打算放弃这辈子最憧憬的大学？"

我看着悦莹，看着我最好的朋友，她的每一句话都像是鞭子，狠狠地抽在我的身上。

我到底在做什么？

我还有什么啊？

父母死了，舅舅出卖我，萧山和我中间隔着千苦万难，隔着千山万水，我只有悦莹这一个朋友了。她从来没有骗过我，从来没有出卖过我，从来没有伤害过我。

她把最好的一切给了我，她给了我真正的友情，她给了我最好的大学时光，现在她还把最好的机会给了我。

我终于慢慢伸出手抱住她，这样做也许非常矫情，可是除了拥抱，我不知道还有什么方式可以表达我的心情。我拥抱着悦莹，我还有朋友啊，我还有悦莹。我什么都没有了，可是我还有真正的好朋友。

悦莹重重地在我背心捶了一下："现在就去跟老师说，你愿意去C大！"她推开我，眼底有盈盈的泪光，"你一直都说你命不好，每次听你这样说，我心里最难受。我希望我的朋友幸福。所以我要让你知道，你不是命不好，只是机遇没有到，你一定会幸福的，一定会的。我这辈子可能跟化学没缘分了，你先去美国，明年我就去找你，我学商业，你学化学，到时候我们再在一起，在美国！"

有悦莹这个朋友，是自从父母去世后，我颠沛流离的生命里，遇见的最大幸福。

我开始忙着办手续，因为时间很紧张。直到签证的前夕，我才给

263

萧山打了一个电话，我不知道应该怎么对他说。少年时代纯真简单的爱恋一直是这么多年我心里的支柱，可是现在一切物是人非，我和他再也走不回从前。我们中间隔着太多的人和事，我与他都费尽了全部的力气，却仍旧游不过命运的长河。

我问他："林姿娴还好吗？"

他说："情绪比原来稳定多了。再说她只是携带，并没有发病，我一直劝她，她也想开了些。"

我沉默了很久，才对他说："我们学校有和C大的交换生，系里推荐了我。"

他说："C大挺好的，你又是学化学的，这是个最好的机会。将来你申请在C大念硕士，也会更有优势。"

我不知道自己在等什么，如果他对我说，留下来，不要走——我会不会留下来？

我不愿意去想，因为萧山没有叫我留下来。

出事的那天我没有上网，还是第二天听见同班女生说的，因为她们知道我是附中出来的，所以问我："你们附中跟你同一届的林姿娴你认识吗？"

我被吓了一跳，反问："怎么了？"

"她们校内网上有人爆料说她私生活特别乱，现在得了最可怕的绝症！"

"有人把她的照片都贴出来了，然后底下有人人肉，结果从她幼儿园、小学到中学、大学全都搜出来了，你不是附中那一届的吗？她在你们班上吗？"

我心里只有一个念头，医院应该为病人保密，这样的事更不应该被捅到网上，这不是逼林姿娴去死吗？

我问她们："帖子在哪儿？"

"早被版主删了，说是涉及个人隐私。哎，想想也怪可怜的……虽然删了，但这下全世界都知道她的病了……"

我都不知道我当时说了些什么，我好像是劝她们不要把帖子的事再往外说，然后我想着给萧山打电话，让他立刻去看林姿娴，但我刚拿出手机，电话就响了。

是慕咏飞。她问我："怎么样，我送你的礼物你还满意吗？"

我没想到又是她，她竟然做得出来，这样丧尽天良的事她也做得出来！我气得浑身发抖："林姿娴的事是你捅到网上去的？"

"也许她会再自杀一次呢，这次她一定要死成，这样你和萧山就可以在一块儿了，我替你打算得不错吧？你们要是在一起了，我也觉得省心。"慕咏飞语气颇为轻松，"谁让她背叛我，我把你的照片交给她的时候，她答应过绝不背叛我。现在这样的下场，是她应得的。"

"你也不怕报应！"

"报应？"慕咏飞在电话那端笑起来，她的笑声还是那样清脆愉悦，"我什么都不用怕，倒是你，我劝你乖乖的，别再惦记着和我作对，不然你的下场一定比林姿娴要惨万倍！"

她把电话挂了。这世上怎么会有这样的人？在这三年里，我一直觉得莫绍谦是衣冠禽兽，现在我终于知道了，还有种人根本就是禽兽

不如。

她为难我，是因为我和莫绍谦有关系，但林姿娴还帮她做过事，现在她这样对待林姿娴，就像碾死蚂蚁一样毫不在意。

我终于知道莫绍谦为什么不爱她了，她长得再美也是条毒蛇。

我去了趟林姿娴的学校，她已经办了休学回家了。我给她发短信，打一个字，删一个字，改了又改，最后只发了一句话："我希望自己永远是你的同学和朋友。"

林姿娴没有回我的短信，萧山的手机转到了留言信箱，我觉得颓废极了。

我把这件事告诉了悦莹，我对她说："你提醒一下你那暴发户的爹，让他别上了这个女人的当，她简直太可怕了。"

悦莹对这事也很无语，她说："我以为我最近见到商场上的尔虞我诈已经够狠的了，没想到她这么阴毒。你还是防着点吧，她不定会对你做出什么事，你快点办出国，别再和她纠缠不清了。"

我一直觉得非常不安，但一切手续都办得非常顺利。只是每个晚上我都在失眠，从前我睡眠质量很好，现在却整夜整夜睡不着。我什么都没有想，就是睁着两只眼睛看着天花板，然后一直等到天亮。每天我都晕头涨脑地爬起来，强打着精神去上课，悦莹对此非常恨铁不成钢："你又没做亏心事，你为什么睡不着？"

我无法回答她，我确实没有做什么亏心事，但我总觉得无形中有种压力，让我喘不过气来。

我偶尔会想到莫绍谦，因为他就是这样失眠的，在海边的时候，我醒来总可以看到他望着天花板,似乎永远都清醒着。现在我终于知道这有多痛苦,我的头都快要炸掉了,听课的时候根本就听不进去,每天都晕晕乎乎,连走路都几乎要打瞌睡。

可是一躺到床上,我就睡不着。这种难受是没有过失眠的人无法体会的,我整夜整夜地看着天花板,觉得自己都快要疯了。

去大使馆面签的时候,我顶着两只大大的黑眼圈,回答问题的时候也差点词不达意,没想到最后还是通过了签证。

使馆街是条非常幽静的马路,路边种满了树,我以为是枇杷,看了很久才认出原来是柿子树。

这也是我第一次看到柿子的花,原来是小小的,只有四片花瓣,藏在绿叶底下。

我仰着头看了很久,直到身后有人叫我的名字:"童雪!"

声音很熟,我回过头,竟然是林姿娴。

她就站在柿子树的树荫下,穿着一条白色的裙子,头发全部绾起,露出干净漂亮的脸庞,脂粉不施也这样落落动人。

我有点恍惚地看着她,严重的失眠一直让我精神恍惚。初夏午后的阳光被树叶滤成无数光斑,光斑落在她洁白的裙子上,落在她光洁饱满的额头上,让她整个人像是熠熠生辉的斑斓蝴蝶,仿佛随时会翩然飞去。

我对她笑,问她:"你怎么在这里?"

她也对我笑了笑,说:"我父母想带我出国去散散心,我来取签证。"

我们两个一起往前走，路上的车辆很少，也许是因为快到午休时间了。她说："出来走走，觉得真好。尤其是这条街，又安静。"她问我，"你也是来取签证？"

我说："刚面试了，学校派我出去当交换生，很短，一年而已。"

她又笑了笑，说："这多好。你适合做学问，真的。我还记得高中的时候做化学实验，你永远是做得最快、完成得最好的那一个。说起来，你高考比我要多一百分呢，整整一百分。"

我都不知道她高考分数是多少，我更没想到她还记得我的高考分数。她歪着头看我，像是回到高中时代，脸上露出活泼的笑容："你不知道，那时候每次看到你和萧山被老奔点上去做题，我心里有多羡慕，可惜我的数学太差了。"

那是多久以前？我和萧山并肩站在黑板前，听指端的粉笔吱呀吱呀，眼角的余光瞥见对方一行行换算正飞快地冒出来……那是多久以前？

遥远得已经像是上辈子的事了。

林姿娴说："每次看到你和萧山并肩站在黑板前面，我总是想，你们俩肯定是这世上最幸福的一对。成绩又好，又互相喜欢，而且志同道合。"

我根本没有想到林姿娴羡慕过我，我一直都非常非常羡慕她。

她问："你恨我吗？"

我摇头，说："我和萧山之间本来就有问题，那个时候我们太年轻了，不懂得什么是爱。等到后来，我和他的问题，也并不是因为你。"

她又笑了笑，对我说："哪怕你是骗我呢，但我很高兴听到你说，你不恨我。"

"你别胡思乱想了，我年轻的时候也特爱钻牛角尖。但我有个特别好的朋友，她叫悦莹，她总是劝我别钻牛角尖，她帮我很多，让我知道真正的朋友是什么样子的。所以我希望——我一直挺希望可以成为你的朋友。高中的时候我非常羡慕你，真的，我特别羡慕你，你活泼大方，讨所有人喜欢，而我老是做不到。"我一口气就说完了，因为我怕我自己没有勇气说，这话虽然很酸，但它是我心里的真话。

林姿娴又笑起来："你年轻的时候——你和我同年，你比我还小月份，今年才二十一岁……"

"可是我觉得我都老了。"

林姿娴怔了一下，也慢慢叹了口气："我们的心，都老了。"

我们的这两句对话如果放到网上去，一定会被人骂。但青春早已经渐行渐远，连眼神都被磨砺得钝去，我经常恍惚觉得，这一辈子我都已经过完了，余下的日子不过是苟且偷生。

林姿娴突然停住脚，很认真地问我："童雪，你告诉我实话，你知道是谁在网上发帖说我的病吗？"

我怔了一下。

她说："我知道不是你，更不会是萧山。只有你们两个知道我的事，我只是想知道谁这么恨我，恨不能想逼我死。"

我犹豫了半秒钟，终于还是告诉她："是慕咏飞。"

林姿娴没有做出我想象中的激烈反应，她甚至还对我笑了笑：

"看，我早该猜到的，这办法她用过一次，那次还是我傻乎乎帮她发的帖，说你是小三。"

我觉得很难过，尤其她对我笑的时候。我说："别说了，都已经是过去的事了。"

林姿娴嗯了一声，我们已经走到主干道边。热辣辣的太阳晒在人身上，顿时让人觉得灼热难耐。她说："我要回去了，今天真的挺高兴，可以跟你说这些话。"

我说："我也挺高兴，真的。"

她笑了笑，往前走了两步，忽然又转过身来，就站在那里对我摇了摇手："再见！"

"再见！"

我永远记得她的那个笑容，在城市初夏的阳光下，明媚而灿烂，让人想起漂亮的瓷娃娃。阳光照在她的身上，将她整个人都笼上一层茸茸的金边，尤其她那条白裙子，就像她的笑容一样，洁白无瑕。

# 【二十四】

后来我一直想，如果不告诉她那个人是慕咏飞，事情会不会变得不同。但这世上没有如果，就像这世上没有永远一样。

我想过很多遍，也许我潜意识里太恨慕咏飞，所以我才会告诉林姿娴，是我害了她。每当我这样想的时候，悦莹总是一遍一遍地对我说："你别把这世上所有的错都揽到自己身上好不好？你不告诉她，她总会有别的办法知道。你不要再后悔，也不要再觉得这是你的错，可以吗？"

可是我没办法抑制自己的内疚，我总是希望一切都可以弥补，一切都还能挽救。在这世上，每个人都活得这样辛苦，我曾经羡慕过的人，我曾经向往过的人，我曾经爱过的人，我曾经恨过的人。最后我才知道，他们每一个人其实都和我一样，活得千辛万苦。

我们怎么能不老？

命运是双最残忍的手，一点一点，让我们面临最无情的深渊。每当我们一次次跌到谷底，再拼尽了力气爬上去，最后的结果，不过是枉然的徒劳。

林姿娴约了慕咏飞见面，当面质问她。慕咏飞哈哈大笑，说发帖人根本就是我，是我一直恨她拆散我和萧山，一切事情都是我做的。

林姿娴非常平静地说："我相信童雪。"然后从手袋里拿出装满强酸的玻璃瓶，向着慕咏飞泼去。

慕咏飞的保镖眼疾手快，挡住了大部分酸液，可还是有一小部分泼到了慕咏飞的脸上。在纠缠中，林姿娴也被溅到了强酸。最后林姿娴举起残留的强酸，一仰脖子就喝下去了。

她用这样惨烈的方式来解决一切。

林姿娴一直住在ICU抢救，慕咏飞受了轻伤，可是已经毁容。

当萧山匆匆打电话告诉我这一切的时候，我刚订好去美国的机票。

我去医院看林姿娴，她的口腔和食道已经完全被强酸灼伤。

我站在ICU的大玻璃外泪流满面，这个和我同龄的女孩子，我一直觉得她是那么漂亮，我一直羡慕她，我一直记得她最后对我露出的那个笑容。

在医院里，我第一次见到林姿娴的父母。林妈妈哭得昏过去了几次，也住进了医院，林爸爸两鬓的头发都已经灰白了，他眼底全是血丝，有些茫然地看着我："小娴一直很听话，我们工作忙，没有管过她，可是她一直很听话。"

我想起了自己的爸爸妈妈，这天下所有的父母，面对女儿的不幸，都会如此痛不欲生，都会这样一下子全垮下来。只有萧山奔走在医院和学校之间，处理医疗费用等各种杂事，还要跟警方打交道。

警方很快介入，因为这是刑事案，要起诉林姿娴故意伤害。我也被传唤，因为保镖做证，林姿娴当时在现场唯一曾提到的人就是我，而我学的是化学，我终于知道，原来他们怀疑是我指使林姿娴去伤害慕咏飞。

慕咏飞的律师向警方提供了大量的证据，我看到其中有许多我和莫绍谦的照片。我被正式拘留，没完没了的审问令我头晕目眩。所有的证据都对我不利，我和莫绍谦有长期的不正当关系，我有指使林姿娴作案的动机，我有化学知识，我知道强酸的伤害性，林姿娴在犯罪现场提起我的那句话更是火上浇油，而且现在林姿娴昏迷不醒，随时可能死亡，更无法录口供。

我害怕到了极点，只有我自己知道自己是清白的，可是没有人肯相信我。

我在警察局度过了此生最漫长的二十四小时，审讯室的灯光照在我的脸上，刺眼又难受。我已经连续好多天失眠，所有的问题被一遍遍地要求回答。

和林姿娴是什么关系？最后一次见面是什么时候？谈话内容是什么？

每一句话，每一个字，都被记录，都被质疑。

我觉得我已经在崩溃的边缘。

我只想对着这些人咆哮，林姿娴还躺在ICU里面，她都快死了，你们为什么不追究慕咏飞对她的伤害？

故意伤害？

到底是谁伤害了谁？

悦莹费了很大的力气才将我保释出来，看到她和萧山的刹那，我只会一遍一遍喃喃地说："我没有做过。真的，我没有做过……"

悦莹狠狠地抱着我，说："我知道，我们都知道！"

悦莹带了柚子叶来，她和萧山还带我去吃猪脚面线，我一口都吃不下，她硬逼我："那就吃半口，吃半根也算。"

我强颜欢笑："你这一套一套都是跟谁学的？"

"电视里啊，我看了那么多的TVB。"她给了我一个白眼，递给萧山一把折扇。我认出了那扇子，因为扇股是象牙，扇面是兰花，另一面则题的诗。悦莹去年夏天的时候曾经用过，当时我觉得这扇子挺

精致，她不以为然："我那暴发户的爹随手丢在书房里，我就顺来了，听说还是全国书画协会的什么主席画的。"

猪脚面线只有小店才有，这里没有空调，萧山就用那扇子替我不停地扇着，其实他鼻尖上全是亮晶晶的汗珠。从见到我起，他就没有跟我说一句话，可是我止不住地心酸："你别扇了，我不想吃了。"

"你放心吃吧。"悦莹说，"我对我那暴发户的爹都以死相逼了，我扬言他要是不想尽一切办法尽快把你捞出来，我就死给他看。还有，别怕姓慕的弄来的那帮律师，我也给你弄了一个律师团，带头的是知名的徐大状，我打听过了，这人牛得很，做辩护基本上没输过。"

这个时候萧山才说了一句话："慕家不是那么好应付。"

悦莹白了他一眼，然后对我说："没事，咱有的是钱，慕家不就是有钱吗？咱跟他们拼了！"

其实我知道，我知道慕咏飞不会放过我，她一定会借这个机会整死我，她一旦出手，绝不会给我留任何一条活路。何况这次听说她毁容了，像她这样美的人，对容貌这么自负的人，怎么可能不恼羞成怒？而且慕家财雄势大，即使是悦莹那暴发户的爹，估计也不是慕家的对手。

悦莹甚至还想要联络莫绍谦，被我阻止了，我说："我不想再见这个人了。"

这辈子他永远不想再见我，我也永远不想要再见到他。

案子最胶着的时候，慕振飞给我打了个电话。我意外极了，他约我在学校明月湖边见面。

初夏的明月湖已经是一顷碧荷，风摇十里，湖畔的垂柳拂着水面，圈出点点涟漪。我坐在长椅上，时间快得让人觉得恍惚，转眼间夏天已经来了。我本来应该在不久之后飞往美国，但现在官司缠身，只怕我这辈子再也去不了C大了。

所有的季节中我最不喜欢夏天，可能是因为夏天的时候父母离开了我；也可能是父母离开后，我的每个暑假都让我觉得格外漫长难熬。我坐在湖边看荷叶，春天的时候，我好像也坐在这里看过梅花。那时候季节还早，梅花都没有开。那时候我天真地以为，我可以将萧山和莫绍谦都忘了，从此不再提起。

有人在我身边的长椅上坐下来，我还没有转头，已经听到熟悉的嗓音："可以吗？"

原来是慕振飞，他拿着烟盒，仍旧是那种彬彬有礼的样子。我点点头："给我一支。"

我生平第二次抽烟，仍旧是一股苦苦的味道，有一点点薄荷的清凉。我掌握不好换气，被呛得咳嗽起来，慕振飞瞥了我一眼，说："没那个本事就别逞能。"

他的舌头还是这样毒，经历了这么多的事，也只有他和悦莹一如既往地对我，尤其是他，更难得了。我又狠狠地抽了口烟，没想到呛得更厉害，我咳得连眼泪都快流出来了，蹲到一旁喘了半天，被迫把烟掐了扔进垃圾桶，勉强抑着咳嗽说："这也太难学了……"

慕振飞笑起来，仿佛我说了个挺好玩的笑话，他笑起来真好看

啊，唇红齿白，阳光灿烂。有慕振飞这样的帅哥在身边真不错，让我觉得世间的一切都是美的，让我觉得活着还是非常有趣的。只是可惜，我想慕咏飞这次不整死我是不肯收手了。

正当我还在这样想的时候，慕振飞已经收敛笑容，对我说："我姐姐的事情，我私人向你道歉。"

他的脸色难得认真，非常凝重。

但我真的被吓了一跳，我简直受宠若惊："不敢当。"

我并没有别的意思，慕家人太高深莫测，我着实陪他们玩不起。不管是慕咏飞还是慕振飞，我从来不知道他们到底在想些什么。

慕振飞说："我姐姐已经答应和莫绍谦离婚。"

我问他："他们俩真要离了？"

慕振飞挺坦然："早该离了。从一开始我就反对姐姐一意孤行，可是她不听我的意见。她总觉得有把握可以让姐夫爱上她，可是她不知道，爱情是无法操纵的，尤其以她的个性，只会把事情越弄越糟。"

我眯起眼睛看着太阳，真是刺眼啊，夏天就这样过去了。

可是林姿娴还躺在ICU里，也许她永远也不能在阳光下对我微笑了。慕咏飞轻轻地一点指头，就毁尽了她的一生。我尽量平静地问他："你姐姐如今怎么样？她的伤？"

"她已经去日本做过检查，可能要做一系列整容手术，不过术后的状况应该还是很乐观。她不肯咽下这口气，但我是代表我父亲来的，我父亲认为这一切已经够了，应该结束了。所以他让我来向你表达歉意，并且转达善意。我和我父亲都希望这件事情尽快终止。你放心，我们也不会要求林家进行另外的民事赔偿。"

我却喃喃问了句毫不相干的话："听说你们家很有钱？"

"也没有多少，小富即安罢了。"

真是好家教的孩子，口气谦虚得很。

我不知为什么又问他："要是莫绍谦和你姐姐离婚，损失是不是很惨重？"

慕振飞想了想："不只是他单方面，其实对慕家而言也是一样的，我父亲大为光火，就是因为这件事情。不应该把力气耗在内斗，而应该寻找更有效而妥当的解决方式。我姐姐其实是聪明一世，糊涂一时，也可以说她是一着不慎，满盘皆输。"

"除了你姐姐，你父亲就你一个儿子？"

"是啊。"慕振飞问，"你怎么知道？"

"大少爷，你一副未来掌门人的腔调，我能不知道吗？"

慕振飞笑容可掬："你原来也不是那么笨。"

我问他："为什么要告诉我这些？"

慕振飞说："我也不打算瞒你，莫绍谦同意出让49%的港业股份给慕氏。也许你不知道这家公司是他父亲一手创立的，姐姐知道他不肯卖，就一直指名要这个股份，于是一直拖着不肯离婚。但这次或许是为了你，或许他终于想开了，反正他答应了。"

我瞠目结舌地看着慕振飞，他低头重新点了一支烟，对我说："童雪，你的运气不错。"

我的身体有点摇摇晃晃，我看着他，就像看着个外星人，根本还

没有消化他说出的那个惊人的消息。我还记得我最后一次见莫绍谦时的情景，他根本就没有看我。

但我永远也不会忘记他微微发抖的手指，或许此生此世只有他自己知道，我说出的话究竟伤害他有多深。

他说过他永远也不会原谅，他说过他永远也不想再见我。

可是他到底为什么肯答应出让股份？

我喃喃地问他："你怎么不向着你姐姐？"

"她值得更好的男人。"慕振飞也仰起脸来，眯着眼睛看着太阳，"从二十岁到现在，她把所有的时间和精力都耗在这个男人身上，姐夫不爱她，就是不爱她，她却固执地不肯相信。她成天跟他斗，那个苏珊珊，我觉得姐夫一定是拖她出来当挡箭牌，他不至于有那种兴致趟娱乐圈的浑水，可是姐姐就会上当。因为她爱他，爱情都是盲目的，他做任何假象她都会上当。她跑到别墅去，什么也没找到，因为报道她又去向经纪公司施压，将苏珊珊逼得都销声匿迹，连广告都接不到。我的姐姐，我觉得她真是可怜，她把大好年华都浪费在一个不爱她的人身上，而且执迷不悟。在她生日前，姐夫订了一颗六克拉的粉钻，而且交给名店去镶。她在名店正好遇见那个设计师，设计师以为姐夫是要送她的，还把完工的戒指给她看。她也满心欢喜，还在我面前提起，以为自己的执着终于起了作用。可是后来这颗镶嵌完工的粉钻，姐夫去店里取走后，根本就没有送给她。"

我只觉得一阵心酸，那颗粉钻我知道，镶得很华丽，像颗鸽子蛋。我一直以为它是红宝石，我不知道那是粉钻。莫绍谦送过我很多珠宝，我从来都没有留意过，它们都被我扔在保险柜里，最后我走的时候，一样也没有拿走。爱情从来都是执迷不悟。在旁人眼里，莫绍谦的所作所为一定是傻透了，我也觉得他傻透了，他究竟在做什么？

慕振飞慢慢地说："我希望我姐姐可以遇上一个人，将她视作这世上最珍贵的珠宝，全心全意为她打算，呵护她，爱惜她，不让她受半点委屈。"

我忽然想起慕振飞说过的话，他说："我如果真的爱一个人，就会让她幸福快乐，宁可我自己伤心得死去活来，宁可我一辈子记着她，想起她来就牙痒痒，见到她了又心里发酸，不知不觉就爱她一辈子。"

这样的男人上哪儿找去啊，一定早就没有了吧。

慕振飞对我笑了笑："要说的话我都说完了，听说你的出国手续办得差不多了，我想这件突发的意外不应该影响到你出国继续学业，你放心吧。"

他站起来，我坐在长椅上看着他，才发现他竟然穿的是校服，隔壁大学那么丑的校服都能被他穿得玉树临风，果然是校草气质，非同凡响。这样的男生要什么样的女生才配得上啊，我觉得慕家人太优秀了也是一种烦恼。不过幸好，这烦恼已经与我无关。

我说："谢谢。"

他还是那样彬彬有礼："不用客气。"

我仰着脸看他，问："我能不能问你两个问题？"

他的脸在柳荫深处显得暧昧不明："你问吧。"

"这次是你劝说你父亲阻止你姐姐继续将事态扩大，对吗？"

他点了点头："你猜得不错，是我劝说我父亲，我说服了他，这件事情到现在的局面，姐姐本身要负很大的责任。她受到了伤害，可是有人因她受到更深的伤害，所以应该结束了。"

我慢慢叹了口气，是啊，够了，早就应该结束了，这一切。

他问我："还有一个问题是什么？"

其实我都不打算问了，不过再不问以后就没机会了。我对着他笑了笑："当初你拿手机砸我，是真的不小心，还是故意的？"

我都没指望他会老实回答，结果他竟然还真的老实答了："我是故意的——我听到有人叫你的名字，然后看到你站在人群外头——姐姐那时候还不知道你的存在，但我早就知道了。"

我瞠目结舌，忍不住问："为什么你会知道？你什么时候知道的？"

他对着我笑，一脸阳光灿烂："你说过只问我两个问题，我已经都答了。"

尾声

# 只影向谁去

我终于还是按原计划出国，交换留学一年。

警方的调查中止了，案子转为民事纠纷，到了最后，其实是在双方律师的努力下不了了之。悦莹给我找的那个徐大状真的挺有办法，让我清清白白无罪脱身。慕家没有纠缠，就像慕振飞说过的，他们没有进行经济索赔。系里只让我写了一份材料，说明事情的经过，证明我和这件案子已经无关，就继续帮我办完交换留学的手续。

林姿娴的情况稳定了下来，可是仍旧昏迷不醒。医生说她也许半个月就会醒过来，也许永远也不会醒过来。林家父母已经从崩溃中渐渐麻木，我去医院看林姿娴时，林爸爸对我说："尽心罢了，反正有我这把老骨头在一天，我就不会让人拔了她的氧气管。"

我不知道ICU每天的费用是多少，林家还能够支持多久。林姿娴的家境一直很优越，我想任何父母都不会放弃这最后一丝希望，倾家荡产也会让孩子继续活下去。萧山做了很多事情，医院里的一切杂事都是他在处理，林家父母都说："难为这孩子了。"

他们已经将萧山视作半个儿子，最后的倚靠。林妈妈对我说："小娴就算死了也是值得的，有萧山这样对她。"

她说到"死"字的时候，甚至平静得不再流泪。

萧山也非常平静，他对我说："你先出国去吧，林家这样子，我想即使我和你一起走，你心里也会不安的。"

再说他还有一年毕业，到时候也许林姿娴已经醒过来了，也许林姿娴永远也不会醒过来了。

他留在这里，只是让我们两个人心安罢了。

悦莹一直骂我傻，这次她又大骂萧山傻。她气呼呼地戳着我的脑门子："就你圣母！就他圣人！你们真是圣成了一对！"

我傻呵呵地对她笑，她更生气了："喂！我在骂你呢！"

我说："我就要走了，好长时间你都不能骂我了，也不能戳我脑门子了。"

一句话只差把悦莹的眼泪都说下来了，她重重地捶了我一下："你为什么总是这样讨厌啊！"

悦莹一直陪我到机场，还有一堆同学。行李箱是悦莹安排几个男生帮我拎的，我带的东西很多，因为收拾行李的时候，悦莹老是在我面前念叨："把这个带上，你用惯了，美国没这个牌子卖！把这个也带上，省得到时候你去了美国，人生地不熟的，想买也一时找不着⋯⋯"

我觉得我都不是去美国了，而像是去非洲。除了肯定超重的大箱子，我还带了允许随身携带的最大尺寸的小箱子，打算放在机舱行李架上。

萧山也来机场送我，他一直没有和我单独说话。悦莹朝我直使眼色，我想我和他已经不需要再有交谈。我知道他在想什么，他也知道我在想什么。

快到安检时间，每个人都上前来和我拥抱告别，这样的场合大家都变得大方。班上同学们大部分都是开玩笑，让我在美国好好干，争取顺手申请到奖学金继续读硕士，大家都祝我好运。

我和每一个人拥抱，别离在即，我才知道我有多么舍不得。我一直想要离开这里，到没有人认识我的地方去，可是到了今天，我才知道自己有多么舍不得。我在这个城市三年的大学时光，给予我的并不只是伤痛，还有许多点点滴滴，在日常不动声色地滋生着情绪。

我想我终归还是要回来的，不管我怎么样念书，不管我读到什么学位，我想我一定会回来的。

悦莹上来拥抱我，在我耳畔说："找个北欧男朋友吧，超帅的！"

我想起来和她一起去逛名店买衣服时那个有着灰绿眸子的Jack。我忍着眼泪，对她笑："像Jack那样的，如果真有，我一定替你先留一个。"

悦莹也对着我笑，她的眼睛亮晶晶的，和我一样，有盈盈的泪光："I'm the king of the world!"

她紧紧握着我的手，我也紧紧握着她的手。

这辈子有悦莹做我的朋友，真是我的福气。

萧山最后一个上来跟我告别，他用轻得只有我们俩才能听见的声音，对我说："我会永远等你。"

我极力忍着眼泪，我用尽了整个青春爱着的少年啊，我一直以为，那是我的萧山。

命运总是一次次将他从我身边夺走，到了今天，他只能说他会永远等我。

也许我们是真的没有缘分，可是谁知道呢，也许在命运的下一个拐角，我们还可以再次相逢。

大箱子已经办了托运，我站在安检排队的地方，转过身来，对着大家最后一次挥手。

我见到悦莹最后向我挥手，我见到萧山最后向我挥手，我见到班上的同学最后向我挥手。

再见，悦莹。

再见，萧山。

再见，我所有的同学和朋友。

安检的队伍排得很长，因为正是航班起降频繁的时间，而且检查又非常仔细，我想是因为最近这座城市有重要的会议。每当这城市有重要的会议召开，机场的安检就会严格得令人发指。轮到我的时候，我把随身携带的箱子搁到传送带上，然后把笔记本电脑和手机取出来，放进杂物筐里。

我走过安全门，忽然听到透视仪那边的安检人员叫我："这是你的箱子？麻烦打开一下暗格。"

我稀里糊涂地看着他："我的箱子没暗格。"

"请配合我们的检查。"

这箱子还是莫绍谦买给我的那只，我用了这么久也不知道有什么暗格。因为小巧，又非常结实，尺寸正好搁在机舱行李架上，所以这次远行我随身带着它。我打开密码锁，然后把整个箱盖都掀起来，朝

向他们："你们自己看，没有暗格。"

安检人员伸手将箱子里的东西拿了一部分出来，手在箱底摸索着，我不知道他按到了什么地方，总之"嗒"一声轻响，有活盖弹起，里面竟然真的有暗格。

安检人员将一只手机拿出来，带着一种职业化的语气："安检规定所有随身行李中的手机、笔记本电脑全都得拿出来单独检查，你怎么还放暗格里？"

我都要傻了，我不知道这箱子有暗格，当然更不知道这暗格里会有手机。安检人员已经把手机从仪器上过了一下，然后还给我，依然是教育的口气："下次别再这样了。"

我这才认出来，这手机是莫绍谦的，那次慕咏飞逼我找他的时候，我曾拨打过无数次他的私人号码，一直是关机。我以为他是换了号码了，我不知道他的手机为什么会在这里，为什么会在箱子的暗格里，上次我用这只箱子还是陪他去海边。

我还曾经偷看过这个手机，而且偷看的结果让我阵脚大乱。

也许就是我们从海边回来的时候，他把这手机放进了我箱子的暗格里，那时候行李是他收拾的，也是他办的托运。

我心里乱成了一团麻，拇指本能地按在开机键上，我也不知道自己为什么会这样做。

也许我还希冀可以看到什么——还有什么呢？我和他之间，早就没有了任何关系。

手机被打开了，开机界面非常正常，找到了信号。我低头想翻找那两张照片还在不在，但安检人员在催促我，因为后面的人还在排队。

我一手拿着两个手机，一手胡乱地将箱子关上，夹着笔记本电脑，给后面的人腾地方。

就在这时候，我自己的手机突然响起来，是短信的提示音，我以为是悦莹发短信问我安检是否顺利。我手忙脚乱，差点把夹着的笔记本电脑摔在地上。我又往前走了两步，走到稍微开阔些的通道，把箱子暂时搁在墙边的地上，推开自己手机的滑盖。

短信的发送人竟然是莫绍谦的私人号码。他的私人号码早已经被我从手机中删除了，可是我一直记得很熟。

而且这个私人号码的手机，明明也拿在我自己手里。莫绍谦从来没有给我发过短信，他觉得发短信浪费时间，所以从来就只打电话给我。我疑惑地把笔记本电脑搁在箱子上，然后腾出手来推开莫绍谦手机的滑盖，发现里面早就设好一个预设任务，就是开机的时候自动向我发送一条已经编辑好的短信。

如果我不再用这箱子，如果我把这箱子扔了，也许这个手机就永远被关在暗格里，再也不能重见天日。

他为什么要做这么奇怪的事？

我用有些发抖的手，打开自己手机上收到的那条短信。

短信非常简单，简单得只有三个字。

这三个字清楚地显示在手机屏幕上，没有抬头，没有署名，没有任何多余的话，就像他从来做事的态度，就像他从来对我的态度。

而我的视线渐渐模糊。

　　我拿着他的手机，拼命地按着功能键，我不知道自己在找什么，我终于找到了相册。里面的照片却成了三张，前面两张是我看过的那两张，第一张是我睡着了的样子，照片命名为"童雪"，另一张是我笑着的时候，照片命名为"童雪2"。我终于翻到了第三张。

　　第三张照片中的我也睡着了，可照片里的我不是一个人，我被莫绍谦揽在怀里，他的胳膊举不了太远，所以照片中他只有小半张脸，可是把我拍得非常好，我的脸就安然地贴在他的胸口，唇角微有笑意。我从来不知道自己会在睡着的时候这样笑，我从来不知道自己还曾这样贴近他的胸口。

　　这张照片的命名和那个预设发送的短信内容一模一样，都只是最简单的三个字。

　　我看着这张照片，看着他抱着我的样子，看着我自己唇角的笑意，看着他仅有的半张脸。如果我没有带着这个箱子，如果我不再用这箱子，如果我扔掉了这箱子，或许我永远也不会知道，他做过什么。他从来不知道我偷看过他的手机，当他把手机放进暗格的时候，他也许一直想的就是，这一生永远也不要我知道，他到底做过些什么。

　　我看着手机屏幕上的那三个字，那最陌生最熟悉，那最简单最直白，我从来没有想过他会对我说出的那三个字：

　　"我爱你。"

　　我站在人来人往的航站楼，突然像孩子一般号啕大哭。

【全文终】

# 番外

# 风景依稀似旧年

签字的时候我顿了一下，望了一眼离我不过咫尺之遥的那个男人。他似乎很放松地坐在沙发上，但明显心不在焉，眼睛看着窗外，心更是不知道又飘忽到什么地方。

倒是他的律师比他更紧张，见我如此，连忙半是疑惑半是催促地看着我。

只要我在协议上签下自己的名字，从此就和他再无半分关系。或者还是有的，圈子里那些闲得发慌的太太们，也许背地里会将我称作他的前妻。不过我想，不至于有人这般不识趣，敢当面对我这样说。

前妻。

多么可笑的两个字。

我从来不曾做过他的妻子，他心知肚明，我亦心知肚明。

十年，从二十岁到三十岁，我这一生最好的时光已经过去。

和我结婚的时候他二十三岁，那时还是略显青涩的大男生，如今时光已经将他雕琢成稳重成熟的男人。岁月几乎没有在他身上留下太多痕迹，除了气质，他的一切恍若不曾改变。

我签完自己的名字，推开那份协议，再签另一份。

笔画出奇的流畅。十年前新婚之夜他第一次提出离婚，我用最尖酸刻薄的词汇与他大吵，最后他摔门而去。在他走后，我独自泣不成声，倒在床上放声大哭。

十年，我用最渴爱的孤独熬成了毒，一丝一缕，侵入了血脉。我以为自己会一生一世与他纠缠下去，不死不休。

没想到还有这一天。

我还记得他的私人助理给我打电话，他从来不给我打电话，连最起码的沟通亦是通过助理。一如既往公事公办的语气，恭谨而疏离："慕小姐，莫先生同意出让港业49%的股份给慕氏，具体详情，您看是否方便让您的助理过来详谈？"

十年来，他第一次在我面前低了头，认了输，还是因为那个女人。

童雪。

他这样爱她到底是为什么？

我一直以为他这样的人，铁石心肠，岿然不动，我一度疑惑他是不是根本就不爱女人。

直到终于让我觉察到蛛丝马迹。

八卦报纸登载的新闻，照片里他紧紧牵着一个女人的手，与她十指相扣。

他从来没有牵过我的手。

十年挂名夫妻，我单独见到他的次数都屈指可数。即使是在家族的聚会中，大部分情况下，他和振飞的关系都比和我热络。所以父亲在委派执行董事去莫氏的时候，特意选择了振飞，而不是我。

292

父亲轻描淡写地说："你不适合担任这类职务。"

我明白父亲的弦外之音，其实我更不适合做他的妻子。

我知道自己是发了狂。

那个演电影的女人，凭什么被他牵着手？

我要让她一辈子再也演不了电影。

敢阻在我和他之间的一切人和事，我都要毁掉。

振飞曾经劝过我，他说："姐姐，算了吧。"

算了吧？

多么轻巧的三个字，十年来我倾尽一颗心，结果不过是一场笑话。

十年前我见到他，我发过誓，一定要嫁给他。

我的父亲是慕长河，我是慕氏最骄傲的掌上明珠，我想要什么，就一定可以得到。

十年前他第一次拒绝我，我没动声色，而是悄悄地布局。

我授意别人买通他父亲手下的人，把整盘的商业计划偷出来给他父亲的竞争对手，然后步步为营，小心谋划。我想如果他的父亲陷入困境，他也许会改了主意。我需要借助外力，才可以使他更接近我。

可是我没想到他的父亲会脑溢血发作猝死在机场，幸好我的目的已经达到。

我做的一切都非常隐秘，我很庆幸他永远不会知道我做过些什么，因为我不知道他会有什么样的反应。我十分清楚他怎样对待童雪，哪怕他那样爱她，却终究有着心魔。

他负着罪，以为爱她就是背叛自己的父亲。

我带着肆意的残忍看着私家侦探给我发来的那些照片，有一组拍得很清楚：童雪低着头，他就一直在她的身后，几次试探着伸出手，有一次他的指尖几乎触到了她的发梢，却终究还是垂下去，慢慢握成了拳头。

他的目光中有那样多的落寞，可惜她永远不会回头看见。

其实她对他而言，亦是唾手可得，却永不可得。

我觉得快意，多好，我受过的一切煎熬，他都要一遍遍经受。

她不爱他，如同他不爱我。

他们的一举一动都在我的掌握中。我无数次端详着童雪的照片，虽然五官端正清丽，可是比她美的人太多太多，莫绍谦到底看中她哪一点？

我渐渐觉得失落，或许在他和她认识之初，他就已经知道她是谁的女儿。

也许就是因为这种禁忌，他反而对她更加无法自拔。甚至在认识之初，他就是带着一种猎奇与报复的心态，也许，他起初只是纯粹想逗她玩玩。

结果最后陷落的却是他。

我不能不想办法拆开他们，哪怕她根本就不爱他。

可是他爱她，已经太深。

深到他情愿逢场作戏，用一个演电影的女人来转移我的注意力；深到他已经宁可自己挣扎，却不让她知晓当年的事情。

他这样爱她，到底为什么？

十年前我执意要和他结婚，他说："我不爱你，所以你务必考虑清楚。"

坦白得令我觉得心寒。

可那时候我以为，我可以改变一切，我可以让他爱上我，就如同，我爱他。

十年来，原来都是枉然。

这一切原来只是我自己痴人说梦。

慕氏帮助了他，他却更加疏离我，因为他觉得这段婚姻是一场交易，一场令他痛苦万分的交易。

我一直在想，如果一切可以从头来过，我会不会还这样做。

就在我倍觉煎熬的时候，林姿娴告诉我另一个坏消息。

童雪怀孕了。

十年夫妻，莫绍谦从来没有碰过我，我视作奇耻大辱，可是现在童雪却怀孕了。

我终于知道他们已同居三年，莫绍谦将她藏得很好，一藏这么多年，如果不是机缘巧合，我几乎无法发现。

他一直在防着我，因为他知道我会做什么样的事。寂寞将我骨子里的血都变成了最狠的毒，我不会放过她。

我决定见一见童雪，因为我已经失了理智，我本来不应该直接出面，可是我已经按捺不住。

我恨这个叫童雪的女人，我希望她最好去死。

我见到了童雪，我对她说了半真半假的一番话。

我知道莫绍谦会知道我做了些什么，但我已经顾不上了。

我不能再冒任何风险，我也已经没有任何耐心。

我知道自己乱了方寸，但总好过眼睁睁看着别的女人替他生孩子。

虽然我明明知道，童雪与他关系恶劣，她不会留下这个胚胎。

可我无法冒险。

因为我已经输不起。

他缺席例行的家族聚会，听说是因为病了。过了很久公司召开董事会，我才见到他，他瘦了许多，气质更加疏离冷漠。近年来他羽翼已丰，父亲照例和颜悦色地对他，而他照例很客气地待慕氏。一切都平静得仿佛百尺古井。

会议结束后我故意叫住他，笑靥如花地与他说话。

他神色倦怠，我想他已经知道我做过的一切。他对我说："你觉得称心如意就好。"

我站在那里，看着他转身离开。

细碎的灯光将他的影子拉得老长。

光影寂寥。

我从来不曾知道，原来有着中央空调的会议室也会这般冷，冷得像在冰窖。

称心如意？

恐怕我这一辈子都不能称心如意。

我已经知道，他将所有的账都算在我头上，包括失去那个小小的胚胎。

其实我和他都心知肚明，就算我什么都不做，童雪仍旧不会留下这个胚胎。

我乱了阵脚，结果反帮了敌人的忙。

她明明不爱他，为什么他还要这样对她？

我决心让他清醒地知道她不爱他，就是不爱他。

我像十年前一样耐心布局。

他最看重什么，我就让他失去什么。

他最看重童雪，我就要让他知道，童雪从来没有爱过他。

他最看重事业，我就要让他知道，他连自己父亲留下的基业也保不住。

如果他一无所有，他会不会回头爱我？

不，当然不会。

他只会更加深切地恨我。

我在黑暗里静静地笑着，我已经无法控制自己血液中的毒。

如果这一切的最后都是毁灭，那么让我和他一起死吧。

我签完字后，律师将所有的文件拿给莫绍谦签字。

莫绍谦签好之后，又将其中一份交还给我的律师。

我从律师手中接过文书。

沉甸甸的文件，十年名分上的夫妻，具体到白纸黑字，却是一条条的财产协议。

他用他曾经最珍视的一切，换得另一个女人的平安。

我忽然想要流泪。

他从来不曾这样待我，他一直恨我，在童雪出事之后，他对我说过的唯一的话就是："你到底想要怎么样？"

我不过是想他爱我。

十年，我倾尽一颗心，用尽全部力气，却都是水中月，镜中花。

我的脸全都毁了，在日本做过很多次整容手术，但仍旧恢复不了从前的样子。幸好看不出什么伤痕来，只是在镜中看到自己，难免会觉得陌生。

振飞总是安慰我说："姐姐，你就是换了个样子，还是一样美。"

我知道其实我长成什么样子，对他来说都不重要。

不管我美不美，漂亮不漂亮，他都不会爱我。

我抬起头来对他微笑。

每次他的视线都会避开我的笑颜，这次也不例外。

因为他的眼中从来没有我。

等一切的法律手续结束的时候，我对他说："我有句话想要对你说。"

我坚持要求所有人离开，他的律师很警惕，但他仍旧是那种淡淡的疏离与漠然："让她说吧。"

偌大的空间只有我和他两个人，世界从来不曾这样安静。

也许这是我最后一次单独与他站在这里，落地窗外，这城市繁华到了极致，而我心里只剩一片荒凉。

我凝视着这个我爱了十年的男人，到了如今，他都不曾正眼看过我。

也许到现在，他仍旧没有注意过，我和从前的样子到底是不是不一样，因为我在他心里，从来没留下过什么印象。

可这一切都是我自己的选择，我不会后悔我做过的事。

"绍谦——"我慢慢地对他绽开微笑，如果这是最后一次，我想在他面前，笑得最美。

"如果人生可以重新再来一次，我依然会选择爱你。"

# 鬼迷心窍

天气很好，一如你还在的时候。

花房里的玫瑰开了，讨厌把玫瑰新出的叶子全都啃掉了，香秀特意带它去看了医生，说它缺维生素。很久以前，我们刚认识的时候，你也缺维生素，那时候你头发黄黄的，发梢都分岔了，真是个黄毛丫头。我带你去吃饭，你吃任何东西都很香，会眉眼弯弯地对着我笑，让人觉得胃口大开。

很多年后就算厨房炖了燕窝，你吃起来也是一小勺、一小勺的，仿佛咽着苦药。

我对你不好，我知道。

有很长一段时间，我都避免见你，因为担心控制不住自己的情绪。但过不了多久，又觉得烦闷焦虑，做任何事情都没有耐心。最知根知底的私人助理总是建议我，还是回家看看吧。

他说的回家，是指有你的地方。

可是你从来不曾把那里当成是家。

在很久很久以前，有天晚上你不知道梦到什么，突然号啕大哭，一直到哭醒。我将你抱起想要安慰你，当看到我的脸时，你一下子

299

惊慌失措地想要挣开。当时你的那种眼神我这一生也忘不了，我很难受，从此不愿意你再待在我的房间。我嫌你烦，嫌你吵，嫌你睡相不好，让你走开。

我却不能让你从我心底走开。

有天晚上朋友小聚，叶大公子喝高了，在KTV抱着两个如花似玉的姑娘，却拿着麦放声高唱《鬼迷心窍》。

有人问我你究竟是哪里好
这么多年我还忘不了
春风再美也比不上你的笑
没见过你的人不会明了

这么老的歌被他唱得一往情深，姑娘们笑得前仰后合，大家都在一起哄鼓掌叫好，只有我看到他眼底隐约的泪光。

他是真的喝高了，那个晚上。

从那之后我很小心，我怕自己喝醉了会像他一样失态。

你是我的鬼迷心窍，只有我自己知道。

你回来的那次，我很放纵地喝醉了。因为我不知道该怎么面对你。也许喝点酒，还有理由对你好，或者不好。

我是真的讨厌你买的那只狗，还有你。

因为在香港的时候带你去看电影，你说戒指真好看。这么久以来，你没有在我面前说过什么东西好看。于是我特意趁着商务旅行，在比利时挑了钻石，然后交给珠宝店，依电影里原样镶出来。当我拿给你的时候，你的表情让我知道，原来你并不喜欢。

后来我一直想，什么时候，我已经变得这么可怜。连让你笑一笑，对我而言都成了奢侈的事。

我一直想，如果我可以离婚，如果在道德上没有愧疚，你会不会觉得好过一点。

但你永远不会嫁给我。

因为你从来没有爱过我。

我第一次见到你的时候，你还是个小姑娘，装模作样地穿着高跟鞋，一本正经地化着妆，端着剪彩的那个盘子。

我的剪刀不小心戳到了你的手，你都没有吭一声。后来我在后台找到你，你倔强的神色像个小孩子。

你本来就比我小一轮，我三十岁了，你才十八岁，而我二十三岁的时候，你才十一岁。

从前发生的事情，其实你都不知道。

我用一种猎奇的心态注视着你，就像一只猫逮到耗子，玩一玩。

我给自己找了个理由，玩一玩。

只是我自己心里清楚，你笑起来真好看，会露出两个酒窝，像只洋娃娃，让我情不自禁，总是想要拥有你。

我从来没有过洋娃娃，因为我是儿子，父亲从小就教育我不要玩物丧志。

那时候我已经知道，我无法再放开你。所以我选择了最糟糕的方

式，因为你恨我，我会觉得好一点。

我已经无法控制对你的感情，如果你对我好，我不知道自己会变成什么样子。

所以宁可你恨我，这样或许会好一点。

我把自己推进火坑，反正我这辈子，也就这样了。

你如果恨我，我也许会少爱你一点点。

我对你不好，我知道。

因为我没有办法对你好。

对你好一点儿，我总会想起自己的父亲；对你好一点儿，你总是对着我笑。

你一笑，我觉得心都快要融掉了。

我害怕这种感觉，它代表着失控，代表着软弱。

所以我宁可对你坏一些，这样你对我也会坏一些。

在医院的时候，我终于觉得灰心。

如果我不曾硬生生横掠进你的生活，也许我们都不必如此狼狈不堪。

那么让一切就此结束吧，就像从来不曾开始。

可是你偏偏又回来了。

你带着合同来，我控制不住自己的脾气，朝你说出刻薄的话。

你一走，我就后悔了。

我不愿意让别人看到你那样子，小心翼翼，卑躬屈膝。

可是你讨好我的样子，让我更觉得自己可怜。

我不愿意再这样下去，明知道合同背后会有陷阱，我也下定决心，我下定决心结束一切，在事态已经没有办法控制的时候。

　　在海边的时候，我很放纵自己。因为这样的机会，已经注定是我这辈子最后一次了。

　　就像注定我会遇见你。

　　就像注定我再也不会和你在一起，就像注定我再也不会拥有你。

　　我对你不好，我知道。

　　那是因为我没有办法控制我自己，可是现在不会了。

　　就这样更好。

　　我一直觉得，就这样更好。

　　让我可以渐渐地忘记你，忘记你的样子，忘记你的笑容，忘记我曾经拥有过，忘记我曾经遇见过。

　　把这一切都忘了，这样更好。

**图书在版编目（CIP）数据**

千山暮雪 / 匪我思存著. —北京：九州出版社，
2023.2

ISBN 978-7-5225-1186-3

Ⅰ. ①千… Ⅱ. ①匪… Ⅲ. ①长篇小说－中国－当代
Ⅳ. ①I247.5

中国版本图书馆CIP数据核字（2022）第175595号

# 千山暮雪

| | | |
|---|---|---|
| 作　　者 | 匪我思存　著 | |
| 责任编辑 | 张皖莉 | |
| 出版发行 | 九州出版社 | |
| 地　　址 | 北京市西城区阜外大街甲35号（100037） | |
| 发行电话 | （010）68992190/3/5/6 | |
| 网　　址 | www.jiuzhoupress.com | |
| 印　　刷 | 三河市中晟雅豪印务有限公司 | |
| 开　　本 | 880毫米×1230毫米　32开 | |
| 印　　张 | 9.75 | |
| 字　　数 | 210千字 | |
| 版　　次 | 2023年2月第1版 | |
| 印　　次 | 2023年4月第1次印刷 | |
| 书　　号 | ISBN 978-7-5225-1186-3 | |
| 定　　价 | 42.00元 | |